하루키의 언어

하루키의 언어

더없이 꼼꼼하고 너무나 사적인
무라카미 하루키어 500

나카무라 구니오, 도젠 히로코 지음 | 이영미 옮김

21세기북스

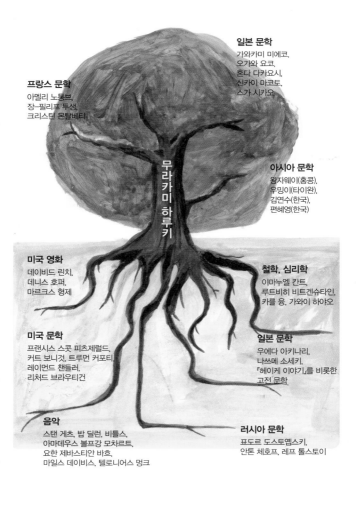

일본 문학
가와카미 미에코,
오가와 요코,
혼다 다카요시,
신카이 마코토,
스가 시카오

프랑스 문학
아멜리 노통브,
장-필리프 투생,
크리스틴 몬탈베티

아시아 문학
왕자웨이(홍콩),
우밍이(타이완),
김연수(한국),
편혜영(한국)

무라카미 하루키

미국 영화
데이비드 린치,
데니스 호퍼,
마르크스 형제

철학, 심리학
이마누엘 칸트,
루트비히 비트겐슈타인,
카를 융, 가와이 하야오

미국 문학
프랜시스 스콧 피츠제럴드,
커트 보니것, 트루먼 커포티,
레이먼드 챈들러,
리처드 브라우티건

일본 문학
우에다 아키나리,
나쓰메 소세키,
『헤이케 이야기』를 비롯한
고전 문학

음악
스탠 게츠, 밥 딜런, 비틀스,
아마데우스 볼프강 모차르트,
요한 제바스티안 바흐,
마일스 데이비스, 텔로니어스 멍크

러시아 문학
표도르 도스토옙스키,
안톤 체호프, 레프 톨스토이

머리말 혹은 무라카미 하루키村上春樹라는 이름의 '나무樹'에 관한 고찰

이제 무라카미 하루키는 세계적으로 널리 읽히게 됐다. '하루키春樹'라는 이름을 가진 이 커다란 나무樹는 어떻게 이토록 무럭무럭 성장할 수 있었을까? 옆 인포그래픽을 보면 알겠지만, '하루키'는 미국 문학을 비롯해 음악, 철학, 영화 등에서 실로 많은 영양분을 빨아들이며 성장했다. 그리고 이 나무는 풍성한 열매를 맺었다. 일본에서는 가와카미 미에코·오가와 요코·혼다 다카요시, 영화감독 신카이 마코토·뮤지션 스가 시카오 등이, 프랑스에서는 아멜리 노통브·장-필리프 투생, 크리스틴 몬탈베티 등이 하루키의 영향을 받은 작가로 알려졌고, '무라카미언Murakamian'이라고도 불린다. 아시아에서는 홍콩의 영화감독이자 시나리오작가인 왕자웨이, 타이완의 우밍이, 한국의 김연수와 편혜영 등을 '무라카미 칠드런Murakami Children'이라고 부를 수 있다. 흡사 어느 숲속의 큰 나무가 오랜 시간에 걸쳐 생태계를 형성하며 환경을 정화해나간 것 같다. '하루키'라는 나무는 어느새 커뮤니티라고도 할 수 있는 거대한 가상공간을 만들어낸 셈이다. 이 책은 어려운 문학작품 해독본이 아니다. 하루키를 아직 읽어보지 않은 분도, 오랜 세월 하루키의 팬이었던 분도 다 같이 즐길 수 있도록 궁리한 참고서 같은 책이다. "허 이런, 당신이 무슨 말을 하는지 잘 모르겠군. 그 설명은 옳을 수도 있고, 옳지 않을 수도 있어. 오케이, 뭐 아무럼 어때"라고 의문을 제기해가며 즐겨주신다면 더없이 기쁘겠다.

『하루키의 언어』를 보는 방법

무라카미 하루키와 연관된 '작품', '등장인물', '키워드', '관련 작가' 등의 어휘를 가나다순으로 배열했다.

② ① ③

강치 축제

あしか祭り | Sea Lion Festival (단)

"현관 벨이 떵뚱 울려서 내가 문을 열자 거기에 강치가 서 있었다"는 이야기. 강치는 '나'에게 강치 축제에 '상징적 원조'를 해달라고 요청하고, 그에 대한 감사 선물로《강치 회보》와 '강치 문장紋章'을 두고 돌아갔다. 약간 초현실적이고, 하루키 문체의 특징인 에두른 표현이 두드러지는 단편으로 유명하다.『4월의 어느 맑은 아침에 100 퍼센트의 여자를 만나는 것에 대하여』⑤636 수록.

④

① 표제어

② 일본어와 영어 표기
영역되지 않은 작품의 제목이나 등장인물에는 따로 영어를 병기하지 않았다.

③ 기호의 의미
(장) 장편소설   (Q) 독자와의 Q&A
(단) 단편소설   (논) 논픽션
(집) 단편소설집   (그) 그림책
(수) 수필   (인) 인물
(번) 번역   (등) 등장인물
(기) 기행문집   (지) 지명
(대) 대담집

④ 게재 페이지
『하루키어의 언어』에 실린 표제어들은 게재된 페이지를 넣었다(지명같이 자주 언급되는 표제어는 제외).

⑤ 작품명
하루키가 썼거나 옮긴 작품명은 국내에 출간된 경우에는 한역본의 제목을 기준으로 하되, 원제목과 한역본의 제목이 다를 때는 원제목의 의미를 밝혔다.

『하루키의 언어』를 100퍼센트 즐기는 방법

① 독특한 '언어 유희'

하루키 작품의 최대 매력은 '비유를 많이 사용하는 독특한 표현'이다. 이 책에서도 하루키가 자주 사용한 어휘들을 다뤘다. '무엇'이 쓰였는지뿐만 아니라 '어떻게' 쓰였는지를 즐겨야 한다.

② 모든 작품을 망라한다

단편소설과 번역서를 포함해 하루키의 모든 작품을 해설했다. 특히 단편 중에는 재미있는 작품이 많고, 장편소설의 원형이 된 작품도 있으니 이 책을 참고해서 읽어보길 바란다.

③ 칼럼을 즐긴다

표제어 해설만으로 다 설명할 수 없는 내용은 몇 편의 칼럼으로 정리했다. 하루키 월드를 해독하는 실마리로 삼아주길 바란다.

Contents

머리말 혹은 무라카미 하루키村上春樹라는 이름의
'나무樹'에 관한 고찰 · 005
『하루키의 언어』를 보는 방법 · 006
『하루키어 언어』를 100퍼센트 즐기는 방법 · 007
키워드로 읽는 무라카미 하루키 월드 · 019
무라카미 하루키 연대기 · 039
무라카미 하루키의 판타지와 리얼리즘 · 046
무라카미 하루키, 단편소설에서 장편소설로 나아가기까지 · 048

ㄱ

가난한 아주머니 이야기 · 052 | 가노 몰타 · 053 | 가노 크레타 · 054 | 가
사하라 메이 · 055 | 가와이 하야오 · 056 | 가와카미 미에코 · 057 | 가즈
오 이시구로 · 058 | 감자 수프를 좋아하는 고양이 · 059 | 강치 · 060 | 강
치 축제 · 061 | 개구리 군, 도쿄를 구하다 · 062 | 개다래나무를 들쓴 나
비 · 063 | 개의 인생 · 064 | 거리와 그 불확실한 벽 · 065 | 거울 · 066 |
게 · 067 | 겨울 꿈 · 068 | 결혼식 멤버 · 069 | 고깔구이의 성쇠 · 070 | 고
무라기념도서관 · 071 | 고미치 · 072 | 고베 · 073 | 고베고등학교 · 074 |
고양이 · 075 | 고엔지 · 076 | 고쿠분지 · 077 | 고탄다 군 · 078 | 곰 풀어
주기 · 079 | 공기 번데기 · 080 | 교토 · 081 | 구니타치 · 082 | 구로 · 083

| 구멍 • 084 | 구미코 • 085 | 구토 1979 • 086 | 국경의 남쪽, 태양의 서쪽 • 087 | 군조신인문학상 • 088 | 권총 • 089 | 귀 • 090 | 그날 이후 • 091 | 그녀의 마을과 그녀의 양 • 092 | 그들이 가지고 다닌 것들 • 093 | '그래, 무라카미 씨한테 물어보자'며 세상 사람들이 일단 던진 282개의 큰 의문에 무라카미 하루키는 과연 제대로 답할 수 있을까? • 094 | 그러나 아름다운 • 095 | 그레이스 페일리 • 096 | 그리스 • 097 | 그리워서 • 098 | 그림 • 099 | 기나긴 이별 • 100 | 기노 • 101 | 기사단장 죽이기 • 102 | 기억 • 103 | 기즈키 • 104 | 까마귀 • 105 | 꿈꾸기 위해 매일 아침 나는 눈을 뜹니다 • 106 | 꿈에서 만나요 • 107 | 꿈의 서프시티 • 108

ㄴ

나僕 • 110 | 나私 • 111 | 나가사와 씨 • 112 | 나고야 • 113 | 나는 여행기를 이렇게 쓴다 • 114 | 나쁘지 않아 • 115 | 나쓰메 소세키 • 116 | 나오코 • 117 | 나카타 씨 • 118 | 나카톤베쓰초 • 119 | 날고양이들 • 120 | 날마다 이동하는 콩팥 모양의 돌 • 121 | 내 심장을 향해 쏴라 • 122 | 내가 전화를 거는 곳 • 123 | 내가 필요하면 전화해 • 124 | 냇 킹 콜 • 125 | 노르웨이의 숲 • 126 | 노벨문학상 • 127 | 녹색 짐승 • 128 | 논병아리 • 129 | 뉴요커 • 130 | 뉴욕 탄광의 비극 • 131 | 뉴클리어 에이지 • 144 | 니나가와 유키오 • 145

ㄷ

다그 솔스타 • 148 | 다리미가 있는 풍경 • 149 | 다림질 • 150 | 다마

루 • 151 | 다무라 카프카 • 152 | 다시 찾은 바빌론 • 153 | 다자키 쓰쿠루 • 154 | 달리기를 말할 때 내가 하고 싶은 이야기 • 155 | 담배 • 156 | 대성당 • 157 | 댄스 댄스 댄스 • 158 | 더 스콧 피츠제럴드 북 • 159 | 더 스크랩 • 160 | 던킨 도넛 • 161 | 데렉 하트필드 • 162 | 데이비드 린치 • 163 | 덴고 • 164 | 도넛 • 165 | 도서관 • 166 | 도서관 기담 • 167 | 도요타 자동차 • 174 | 도쿄 기담집 • 175 | 도쿄 스루메 클럽의 지구를 방랑하는 법 • 176 | 도쿄 야쿠르트 스왈로즈 • 177 | 독립기관 • 178 | 돌고래 호텔 • 179 | 동물 • 180 | 듀크 엘링턴 • 181 | 드라이브 마이 카 • 188 | 딕노스 • 189 | 땅속 그녀의 작은 개 • 190

ㄹ

라오스에 대체 뭐가 있는데요? • 192 | 라자르 베르만 • 193 | 란치아 델타 • 194 | 랑게르한스섬의 오후 • 195 | 레더호젠 • 196 | 레오시 야나체크 • 197 | 레이먼드 챈들러 • 198 | 레이먼드 카버 • 199 | 레이코 씨 • 200 | 레코드 • 201 | 렉서스 • 202 | 렉싱턴의 유령(단) • 203 | 렉싱턴의 유령(집) • 204 | 로마제국의 붕괴·1881년의 인디언 봉기·히틀러의 폴란드 침입, 그리고 강풍 세계 • 205 | 로빈스 네스트 • 206 | 롤드 캐비지 • 207 | 루이스 캐럴 • 208 | 루트비히 비트겐슈타인 • 209 | 루트비히 판 베토벤 • 210 | 르노 • 211 | 르 말 뒤 페이 • 212 | 리듬 • 213 | 리처드 브라우티건 • 214 | 리틀 시스터 • 215 | 리틀 피플 • 216

ㅁ

마라톤 • 218 | 마르셀 서루 • 219 | 마르크스 형제 • 220 | 마세라티 • 221 | 마술적 사실주의 • 222 | 마이 로스트 시티 • 223 | 마이클 길모어 • 224 | 마일스 데이비스 • 225 | 마지막 순간에 일어난 엄청난 변화들 • 226 | 마침 있는 재료로 만든 스파게티 • 227 | 마크 스트랜드 • 228 | 마키무라 히라쿠 • 229 | 맥도날드 • 230 | 맥주 • 231 | 먼 북소리 • 232 | 먼 북쪽 • 233 | 메르세데스 벤츠 • 234 | 메타포 • 235 | 멘시키 와타루 • 236 | 몰락한 왕국 • 237 | 무라카미 류 • 238 | 무라카미 송 • 239 | '무라카미 씨에게 한번 맡겨볼까'라며 세상 사람들이 일단 던져본 490개 질문에 무라카미 하루키는 과연 제대로 답할 수 있을까? • 240 | 무라카미 씨의 거처 • 241 | 무라카미 하루키 번역의 (거의) 모든 일 • 242 | 무라카미 하루키 잡문집 • 243 | 무라카미 하루키 하이브리드 • 244 | 무라카미 하루키와 일러스트레이터 • 245 | 무라카미 하루키의 위스키 성지 여행 • 246 | 무라카미주의자 • 247 | 문화적 눈 치우기 • 248 | 물과 물이 만나는 곳·울트라마린 • 249 | 뮤 • 250 | 미도리 • 251 | 미도리카와 • 252 | 미시마 유키오 • 253

ㅂ

바 • 256 | 바람의 노래를 들어라 • 257 | 반딧불이(단) • 262 | 반딧불이(집) • 263 | 밤의 거미원숭이 • 264 | 밤이 되면 연어는… • 265 | 밥 딜런 • 266 | 배전반 장례식 • 267 | 밸런타인데이의 무말랭이 • 268 | 버스데이 걸 • 269 | 버스데이 스토리즈 • 270 | 버트 배커랙을 좋아하세요?

(창) • 271 | 번역 • 272 | 번역야화 • 273 | 번역야화 2 샐린저 전기 • 274 | 벌꿀 파이 • 275 | 벽과 알 • 276 | 별것 아닌 것 같지만, 도움이 되는 • 277 | 보드카 토닉 • 278 | 볼프강 아마데우스 모차르트 • 279 | 봄날의 곰 • 280 | 분홍색 옷을 입은 소녀 • 281 | 비 내리는 그리스에서 불볕 천지 터키까지 • 282 | 비 오는 날의 여자 #241, #242 • 283 | 비를 피하다 • 284 | 비유 • 285 | 비치 보이스 • 290 | 비틀스 • 291 | 비행기—혹은 그는 어떻게 시를 읽듯 혼잣말을 했는가 • 292 | 비후카초 • 293 | 빅 브라더 • 294 | 빅 슬립 • 295 | 빙 크로스비 • 296 | 빵가게 습격 • 297 | 빵가게 재습격(단) • 298 | 빵가게 재습격(집) • 299 | 빵가게를 습격하다 • 300

ㅅ

사라지다 • 302 | 사랑을 말할 때 우리가 이야기하는 것 • 303 | 사랑하는 잠자 • 304 | 사사키 마키 • 305 | 사슴과 신과 성 세실리아 • 306 | 사에키 씨 • 307 | 사우스베이 스트럿—두비 브라더스의 '사우스베이 스트럿'을 위한 BGM • 308 | 상실감 • 309 | 새끼손가락 없는 소녀 • 310 | 색채가 없는 다자키 쓰쿠루와 그가 순례를 떠난 해 • 311 | 샌드위치 • 312 | 샐러드를 좋아하는 사자 • 313 | 생일을 맞은 아이들 • 314 | 서른두 살의 데이트리퍼 • 315 | 서재 기담 • 316 | 선구 • 317 | 세 가지의 독일 환상 • 318 | 세계의 끝과 하드보일드 원더랜드 • 319 | 세상의 끝 • 320 | 세상의 모든 7월 • 321 | 세일러복을 입은 연필 • 322 | 센다가야 • 323 | 셰에라자드 • 324 | 셸 실버스타인 • 325 | 소년 카프카 • 326 | 소확행 • 327 | 수리부엉이는 황혼에 날아오른다 • 328 | 숲의 저편 • 329 | 스가 시카오 • 330 | 스니커즈 • 331 | 스메르자코프 대 오다 노부나가 가신단 • 332 | 스미

레 • 333 | 스바루 • 334 | 스타벅스 커피 • 335 | 스타워즈 • 336 | 스탠 게 츠 • 337 | 스티븐 킹 • 338 | 스파게티 • 339 | 스파게티의 해에 • 340 | 스 푸트니크의 연인 • 341 | 시나가와 원숭이 • 342 | 시드니! • 343 | 시드니 의 그린 스트리트 • 344 | 시로 • 345 | 시마모토 씨 • 346 | 시바타 모토유 키 • 347 | 시부야 • 348 | 식인 고양이 • 349 | 신의 아이들은 모두 춤춘다 (단) • 350 | 신의 아이들은 모두 춤춘다(집) • 351 | 신주쿠 • 352 | 신카이 마코토 • 353 | 실꾸리고둥 술의 밤 • 354 | 쌍둥이 소녀 • 355 | 쌍둥이와 침몰한 대륙 • 356 | 쓸모없는 풍경 • 357

○

아낌없이 주는 나무 • 360 | 아라나이 • 361 | 아르네 • 362 | 아마다 도 모히코 • 363 | 아마다 마사히코 • 364 | 아메리칸 뉴시네마 • 365 | 아미 료 • 366 | 아사히카와 • 367 | 아시야 • 368 | 아오 • 369 | 아오마메 • 370 | 아오야마 • 371 | 아카 • 372 | 아카사카 넛메그 • 373 | 아카사카 시나 몬 • 374 | 아쿠타가와상 • 375 | 아키 카우리스메키 • 376 | 아키카와 마 리에 • 377 | 안녕 내 사랑 • 378 | 안녕, 버드랜드 • 379 | 안데르센 문학 상 • 380 | 안자이 미즈마루 • 381 | 안톤 체호프 • 382 | 알을 못 낳는 뻐 꾸기 • 383 | 알파 로메오 • 384 | 알파빌 • 385 | 알프레드 번바움 • 386 | 애프터 다크 • 387 | 앨리스 먼로 • 388 | 야구장 • 389 | 야레야레 • 390 | 야미쿠로 • 391 | 약속된 장소에서—언더그라운드 2 • 396 | 양 • 397 | 양 사나이 • 398 | 양 사나이의 크리스마스 • 399 | 양을 쫓는 모험 • 400 | 어 디가 됐든 그것이 발견될 것 같은 장소에 • 401 | 어떤 크리스마스 • 402 | 어슐러 K. 르 귄 • 403 | 언더그라운드 • 404 | 얼음 사나이 • 405 | 엘비

스 프레슬리 • 406 | 여자 없는 남자들 • 407 | 역 • 408 | 영웅을 칭송하지 마라 • 409 | 영화 • 410 | 영화를 둘러싼 모험 • 411 | 예기치 못한 전화 • 416 | 예루살렘상 • 417 | 예스터데이 • 418 | 오다와라 • 419 | 오시마 씨 • 420 | 오자와 세이지 씨와 음악을 이야기하다 • 421 | 오하시 아유미 • 422 | 오후의 마지막 잔디밭 • 423 | 옴브레 • 424 | 와다 마코토 • 425 | 와세다 대학교 • 426 | 와인 • 427 | 와케이주쿠 • 428 | 와타나베 도루 • 429 | 와타야 노보루 • 430 | 요리 • 431 | 요쓰야 • 438 | 요한 제바스티안 바흐 • 439 | 우게쓰 이야기 • 440 | 우리 이웃, 레이먼드 카버 • 441 | 우리가 레이먼드 카버에 관해 이야기하는 것 • 442 | 우리들 시대의 포크로어—고도자본주의 전사 • 443 | 우물 • 444 | 우시카와 • 445 | 우연 여행자 • 446 | 우치다 다쓰루 • 447 | 워크, 돈 런 • 448 | 원숭이 우리가 있는 공원 • 449 | 원점 회귀 • 450 | 월간 《강치 문예》 • 451 | 월요일은 최악이라고 다들 말하지만 • 452 | 위대한 개츠비 • 453 | 위대한 데스리프 • 454 | 위스키 • 455 | 유미요시 씨 • 456 | 유즈 • 457 | 유키 • 458 | 음악 • 459 | 의미가 없다면 스윙은 없다 • 460 | '이것만은 무라카미 씨에게 말해두자'며 세상 사람들이 일단 던진 330개 질문에 무라카미 하루키는 과연 제대로 답할 수 있을까? • 461 | 이데아 • 462 | 이렇게 작지만 확실한 행복 • 463 | 이마누엘 칸트 • 464 | 이상한 나라의 앨리스 • 465 | 이상한 도서관 • 466 | 이야기 • 467 | 이윽고 슬픈 외국어 • 468 | 이토이 시게사토 • 469 | 인생의 사소한 근심 • 470 | 일각수 • 471 | 일곱 번째 남자 • 472 | 잊다 • 473

ㅈ

자동차 • 476 | 잠(그) • 477 | 잠(단) • 478 | 장님 버드나무와 잠자는 여자(단) • 479 | 장님 버드나무와 잠자는 여자(집) • 480 | 장뤼크 고다르 • 481 | 장수 고양이의 비밀 • 482 | 재규어 • 483 | 재즈 • 484 | 재즈 우화 • 485 | 저녁 무렵에 면도하기 • 486 | 젊은 독자를 위한 단편소설 안내 • 487 | 제발 조용히 좀 해요 • 488 | 제이 • 489 | 제이 루빈 • 490 | 제이스 바 • 491 | 조니 워커 • 492 | 조련을 마친 양상추 • 493 | 조아치노 안토니오 로시니 • 494 | 조지 오웰 • 495 | 존 어빙 • 496 | 존 콜트레인 • 497 | 졸음 • 498 | 좀비 • 499 | 종합 소설 • 500 | 주니타키초 • 501 | 죽음 • 502 | 중국행 슬로 보트(단) • 503 | 중국행 슬로 보트(집) • 504 | 중단된 스팀다리미의 손잡이 • 505 | 쥐 • 506 | 지금은 죽은 왕녀를 위한 • 507 | 직업으로서의 소설가 • 508 | 진구 구장 • 509

ㅊ

채소의 기분, 바다표범의 키스 • 512 | 첫 문학 무라카미 하루키 • 513 | 청소 • 514 | 초콜릿과 소금 전병 • 515 | 춤추는 난쟁이 • 516 | 치즈 케이크 모양을 한 나의 가난 • 517 | 침묵 • 518 | 칩 키드 • 519

ㅋ

카를 구스타프 융 • 522 | 카라마조프가의 형제들 • 523 | 카버 컨트리 • 524 | 카버의 열두 편 • 525 | 캥거루 구경하기 좋은 날 • 526 | 캥거

루 통신 • 527 | 커널 샌더스 • 528 | 커미트먼트 • 529 | 커트 보니것 • 530 | 커티 삭 • 531 | 커피 • 532 | 코끼리 • 533 | 코끼리 공장의 해피엔드 • 534 | 코끼리·폭포로 가는 새 오솔길 • 535 | 코끼리의 소멸(단) • 536 | 코끼리의 소멸(집) • 537 | 코카콜라를 부은 핫케이크 • 538 | 쿨하고 와일드한 백일몽 • 539 | 크리스 반 알스버그 • 540 | 크리스마스의 추억 • 541 | 클래식 음악 • 546 | 키키 • 547

ㅌ

타일랜드 • 550 | 태엽 감는 새 연대기 • 551 | 태엽 감는 새와 화요일의 여자들 • 552 | 택시를 탄 남자 • 553 | 택시를 탄 흡혈귀 • 554 | 텔로니어스 멍크가 있었던 풍경 • 555 | 토끼 맛있는 프랑스인 • 556 | 토니 다키타니 • 557 | 통과하다 • 558 | 트란 안 훙 • 559 | 트루먼 커포티 • 560 | 티파니에서 아침을 • 561 | 팀 오브라이언 • 562

ㅍ

파도의 그림, 파도의 이야기 • 564 | 파란 포도 • 565 | 파랑이 사라지다 • 566 | 파이어즈 (불) • 567 | 패럴렐 월드 • 568 | 패밀리 어페어 • 569 | 패티 스미스 • 570 | 펫 사운즈 • 571 | 평균율 클라비어 곡집 • 572 | 포르쉐 • 573 | 포트레이트 인 재즈 1, 2 • 574 | 폭스바겐 • 575 | 폴 서루 • 576 | 표도르 도스토옙스키 • 577 | 표지 • 578 | 푸조 205 • 579 | 풀사이드 • 588 | 풋내기들 • 589 | 프란츠 리스트 • 590 | 프란츠 슈베르트 • 591 | 프란츠 카프카 • 592 | 프란츠 카프카 문학상 • 593 | 프래니와

주이 • 594 | 프랜시스 스콧 피츠제럴드 • 595 | 프린스턴 대학교 • 596 | 피아트 600 • 597 | 피터 캣 • 598 | 핀란드 • 599 | 필립 가브리엘 • 600 | 필립 말로가 알려주는 삶의 방법 • 601

ㅎ

하날레이 해변 • 604 | 하루키스트 • 605 | 하루키의 여행법 사진편 • 606 | 하루키, 하야오를 만나러 가다 • 607 | 하와이 • 608 | 하이네켄 맥주 빈 깡통을 밟는 코끼리에 관한 단문 • 609 | 하이 윈도 • 610 | 하프 타임 • 611 | 할아버지의 추억 • 612 | 할키 섬 ('하루키 섬') • 613 | 해 뜨는 나라의 공장 • 614 | 해변의 카프카 • 615 | 헌팅 나이프 • 616 | 헛간을 태우다 • 617 | 헤이케 이야기 • 618 | 호밀밭의 파수꾼 • 619 | 호시노 군 • 620 | 혹은 • 621 | 혼다 • 622 | 혼다 씨 • 623 | 화성의 우물 • 624 | 회전목마의 데드히트 • 625 | 후와후와 • 626 | 후카에리 • 627 | 후타마타오 • 628

기타

100퍼센트 • 630 | 1963/1982년의 이파네마 아가씨 • 631 | 1973년의 핀볼 • 632 | 1Q84 • 633 | 25미터짜리 수영장을 가득 채울 만한 분량의 맥주 • 634 | 4월의 어느 맑은 아침에 100퍼센트의 여자를 만나는 것에 대하여(단) • 635 | 4월의 어느 맑은 아침에 100퍼센트의 여자를 만나는 것에 대하여(집) • 636 | 5월의 해안선 • 637 | and Other Stories • 638 | BMW 차창 모양을 한 순수한 의미에서의 소모에 관한 고찰 • 639 |

DUG・640 ｜ ICU・641 ｜ J. D. 샐린저・642 ｜ NHK・643 ｜ Novel 11, Book 18・644 ｜ Sudden Fiction 엽편소설 70・645 ｜ TV 피플(단)・646 ｜ TV 피플(집)・647 ｜ UFO가 구시로에 내리다・648

Column

01. 세계는 왜 무라카미 하루키를 읽는가?・132

02. 무라카미 하루키 도서관 (혹은 정신안정제로서의 서가)・168

03. (지금은 없는 '관리된 인간'이라는 동물을 위한) 하루키 동물원・182

04. BAR 하루키에 오신 것을 환영합니다・258

05. 숨겨진 기호를 해독하기 위해, 의미가 없다면 '비유'는 없다・286

06. '야레야레'를 말할 때 우리가 이야기하는 것・392

07. 사사롭지만 영화로 번역된 무라카미 하루키・412

08. 하루키 식당의 요리는 어떻게 독자의 위와 마음을 채우는가?・432

09. 무라카미 하루키가 번역한 크리스 반 알스버그의 그림책・542

10. 표지를 둘러싼 모험, 세계의 무라카미 하루키와 번역 원더랜드・580

11. 서점에도 도서관에도 없는 무라카미 하루키・650

무라카미 하루키의 장르별 작품 목록・654

무라카미 하루키 산책 MAP・669

맺음말 혹은 마침 있는 재료로 만든 스파게티 같은 나의 중얼거림・684

키워드로 읽는
무라카미 하루키 월드

하루키 월드에는 수수께끼 같은 키워드가 롤플레잉 게임처럼 숨겨져 있다.
마치 인디아나 존스가 수수께끼 편지에 의지해서
정글에 감춰진 크리스털 해골을 발견하듯,
독자는 '반복적으로 쓰인 기호 같은 말'을 실마리 삼아
하루키가 이야기 속에 심어놓은 '보물'을 찾아내는 것이다.

Keywords

새끼손가락 없는 소녀, '208'과 '209' 셔츠를 입은 쌍둥이
소녀, 귀가 아름다운 소녀, 소꿉친구 나오코, 변덕스러운
고바야시 미도리, 츤데레(쌀쌀맞고 인정 없어 보이나 실제로는 따
뜻하고 다정한 사람을 이르는 말) 미소녀 마키무라 유키, 자유분
방한 가사하라 메이, 유령 같은 시마모토, 실종된 아내 오
카다 구미코, 암살자 아오마메 마사미, 특수한 능력을 가진
후카에리, 과묵한 열세 살 소녀 아키카와 마리에…… 하루
키 작품에 반복적으로 등장하는 '수수께끼에 휩싸인 여성'
은 대체 어떤 존재인가? 뭔가가 결여됐거나 특수한 힘을
가졌거나 한다. 마치 깨지 않는 꿈속에 사는 '환상의 소녀'
같다. 그러나 이야기 속에서 그들은 잃어버린 것을 되찾아
가는 주인공에게 늘 중요한 열쇠가 된다.

2
고양이화된 세계
World Like a Cat

고양이는 '걸어 다니는 철학'이다. 이야기에 고양이가 나오는 것만으로도 어떤 깊은 의미를 던진다. 하루키 작품에는 상징적인 존재로 고양이가 많이 등장한다. 『양을 쫓는 모험』의 이와시ぃゎし, 『해변의 카프카』의 미미ミミ와 토로トロ, 『태엽 감는 새 연대기』의 사와라サワラ, 단편소설 「식인고양이」에서 그리스 마을의 어느 노부인을 잡아먹는 고양이 세 마리 등이 있다. 고양이를 워낙 좋아해서 고양이 여러 마리와 함께 살아온 하루키는 "시치미 떼기, 쑥스러움 감추기, 뻔뻔하게 정색하기는 우리 고양이들한테 다 배웠어요. 대체로 이걸로 인생을 헤쳐 나가고 있죠, 야옹"이라고 얘기했다. 고양이는 작품뿐만 아니라 생활 방식에까지 막대한 영향을 미친 존재인 셈이다. 하루키 작품은 어쩌면 '고양이화된 세계'라고 말할 수 있을지도 모른다.

도넛 구멍
Doughnut Hole

『도넛을 구멍만 남기고 먹는 방법ドーナツを穴だけ残して食べる方法』(오사카 대학 쇼세키카 프로젝트)이라는 책이 화제가 된 적이 있는데, 이거야말로 하루키스러운 제목이다. 하루키가 도넛을 좋아한다는 점도 있지만, 작품 자체가 어딘지 모르게 '도넛의 구멍 같기' 때문이다. 엽편葉篇 「도넛화ドーナツ化」에서는 도넛화가 되어버린 연인이 "인간 존재의 중심은 무無야. 아무것도 없는 제로인 거지"라고 말하고, 엽편 「도넛, 다시ドーナツ、再び」에서는 주인공이 "결국 당신의 소설은 좋든 나쁘든 도넛적이네요"라는 말을 듣는다. 단편 「도서관 기담」에서는 도서관으로 책을 빌리러 온 '내'가 지하실에 갇혀서 한 달 동안 양 사나이가 주는 도넛을 받아먹으며 살고, 그림책 『양 사나이의 크리스마스』에서는 구멍 뚫린 도넛을 먹고 저주에 걸린 양 사나이가 구멍이 없는 꽈배기 도넛을 들고 비밀 구멍으로 내려간다. 결국 독자는 늘 도넛 구멍 속에 오도카니 남겨진다.

어린 시절부터 음악에 푹 빠져 살아온 하루키. 특히 재즈는 인생철학 자체였다. 여기에서 말하는 재즈란 '음악 장르'라기보다는 그 '즉흥적인 사고방식'을 의미한다. 중요한 것은 즉흥연주improvisation와 리듬 감각이다. 하루키 문체가 바로 재즈 자체라고 말할 수 있다. 작품에서도 재즈가 상징적으로 쓰여서 『중국행 슬로 보트』의 〈On a Slow Boat to China〉(소니 롤린스)', 『애프터 다크』의 〈Five Spot After Dark〉(커티스 풀러), 『국경의 남쪽, 태양의 서쪽』의 〈South of the Border〉(냇 킹 콜) 등 재즈 명곡이 작품의 제목이 되었고, 전체 배경음악 역할을 하기도 한다. 『해변의 카프카』의 〈My Favorite Things〉(존 콜트레인), 『1Q84』의 〈It's Only a Paper Moon〉(냇 킹 콜) 등도 작품의 부주제가 역할을 한다.

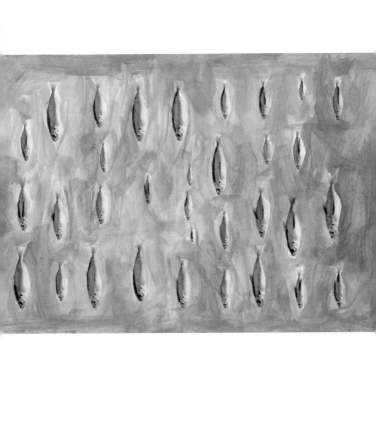

이계異界로의 여행
A Journey to the Another World

하루키 작품은 기본적으로 '이쪽 세계'에 사는 주인공이 '저쪽 세계'에 갔다가 돌아오는 이계 순례 이야기다. 『바람의 노래를 들어라』 이후로 빠짐없이 등장하는 바와 음악, 술 등은 이계로 이어지는 일종의 일상적인 아이템이라 할 수 있다. 또한 저쪽 세계로 통하는 입구로 『댄스 댄스 댄스』에서는 '호텔 엘리베이터', 『태엽 감는 새 연대기』에서는 '우물', 『해변의 카프카』에서는 '숲', 『1Q84』에서는 '비상계단' 등을 설정했는데, 어디에나 흔히 있을 법한 곳에서 깊은 지하 세계로 흘러들어 길을 잃고 만다. '지하 2층의 이야기 세계'의 어둠 속을 헤매는 과정을 통해 주인공은 자기 영혼 깊은 곳으로 들어가 성장해간다.

Keyword
6
미국 문학과 번역
American Literature and Translation

하루키는 『바람의 소리를 들어라』로 데뷔한 1979년에 잡지에서 프랜시스 스콧 피츠제럴드의 단편소설 「슬픈 공작 Lo, The Poor Peacock」을 번역한 이래로 자신의 창작 활동과 병행하며 많은 번역 작업을 해왔다. 『무라카미 하루키 번역의 (거의) 모든 일』이 출간됐을 때 열린 강연회에서는 "번역은 궁극의 숙독"이라고 말했다. 소설 집필과 비교해 '번역은 취미'라고 말하는 하루키는 번역 작업을 통해 세계 문학의 정수를 흡수하여 창작의 에너지원으로 삼는 것이다. 그래서 하루키 작품이 미국 문학 같고, 그가 번역한 미국 문학도 이제는 하루키 작품처럼 느껴진다. 번역을 매개로 한 커뮤니케이션이야말로 하루키 문학의 진수이자 매력이 되었다.

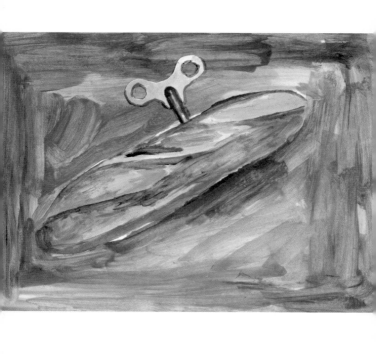

일상의 남다른 취향
Love for Everyday

세탁, 다림질, 요리, 청소. 지극히 평범한 나날들을 성실하
고 진지하게 살아가는 하루키의 남다른 취향이 그의 작품
속 '일상'에 아주 잘 드러난다. 등장인물은 마치《생활 수
첩暮しの手帖》같이 일상생활을 다루는 오래된 잡지를 구석구
석 꼼꼼히 읽은 청년처럼 살아간다. 그도 그럴 것이『세일
러복을 입은 연필』에 따르면 실제로 주부로 생활한 시절이
있었고, 아내가 출근한 후에는 청소, 세탁, 장보기, 요리를
하며 아내의 귀가를 기다렸다고 한다. 당시에는『세설細雪』
(다니자키 준이치로)을 일 년에 세 번 읽을 정도로 시간적인
여유가 있었던 모양이니, 그 시기의 경험이 그의 작품에도
큰 영향을 주었을지 모른다. 그런 일상의 무료함이야말로
상상을 비약시키는 원동력이 되었고, 이후에 일어나는 '소
소한 사건'과의 대조를 더욱 두드러지게 해줬을 것이다.

도시의 고독
City Solitude

고독에도 여러 양상이 있겠지만, 하루키 작품의 주인공은 대체로 '설명할 수 없는 적극적 고독'의 상태에 처한 경우가 많다. 『댄스 댄스 댄스』에 등장하는 고탄다 군처럼 유복한데도 채워지지 않는 '시대가 낳은 고독', 『노르웨이의 숲』의 나오코처럼 과거에서 헤어나지 못하는 '트라우마적 고독', 『스푸트니크의 연인』의 등장인물들처럼 누구와도 사귀지 못하는 '짝사랑의 고독', 그리고 『색채가 없는 다자키 쓰쿠루와 그가 순례를 떠난 해』의 다자키 쓰쿠루나 아내의 외도로 이혼하는 『기사단장 죽이기』, 단편소설 「기노」의 주인공들처럼 '커뮤니케이션이 단절된 고독' 등이 있다. 도시에서 홀로 살아가는 인물들이 다양하게 겪는 고독이야말로 독자가 하루키 작품에서 강하게 공감하는 '최대의 묘미'다.

Keyword
9
사라지는 무엇
Something to Disappear

고양이가 사라지고, 아내가 사라지고, 연인이 사라지고, 색도 사라진다. 그렇게 마술사처럼 여러 가지 것들을 없애버리는 게 하루키 작품의 기본적인 '장인의 기예'다. 흡사 영화나 애니메이션에 나오는 고전적인 마법사처럼 한순간에 인간도 사라지게 만든다. 『태엽 감는 새 연대기』에서는 고양이가 실종된 후에 아내가 사라지고, 『국경의 남쪽, 태양의 서쪽』에서는 시마모토 씨가 하코네 별장에서 사라지고, 『스푸트니크의 연인』에서는 스미레가 그리스 섬에서 연기처럼 사라진다. 『기사단장 죽이기』에서는 '내'가 그림을 가르치는 소녀인 아키카와 마리에가 사라진다. 단편소설 「파랑이 사라지다」에서는 세상에서 파란색이 사라져간다. 그러나 상실과 재생을 반복하는 과정에서 주인공인 '보쿠 僕(남자가 자기 자신, 즉 '나'를 지칭하는 말)'나 '와타시私('나')'는 자기 자신을 되찾는다.

무라카미 하루키 연대기

소설가 '무라카미 하루키'는 과연 어떤 사람일까?
쉽게 읽히지만 어렵다.
복잡하지만 사실은 단순하기도 하다.
그리고 러시아 사람이든 인도 사람이든
그의 팬들은 하나같이 입을 모아 말한다.
"이것은 내 이야기다. 하루키가 대변해줬다."

Haruki Murakami
Chronicle

1949년 1월 12일, 교토에서 태어났다. 본명 무라카미 하루키 村上春樹. 부모님 두 분 모두 국어 교사. 아버지는 승려이기도 했다. 그 후 효고 현의 니시노미야 시로 이사했고, 아시야 시, 고베 시에서 자랐다.

『마쿠라노소시』나『헤이케 이야기』를 암송시키는 부모님의 일본 문학 교육에 진력나서 외국 문학을 탐독하는 나날을 보냈다. 서점에서는 '외상'으로 자유롭게 책을 살 수 있도록 허락해줬다.

일 년 재수해서 1968년에 와세다 대학 제1문학부 연극과에 진학한다. 동급생인 요코陽子 씨와 학생 신분으로 결혼하고, 아르바이트에 매진한다. 1974년, 스물다섯 살에 고쿠분지에 재즈 카페 '피터 캣'을 개업한다(삼 년 후 센다가야로 가게를 이전한다).

1978년, 진구 구장에서 야쿠르트 대 히로시마 야구 시합을 보다가 돌연 소설을 써야겠다는 생각이 퍼뜩 떠오른다.

가게를 닫은 후, 부엌 식탁에서 한밤중에 한 시간씩 사 개월 동안 데뷔작 『바람의 노래를 들어라』를 집필한다.

1979년에 『바람의 노래를 들어라』로 군조신인문학상을 받으며 데뷔한다. 속편 『1973년의 핀볼』과 함께 두 작품이 아쿠타가와상 후보에 오른다. 외국 문학도 번역하기 시작한다.

風の歌を聴け

村上春樹

1973年のピンボール 村上春樹

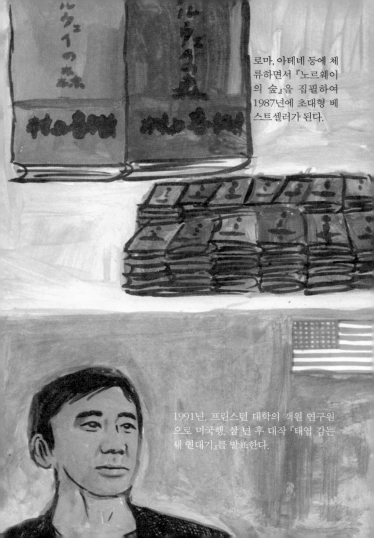

로마, 아테네 등에 체류하면서 『노르웨이의 숲』을 집필하여 1987년에 초대형 베스트셀러가 된다.

1991년, 프린스턴 대학의 객원 연구원으로 미국행. 삼 년 후 대작 『태엽 감는 새 연대기』를 발표한다.

1997년, 지하철 사린 사건의 피해자를 인터뷰하고 첫 논픽션 작품 『언더그라운드』를 발표한다. '디태치먼트detachment(무관계)'가 아니라 '커미트먼트commitment(관계)'가 중요하다고 발언해서 화제가 된다.

2009년, 『1Q84』가 세계적인 베스트셀러가 된다. 프랑스 카프카 문학상, 예루살렘상, 카탈루냐상 등을 수상하며 국제적인 평가가 높아진다.

가장 유력한 노벨문학상 수상 후보로 기대를 모으기 시작한다. 2016년에는 안데르센 문학상을 받는다.

2017년, 『1Q84』이후 칠 년 만에 본격 장편소설 『기사단장 죽이기』를 발표한다. 2018년, 라디오 DJ에 첫 도전을 한다.

무라카미 하루키의
판타지와 리얼리즘

↑
판
타
지

양 사나이의 크리스마스 (1985)

고깔구이의 성쇠 (1983)

가노 크레타 (1990)

세계의 끝과 하드보일드
원더랜드 (1985)

강치 축제 (1982)

얼음 사나이 (1991)

양을 쫓는 모험 (1982)

코끼리의 소멸 (1985)

태엽 감는 새 연대기
(1994)

장님 버드나무와 잠자는 여자 (1983)

—1980 ———— 1990 ——

빵가게 재습격 (1985)

렉싱턴의 유령 (1996)

1973년의 핀볼 (1980)

댄스 댄스 댄스
(1988)

바람의 노래를 들어라 (1979)

리
얼
리
즘
↓

캥거루 구경하기 좋은 날 (1981)

국경의 남쪽,
태양의 서쪽 (1992)

헛간을 태우다 (1983)

오후의 마지막 잔디밭 (1982)

중국행 슬로 보트 (1980)

4월의 어느 맑은 아침에 100퍼센트의
여자를 만나는 것에 대하여 (1981)

치즈 케이크 모양을 한 나의 가난 (1982)

반딧불이 (1983)

노르웨이의 숲 (1987)

하루키 작품에는 '판타지'와 '리얼리즘'이 섞여 있다. 유럽에서는 『해변의 카프카』와 『1Q84』같이 판타지 성향이 강한 작품이 인기가 있고, 아시아에서는 『노르웨이의 숲』 같은 리얼리즘 작품이 인기가 높다.

이상한 도서관 (2005)

사랑하는 잠자 (2013)

시나가와 원숭이 (2005)　1Q84 (2009)

개구리 군, 도쿄를 구하다 (1999)

셰에라자드 (2014)

해변의 카프카 (2002)

기사단장 죽이기 (2017)

애프터 다크 (2004)

―2000―――――――2010―

신의 아이들은 모두 춤춘다 (1999)

스푸트니크의
연인 (1999)

기노 (2014)

벌꿀 파이 (2000)

하날레이 해변 (2005)

독립기관 (2014)

예스터데이 (2013)

색채가 없는 다자키 쓰쿠루와
그가 순례를 떠난 해 (2013)

드라이브 마이 카 (2013)

여자 없는 남자들 (2014)

무라카미 하루키, 단편소설에서 장편소설로 나아가기까지

하루키 작품에서는 동일한 모티브가 여러 번 반복적으로 쓰인다. 처음에는 단편소설로 쓰고, 그 후 장편소설로 발전시켜 완성할 때가 많다.

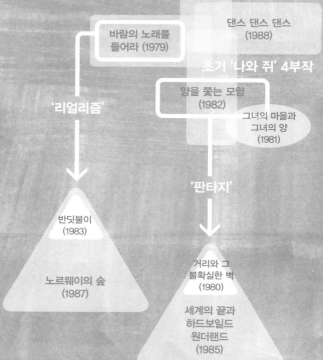

쌍둥이와 침몰한 대륙
(1985)

1973년의 핀볼
(1980)

댄스 댄스 댄스
(1988)

바람의 노래를
들어라 (1979)

초기 '나와 쥐' 4부작

양을 쫓는 모험
(1982)

그녀의 마을과
그녀의 양
(1981)

'리얼리즘'

'판타지'

반딧불이
(1983)

노르웨이의 숲
(1987)

거리와 그
불확실한 벽
(1980)

세계의 끝과
하드보일드
원더랜드
(1985)

태엽 감는 새와
화요일의 여자들
(1986)

가노 크레타
(1990)

태엽 감는 새
연대기
(1994)

국경의 남쪽,
태양의 서쪽
(1992)

'종합 소설'

'상실과 순례'

4월의 어느 맑은 아침에
100퍼센트의 여자를
만나는 것에 대하여
(1981)

1Q84
(2009)

해변의 카프카
(2002)

색채가 없는
다자키 쓰쿠루와
그가 순례를 떠난 해
(2013)

기노 (2014)

기사단장 죽이기
(2017)

• 하루키 언어 사전
무라카미 하루키와 연관된 작품, 등장인물, 키워드, 관련 작가 등의
어휘를 가나다순으로 배열했다.

가난한 아주머니 이야기

貧乏な叔母さんの話 | A "Poor Aunt" Story (단)

'나'는 광장에 앉아 동행인과 둘이 일각수⑨471 동상을 멍하니 올려다보고 있었다. 그런 7월의 어느 맑은 날 오후에 웬지 불쑥 '가난한 친척 아주머니' 이야기를 써보고 싶다는 생각이 '나'의 마음을 사로잡는다. 그러나 '나'의 친척 중에는 가난한 아주머니가 없다…… 서두에 메이지진구가이엔의 성덕기념회화관에 있는 일각수 동상이 나오는 단편소설. 『중국행 슬로 보트』⑨504 수록.

가노 몰타

加納マルタ | Malta Kano (등)

신비로운 직감을 가지고 물을 매개체로 사용하는 점술가.
가노 크레타ⓟ054의 언니. 늘 빨간 비닐 모자를 쓰고, 복채는
받지 않는다. 지중해의 몰타 섬에서 수행한 경험이 있고, 그
땅에 있는 물과 궁합이 잘 맞아서 '몰타'라는 이름으로 불리
게 됐다.

가노 크레타

加納クレタ | Kreta Kano (단)(등)

단편소설의 제목이자 등장인물의 이름이기도 하다. 산속 낡은 독채에서 언니 가노 몰타 Ⓟ053 와 함께 사는, 1급 건축사 자격이 있는 수수께끼 미녀. 『태엽 감는 새 연대기』 Ⓟ551에도 같은 이름을 가진 자매가 등장한다. 단편소설은 『TV 피플』 Ⓟ647 수록.

가사하라 메이

笠原メイ | Mei Kasahara (등)

『태엽 감는 새 연대기』ⓟ551에 등장하는 고등학생. 주인공 오카다 도오루岡田亨의 집 근처에 산다. 가발 공장에서 아르바이트를 하고, 학교에는 가지 않으며, 자기 집 뜰에서 일광욕을 하거나 뒷골목 관찰을 즐긴다. 가사하라 메이라는 이름의 인물은 단편소설 「쌍둥이와 침몰한 대륙」ⓟ356, '무라카미 아사히도' 엽편집 『밤의 거미원숭이』ⓟ264에 실린 「장어うなぎ」에도 등장한다.

가와이 하야오

河合隼雄 | Hayao Kawai (인)

심리학자. 전공은 분석심리학(융 심리학). 현대를 살아가는 자세나 이야기의 가능성에 관해 하루키와 대담을 나눈 공저 『하루키, 하야오를 만나러 가다』ⓟ607가 있다. 하루키는 "내가 '이야기'라는 말을 입에 담을 때 그것을 있는 그대로의 정확한 형태—내가 생각하는 그대로의 형태—로 물리적으로, 종합적으로 받아들여준 사람은 가와이 선생님 외에는 없었다"라고 말했다.

가와카미 미에코

川上未映子 | Mieko Kawakami (인)

『젖과 알乳と卵』로 제138회 아쿠타가와상을 수상한 소설가.
『수리부엉이는 황혼에 날아오른다』ⓟ328에서 하루키와 길
게 나눈 인터뷰로 화제가 되었다.

가즈오 이시구로

石黒一雄 | Kazuo Ishiguro (인)

런던에 거주하는 일본계 영국인 소설가로, 2017년에 노벨
문학상을 받았으며 『남아 있는 나날The Remains of the Day』로
부커상도 수상했다. 『나를 보내지 마Never Let Me Go』는 2014
년에 니나가와 유키오ⓟ145의 연출로 연극 무대에 올랐고,
2016년에는 TV 드라마로 만들어졌다. 친교도 있는 하루키
는 좋아하는 작가로 그의 이름을 자주 올리며, "소설 독자의
한 사람으로서 가즈오 이시구로 같은 동시대 작가를 얻은
것은 크나큰 기쁨이다"라고 『무라카미 하루키 잡문집』ⓟ243
에서 말했다.

감자 수프를 좋아하는 고양이

ポテト・スープが大好きな猫 | The Cat Who Liked Potato Soup (번)

미국 서점에서 이 그림책을 발견한 하루키가 일본에 사 들고 와서 단숨에 번역했다. 텍사스 시골에 사는 할아버지와, 쥐도 안 잡고 유유자적 살아가며 감자 수프를 좋아하는 암고양이의 일상을 그렸다. 글은 테리 패리시Terry Farish가 쓰고, 그림은 배리 루트Barry Root가 그렸다.

고단샤, 2006년

ポテト・スープが大好きな猫
※ テリー・ファリッシュ ※ バリー・ルート ※ 村上春樹

강치

あしか | Sea Lion (단)

왜 그런지 하루키 작품에 자주 등장하는 바다짐승. '나는 왜 강치일까?'라며 주인공이 허무함을 느끼는 엽편 「강치」(『무라카미 하루키 전집村上春樹全作品 1979~1989 ⑤』 수록) 외에 「월간 《강치 문예》」ⓟ451, 「강치 축제」ⓟ061 등의 단편이 있고, 『꿈에서 만나요』ⓟ107에 수록된 엽편 「성냥개비マッチ」, 「라크ラーク」에도 강치가 등장한다.

강치 축제

あしか祭り | Sea Lion Festival (단)

"현관 벨이 땡땡 울려서 내가 문을 열자 거기에 강치가 서 있었다"는 이야기. 강치는 '나'에게 강치 축제에 '상징적 원조'를 해달라고 요청하고, 그에 대한 감사 선물로《강치 회보》와 '강치 문장紋章'을 두고 돌아갔다. 약간 초현실적이고, 하루키 문체의 특징인 에두른 표현이 두드러지는 단편으로 유명하다.『4월의 어느 맑은 아침에 100퍼센트의 여자를 만나는 것에 대하여』ⓟ636 수록.

개구리 군, 도쿄를 구하다

かえるくん、東京を救う | Super-Frog Saves Tokyo (단)

신용금고에 근무하는 평범한 직장인 가타키리片桐 앞에 갑자기 거대한 '개구리 군'이 나타난다. 개구리 군은 자신과 함께 도쿄를 구해달라고 부탁한다. 대적할 상대는 도쿄 지하에 잠들어 있는 '지렁이 군'. 방드 데시네bande dessinée('만화'를 가리키는 프랑스어)로 읽는 'HARUKI MURAKAMI 9 STORIES' 시리즈로, 프랑스인 아티스트가 만화로 만들기도 했다. 『신의 아이들은 모두 춤춘다』ⓟ351 수록.

개다래나무를 들쓴 나비

またたび浴びたタマ | Matatabi Abita Tama (집)

'아ぁ'에서 '와ゎ'까지의 회문回文(한시체 중 하나로, 위에서부터
내리읽으나 아래에서부터 올려 읽으나 뜻이 통함)을 도모자와 미
미요友沢ミミヨ의 그림과 함께 소개한 가루타かるた(일본 카드놀
이의 한 종류) 책이다. "A형이 좋아A型がええ"라고 하루키가 자
기 혈액형을 고백하거나 "요다가 없을 때 하는 거야ヨーダの留
守にするのだよ"라고 〈스타워즈〉에 대한 애정을 드러내는 등 간
사이 사람다운 유머 감각이 가득하다. (원제의 '타마タマ'는 일
본에서 고양이한테 흔하게 붙이는 이름으로 우리나라의 '나비'에 해
당함)

またたび浴びたタマ

村上春樹
友沢ミミヨ 画

개의 인생

犬の人生 | Mr. and Mrs. Baby and Other Stories (번)

미국을 대표하는 시인 마크 스트랜드ⓟ228가 쓴 이색 데뷔
소설집. "초원 안에서 / 나의 몸만큼 / 초원이 결여되어 있다
/ 언제나 / 그렇다 / 어디에 있든 / 나는 그 결여된 부분"으로
시작되는 그의 시에 흥미를 느낀 하루키가 번역을 담당했
다. 이 단편집은 스토리보다는 작가의 어조가 큰 의미를 갖
는 '산문적 이야기'에 가깝다고 해설했다.

주오코론샤, 1998년

거리와 그 불확실한 벽

街と、その不確かな壁 (단)

『무라카미 하루키 전집』에도 수록되지 않아 쉽게 접하기 힘든 작품이다. 《문학계文學界》1980년 9월 호에 게재됐다. 주인공 '나'는 '너'에게 높은 벽으로 둘러싸인 '거리' 이야기를 듣는다. 『세계의 끝과 하드보일드 원더랜드』ⓟ319의 습작이며, 벽으로 둘러싸인 패럴렐 월드ⓟ568 '세계의 끝' 세계관의 원형이 되었다.

거울

鏡 | The Mirror (단)

니가타의 어느 중학교에서 야간 경비 순찰을 돌다가 '나'는 어둠 속에서 어떤 모습을 본 것 같은 기분에 휩싸인다. 거울이었다. 그러나 거울 속 '나'는 '내'가 아니었다. 거울에 얽힌 공포를 그린 작품으로, "나는 아무래도 숙명적으로 거울, 쌍둥이, 더블 같은 것에 몹시 끌리는 것 같다"라고 하루키는 말했다. 일본 교과서에도 실린 작품. 『4월의 어느 맑은 아침에 100퍼센트의 여자를 만나는 것에 대하여』[P]636 수록.

게

蟹 | Crabs (단)

싱가포르 바닷가 마을에서 게 요리를 전문으로 하는 작은 식당이 무대다. 두 사람이 사흘 동안 그 식당에서 계속 게를 먹는다는 이야기. 단편 「야구장」⑨389에 작중 소설로 등장한 '게'의 에피소드를 실제 작품으로 썼다. 영어판 단편집 『Blind Willow, Sleeping Woman』(크노프, 2006년)에서 먼저 발표했고, 나중에 일본어 번역본이 단편집 『장님 버드나무와 잠자는 여자』⑨480에 실리게 됐다.

겨울 꿈

冬の夢 | Winter Dreams (번)

스콧 피츠제럴드Ⓟ595가 이십 대에 쓴 단편집. 스물아홉에
발표한 『위대한 개츠비』Ⓟ453의 원형이라고도 할 수 있는,
'프리 개츠비pre-Gatsby'로 불리는 단편 5편이 수록되어 있다.
「면죄Absolution」는 『위대한 개츠비』의 일부로 쓴 내용을 독립
시켜 탄생한 단편소설이다.

결혼식 멤버

結婚式のメンバー | The Member of the Wedding (번)

미국의 여성 작가 카슨 매컬러스Carson McCullers의 장편소설.
하루키와 시바타 모토유키ⓟ347가 '다시 한 번 읽고 싶은'
10편을 새롭게 번역해서 복간한 '무라카미 시바타 번역당村
上柴田翻訳堂' 시리즈의 제1탄이다. 오빠 결혼식에서 자기 인생
이 바뀌기를 고대하는 미국 남부의 시골 소녀 프랭키 애덤
스Frankie Addams의 이야기. 무라카미 요코의 오래된 애독서였
던 모양이다.

신초분코, 2016년

고깔구이의 성쇠

とんがり焼の盛衰 | The Rise and Fail of Sharpie Cakes (단)

신문에 실린 '명과名菓 고깔구이의 신제품 모집 대설명회'라는 광고를 보고 호텔로 걸음을 옮긴 남자에게 일어나는 기묘한 일들을 풍자한다. 하루키는 『장님 버드나무와 잠자는 여자』ⓟ480 서문에서 "소설가로 데뷔했을 때 문단literacy world에 품었던 인상을 그대로 우화한 작품이다"라고 말했다. 『4월의 어느 맑은 아침에 100퍼센트의 여자를 만나는 것에 대하여』ⓟ636 수록.

고무라기념도서관

甲村記念図書館 | Komura Memorial Library (지)

『해변의 카프카』©615의 주요 무대가 된 사립 도서관. 실재하지 않는 가공의 장소다. 가가와 현의 사카이데 시에 있는 '가마다 공제회 향토박물관鎌田共済会郷土博物館'이나 하루키가 가장 좋아하는 도서관으로 언급했던 '아시야시립도서관 우치데 분실芦屋市立図書館打出分室'에서 그 이미지를 확장시켰을 것으로 보인다.

고미치

小径 | Komichi (등)

『기사단장 죽이기』ⓟ102에 등장하는 주인공의 여동생으로,
애칭은 '고미コミ'. 주인공보다 세 살 아래이고, 『이상한 나라
의 앨리스』ⓟ465를 무척 좋아했다. 선천성 심장 질환으로 열
두 살에 세상을 떠났다.

고베

神戸 | Kobe (지)

하루키가 자란 고향. 기행문집 『나는 여행기를 이렇게 쓴다』⑨114의 「걸어서 고베까지神戸まで歩く」에는 본가가 있었던 효고 현 니시노미야 시의 슈쿠가와에서 고베 산노미야까지 이틀 동안 걸어간 이야기가 담겼다. 하루키의 원풍경原風景을 추체험할 수 있다. 『바람의 노래를 들어라』⑨257를 비롯해 초기 작품에 자주 등장하는 장소이며, 영화 〈바람의 노래를 들어라〉 촬영지로 사용된 산노미야의 '하프 타임⑨611'은 그 야말로 제이스 바⑨491 그 자체다. 모토마치에 있는 '토어 로드 델리카트슨トアーロードデリカテッセン'은 『댄스 댄스 댄스』⑨158

의 주인공이 말하는 정통파 '훈제연어 샌드위치'로 유명하다.

고베고등학교

神戸高等学校 | Kobe High School (지)

하루키가 다닌 고등학교로, 효고현립고베고등학교를 말한다. 다케히사 유메지竹久夢二, 시라스 지로白洲次郎, SF작가 고마쓰 사쿄小松左京, 소니 창업자인 이부카 마사루井深大 등 유명인을 다수 배출한 명문. 『국경의 남쪽, 태양의 서쪽』ⓟ087에는 '나'와 오하라 이즈미大原イズミ가 고베고등학교 옥상에서 옛 레코드판을 프리스비처럼 날리는 장면이 나온다.

고양이

猫 | cat

하루키가 경영한 재즈 카페의 이름은 집에서 키우던 고양이 이름에서 따온 '피터 캣Ⓟ598'이다. 고양이를 좋아해서 하루키 작품에도 많이 등장한다. 『해변의 카프카』Ⓟ615에서는 고양이와 대화할 수 있는 신기한 노인 나카타 씨Ⓟ118가 중요한 열쇠가 되고, 『태엽 감는 새 연대기』Ⓟ551는 고양이의 실종으로 시작된다. 『1Q84』Ⓟ633에서는 지바 현의 지쿠라가 '고양이 마을'로 등장한다. 예전에 키운 고양이를 모델로 한 그림책 『후와후와』Ⓟ626에는 "나는 온 세상의 고양이를 거의 다 좋아하지 만 (…) 늙고 커다란 암고양이를 가장 좋아한다"라는 구절이 있다.

고엔지

高円寺 | Koenji (지)

『1Q84』®633의 주인공 덴고®164가 사는 동네. 또한 아오마메®370가 몸을 숨기게 된 은신처가 있다. 1Q84년의 세계로 들어간 덴고가 미끄럼틀 위에서 밤하늘에 뜬 두 개의 달을 바라보는 어린이 놀이터는 '고엔지 중앙공원高円寺中央公園'이 그 모델이라고 알려져 있다.

고쿠분지

国分寺 | Kokubunji (지)

취직을 하지 않고 고쿠분지에 '피터 캣Ⓟ598'을 열게 된 사정에 관해서 하루키는 『밸런타인데이의 무말랭이』Ⓟ268에 이렇게 썼다. "왜 고쿠분지였을까, 재즈 찻집을 열기로 결심했기 때문이다. 처음에는 취직해도 괜찮겠다 싶어서 연줄이 있는 TV 방송국 같은 곳을 몇 군데 돌아봤는데 너무 어처구니없는 업무를 해야 해서 그만뒀다." 「치즈 케이크 모양을 한 나의 가난」Ⓟ517에 나오는, 하루키 부부가 살았던 '삼각지대'가 실제로 고쿠분지에 있다.

고탄다 군

五反田君 | Gotanda-Kun (등)

『댄스 댄스 댄스』⑤158의 주인공인 '나'의 중학교 동창생이
자 인기 배우. '나'에게는 동경의 대상이었지만, 결국 고탄
다 군의 마음속 깊이 감춰진 고독과 상실감이 드러난다. 사
무실 경비를 쓰기 위해 마세라티⑤221를 탄다.

곰 풀어주기

熊を放つ | Setting Free the Bears (번)

베스트셀러가 되어 영화로도 만들어진 『가아프의 세계』로 잘 알려진 미국 작가 존 어빙ⓟ496의 데뷔 소설. 하루키가 『바람의 노래를 들어라』ⓟ257를 탈고한 직후에 읽고서 완전히 빠져들었다고 한다. 빈의 학생 하네스 그래프Hannes Graff와 시기Siggy는 오토바이를 타고 여행을 떠난다. 얼마 후 시기가 동물원 습격 계획을 떠올린다.

주오코론신샤, 1986년

공기 번데기

空気さなぎ | Air Chrysalis

『1Q84』®633에서 후카에리®627라는 소녀가 쓴 소설의 제목으로, 주인공 덴고®164가 개작한다. 이 작품은 신인상을 받으며 폭발적으로 팔린다. 후카에리는 도망쳐 나온 종교 단체 '선구®317'에서 겪은 일을 썼고, 공기 번데기란 리틀 피플®216이 공기 중에서 실을 자아 만드는 번데기 같은 것을 가리킨다.

교토

京都 | Kyoto (지)

하루키는 호적상으로는 교토 출생. 그가 태어나자마자 가족이 효고 현의 니시노미야 시로 이사했다. 『노르웨이의 숲』ⓟ126에서 나오코ⓟ117가 사는 요양 시설 '아미료ⓟ366'가 교토 산속에 있다고 설정되어 있다. 『무라카미 씨의 거처』 ⓟ241에서 "교토에서 가장 좋아하는 장소는?"이라는 질문에 하루키는 야마시나 구에 있는 사찰 '비샤몬도毘沙門堂(천태종 계통의 사찰)'를 꼽았다. 가모가와 강변을 따라 달리는 것도 좋아한다고 한다.

구니타치

国立 | Kunitachi (지)

하루키가 고쿠분지®077에서 '피터 캣®598'을 경영한 시절, 구니타치에 있는 슈퍼마켓 기노쿠니야로 자주 장을 보러 갔다고 한다. 'CD-ROM판 무라카미 아사히도'『스메르자코프 대 오다 노부나가 가신단』®332에서 "구니타치 기노쿠니야의 계산대에는 왠지 굉장한 미인 직원이 많았고, 그것도 매출의 한 가지 요인이었다"라고 추억을 풀어놓았다.『스푸트니크의 연인』®341의 주인공 '나'는 구니타치에 살았고, 역 앞 남쪽 출구의 대학로 등이 이 소설에 묘사됐다.

구로

クロ | Kuro (등)

『색채가 없는 다자키 쓰쿠루와 그가 순례를 떠난 해』®311에 등장하는 주인공 쓰쿠루®154의 고등학교 시절 친구 다섯 명 중 한 사람. 이름은 '구로노 에리黑埜惠里'이고, 애칭은 '구로(검정)'. 현재는 결혼해서 '에리 구로노 하타이넨ェリ・クロノ・ハタイネン'이라는 이름으로 핀란드®599에서 도예가로 활동한다.

구멍

穴 | Hole

하루키 작품에 자주 등장하는, 이계로 이어지는 입구. 『태엽 감는 새 연대기』[P551]의 우물, 『기사단장 죽이기』[P102]의 석실石室 등이 인상적이다. 주인공들은 구멍을 지나 '저쪽' 세계로 발을 들여놓는다. 즉 이계는 마음 깊은 곳에 자리 잡은 심층 심리를 의미한다. 하루키는 글을 쓰는 창작 행위 자체를 '구멍을 판다', '지하실로 내려간다'라고 표현하며, "그 깊은 곳에 도달할 수 있으면 모두와 공통되는 기층基層에 닿을 수 있고, 독자와 교류할 수 있다"라고 말했다.

구미코

クミコ | Kumiko (등)

『태엽 감는 새 연대기』ⓟ551에 등장하는 주인공 오카다 도오루의 아내. 본명은 오카다 구미코岡田久美子이며 결혼 전 성은 와타야綿谷. 잡지 편집자로 일하고, 부업으로 삽화를 그린다. 어느 날 집에서 키우던 고양이의 실종을 계기로 자취를 감춘다.

구토 1979

嘔吐 1979 | Nausea 1979 (단)

옛날 레코드 수집가로 친구의 연인이나 아내와 자는 걸 즐기는 젊은 일러스트레이터 이야기. 그는 구토가 1979년 6월 4일부터 7월 14일까지 사십 일간 계속됐고, 게다가 그 기간 동안 낯선 남자에게서 매일같이 전화가 걸려 오는 이상한 체험을 한다. 『회전목마의 데드히트』ⓟ625 수록.

국경의 남쪽, 태양의 서쪽

国境の南、太陽の西 | South of the Border, West of the Sun (장)

'나'는 '재즈를 틀어주는 고상한 바'를 성공시켜 부유하고 안정된 생활을 손에 넣는다. 그리고 이런 인생은 왠지 내 것이 아닌 것 같다는 생각이 들었을 때, 초등학교 동창생인 시마모토 씨ⓟ346가 가게에 나타난다. 거품경제 절정기의 아오야마ⓟ371 주변이 주요 무대다. 제목인 '국경의 남쪽'은 미국의 유명한 노래 〈South of the Border〉에서 따왔다.

고단샤, 1992년

군조신인문학상

群像新人文学賞 | Gunzo Prize for New Writers

제22회 군조신인문학상에 『바람의 노래를 들어라』ⓟ257가 뽑혔다. 심사 위원 중 한 사람인 마루야 사이이치丸谷才一는 "무라카미 하루키의 『바람의 노래를 들어라』는 현대 미국 소설의 강한 영향하에 완성된 작품입니다. 커트 보니것ⓟ530 이나 리처드 브라우티건ⓟ214 같은 작품을 매우 열심히 공부 했어요. 공부에 임한 그 자세는 대단하며, 어지간한 재능의 소유자가 아니고서는 이 정도로 배우기 어렵습니다"라고 평했다.

권총

拳銃 | handgun

『1Q84』Ⓟ633에서 권총 한 정을 준비해달라고 부탁하는 아오마메Ⓟ370에게 다마루Ⓟ151가 이렇게 말한다. "체호프Ⓟ382가 이렇게 말했지. 이야기 속에 권총이 나온다면 그 권총은 반드시 발사돼야 한다고." 『해변의 카프카』Ⓟ615의 등장인물 커널 샌더스Ⓟ528도 비슷한 이야기를 한다. "러시아 작가 안톤 체호프가 멋진 말을 했지. '이야기 속에 권총이 나온다면 그 권총은 반드시 발사돼야 한다'라고 말이야. 무슨 말인지 알겠나?"

귀

耳 | ear

『양을 쫓는 모험』ⓟ400에서 아름다운 귀를 가진 여자 친구를 비롯해 하루키 작품에는 '귀'와 관련된 묘사가 많이 나온다. 『1Q84』ⓟ633에는 후카에리ⓟ627의 자그마한 분홍색 귀 한 쌍을 본 덴고ⓟ164가 "현실의 소리를 듣기 위해서라기보다는 순수하게 미적인 견지에서 만들어진 귀"라고 느끼고, "갓 만들어진 귀와 갓 만들어진 여성 성기는 매우 비슷하다"라고 생각하는 장면이 나온다.

그날 이후

その日の後刻に | Later the Same Day (번)

하루키는 '그레이스 페일리⑰096의 작품을 왜 좋아하는지,
그녀가 쓴 단편집 3권을 왜 자신이 전부 번역해야 하는지'
에 대해 열렬히 얘기한다. 이 책은 그가 그레이스 페일리의
모든 작품을 번역하고 마침내 출판한 마지막 단편집이다.
17편의 단편소설과 수필, 그리고 귀중한 긴 인터뷰가 수록
되어 있다.

문예춘추, 2017년

그녀의 마을과 그녀의 양

彼女の町と、彼女の緬羊 | Her Town and Her Sheep (단)

『양을 쫓는 모험』®400의 원형 같은 이야기. 초고草稿 격인 패럴렐 스토리parallel story로 읽으면 재미있다. 무대는 눈발이 흩날리는 10월의 삿포로. 작가인 '나'는 친구를 찾아가는 여행을 하면서 별로 미인은 아닌 스무 살가량의 관공서 직원을 TV에서 보게 된다. 그리고 그녀의 마을과 그녀의 양에 대해 상상한다. 『4월의 어느 맑은 아침에 100퍼센트의 여자를 만나는 것에 대하여』®636 수록.

그들이 가지고 다닌 것들

本当の戦争の話をしよう | The Things They Carried (번)

베트남전쟁을 다룬 팀 오브라이언ⓟ562의 단편집. 픽션인지 논픽션인지 구분할 수 없을 만큼 사실적인 22편의 짧은 이야기를 하루키가 번역했다. 하루키는 그중 「진짜 전쟁 이야기를 합시다How to Tell a True War Story」를 표제작으로 삼았다.

문예이춘추, 1990년

'그래, 무라카미 씨한테 물어보자'며
세상 사람들이 일단 던진 282개의 큰 의문에
무라카미 하루키는 과연 제대로 답할 수 있을까?

「そうだ、村上さんに聞いてみよう」と世間の人々が村上春樹にとりあえずぶっつける
282の大疑問に果たして村上さんはちゃんと答えられるのか？(Q)

'무라카미 아사히도 홈페이지'로 질문해온 독자와 주고받은 이메일을 엮었다. "담배는 어떻게 끊으셨어요?", "양 사나이는 인간인가, 양인가?", 『노르웨이의 숲』표지가 의미하는 바는?", "커트 보니것의 영향을 받았나요?" 등 모두가 궁금해하는 질문에 하루키가 거침없이 대답한다.

그러나 아름다운

バット・ビューティフル | But Beautiful (번)

영국 작가 제프 다이어Geoff Dyer가 재즈 뮤지션 일곱 명을 그
려낸 픽션. 재즈 역사서로도 읽을 수 있다. 제목으로도 쓰인
〈But Beautiful〉은 재즈 명곡이다.

신조사, 2011년

그레이스 페일리

Grace Paley (인)

전후 미국 문학의 카리스마적 존재인 여성 소설가. 생전에
남긴 소설집이 고작 3권에 불과한 과작寡作 작가다. 그녀의
모든 작품『인생의 사소한 근심』ⓟ470,『마지막 순간에 일어
난 엄청난 변화들』ⓟ226,『그날 이후』ⓟ091를 하루키가 번역
했다. 2007년 별세.

그리스

ギリシア | Greece (지)

『먼 북소리』ⓟ232에는 하루키가 1986년부터 1989년까지 삼 년간, 이탈리아와 그리스에 체류했던 나날이 엮여 있다. 에게해에 있는, 자기 이름과 같은 '하루키 섬ⓟ613'을 방문한 일화도 나온다. 『노르웨이의 숲』ⓟ126은 그리스에서 집필했고, 『스푸트니크의 연인』ⓟ341에는 로도스섬 근처에 있는 작은 섬이 등장한다. 『비 내리는 그리스에서 불볕 천지 터키까지』ⓟ282에도 성지 아토스를 비롯해 그리스에 관한 내용이 상세하게 나온다.

그리워서

恋しくて | Ten Selected Love Stories (번)

하루키가 직접 골라서 번역한 세계의 러브 스토리. 마일리 멜로이의 「사랑하는 두 사람을 대신해서愛し合う二人に代わって | The Proxy Marriage」, 데이비드 크렌스의 「테레사テレサ | Theresa」, 토바이어스 울프의 「두 소년과 한 소녀二人の少年と、一人の少女 | Two Boys And A Girl」, 페터 슈탐의 「달콤한 꿈을甘い夢を | Sweet Dreams」, 로런 그로프의 「L. 데바드와 앨리에트─사랑 이야기L・デバードとアリエット─愛の物語 | L. Debard And Aliette─A Love Story」, 루드밀라 페트러셰브스카야의 「어둑한 운명薄暗い運命 | A Murky Fate」, 앨리스 먼로의 「잭 랜다 호텔ジャック・ランダ・ホテル | The Jack Randa Hotel」, 짐 셰퍼드의 「사랑과 수소恋と水素 | Love and Hydrogen」, 리처드 포드의 「몬트리올의 연인モントリオールの恋人 | Dominion」9편과 하루키가 새로 쓴 「사랑하는 잠자」ⓟ304가 수록된 단편집이다.

주오코론신샤, 2013년

098

그림

絵 | illustration

사사키 마키ⓟ305, 오하시 아유미ⓟ422, 와다 마코토ⓟ425, 안
자이 미즈마루ⓟ381와 공동으로 작업한, '그림'을 통해 하루
키 작품의 매력을 들여다보는 기획전 '무라카미 하루키와
일러스트레이터村上春樹とイラストレーター'가 2016년에 도쿄 지
히로 미술관에서 열렸다. 하루키는 초등학교 저학년 때 슈
쿠가와에 살았던 화가 스다 고쿠타須田剋太의 미술 학원에서
그림을 배웠다. "사물을 테두리로 에워싸는 건 좋지 않아. 테
두리를 벗겨내고 그리렴"이라는 조언을 또렷하게 기억한다
고 한다. 『기사단장 죽이기』ⓟ102의
주인공은 화가로, 그림을 모티브로
삼은 첫 소설이다.

『무라카미 하루키와 일러스트레이터
—사사키 마키, 오하시 아유미, 와다 마코토,
안자이 미즈마루』, 나나로쿠샤, 2016년

기나긴 이별

ロング・グッドバイ | The Long Goodbye (번)

1953년에 간행된 레이먼드 챈들러ⓟ198의 하드보일드 소설. "안녕이라고 말하는 것은 잠깐 동안 죽는 것이다"라는 문장이 유명하다. 1973년에 로버트 올트먼Robert Altman 감독이 영화화했다. 일본에서도 2015년에 NHK 토요 드라마 〈롱 굿바이〉가 아사노 다다노부 주연으로 방송됐다. 2007년, 하루키가 '롱 굿바이'라는 제목으로 새롭게 번역하여 화제가 되었다.

하야카와쇼보, 2007년

기노

木野 | Kino (단)

주인공 기노는 스포츠 용품을 판매하는 회사에 근무했지만 아내의 외도로 회사를 그만뒀다. 이모에게 네즈 미술관 뒤편에 있는 가게를 빌려서 자기 레코드 컬렉션을 선반에 꽂아놓고 재즈 바를 연다. 머지않아 기묘한 손님들이 찾아오고, 뱀이 모습을 드러낸다……. 하루키 월드다운 설정과 전개를 보여주는 단편소설. 『여자 없는 남자들』ⓟ407 수록.

기사단장 죽이기

騎士団長殺し | Killing Commendatore (장)

초상화가인 '내'가 아내와 헤어진 뒤 일본화를 그리는 화가인 친구 아버지의 아틀리에를 빌려서 생활하면서 기묘한 체험을 하게 되는 이야기. 어느 날, 다락에서 이상한 그림을 발견하고 나서 수수께끼 남자 '멘시키[p]236'가 찾아오고, 그림에 그려진 키 60센티미터가량의 '기사단장'이 '이데아[p]462'로 나타난다. 계곡 맞은편 집에 사는 소녀를 찾아 매일같이 망원경을 들여다보는 장면이 상징적인데, 하루키에 따르면『위대한 개츠비』[p]453에 대한 오마주이기도 하다. 그동안 하루키 작품에 나왔던 모티브가 많이 사용되어 하루키 월드를 만끽할 수 있는 컴필레이션 음반 같다.

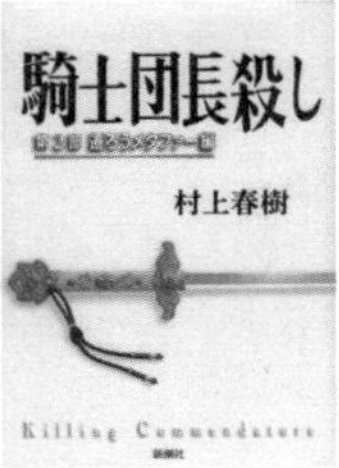

신초샤, 2017년

기억

記憶 | memory

"기억이란 소설과 비슷하다. 혹은 소설이란 기억과 비슷하다"라는 문장이 「오후의 마지막 잔디밭」Ⓟ423에 나오듯이, '기억'은 하루키 작품에서는 빼놓을 수 없는 키워드다. "인간이란 기억을 연료 삼아 살아가는 존재가 아닐까 싶어"는 『애프터 다크』Ⓟ387에 등장하는 고오로기コオロギ가 한 말이다. "기억을 어딘가에 잘 감췄다 해도, 깊은 곳에 잘 가라앉혔다 해도 그것이 초래한 역사를 지울 수는 없어"는 『색채가 없는 다자키 쓰쿠루와 그가 순례를 떠난 해』Ⓟ311에서 기모토 사라木元沙羅가 한 말이다.

기즈키

キズキ | Kizuki (등)

『노르웨이의 숲』ⓟ126에 등장하는 주인공 와타나베ⓟ429의
고등학교 시절 절친한 친구. 고등학교 3학년 때 자기 집 차
고에서 자동차 배기가스로 자살했다. 2010년에 트란 안 홍
ⓟ559 감독이 영화로 만들었다. 고우라 겐고가 기즈키 역을
연기했다.

까마귀

カラス | crow

『해변의 카프카』®615에 등장하는 '까마귀라 불리는 소년'
은 주인공 다무라 카프카®152의 머릿속에 사는 상상 속 친
구. 그에게 여러 말을 건넨다. 참고로 카프카는 체코어로
'까마귀'를 뜻한다.

꿈꾸기 위해 매일 아침 나는 눈을 뜹니다
─무라카미 하루키 인터뷰 모음집
1997~2009

夢を見るために毎朝僕は目覚めるのです
─村上春樹インタビュー集 1997-2009 (수)

하루키의 귀중한 인터뷰 모음집. 소설이 만들어지는 과정이
나 집필과 관련된 에피소드 등을 상세하게 얘기했다. '쓴다
는 것은 흡사 깨어 있으면서 꿈을 꾸는 듯한 것', '단편소설
은 어떻게 쓰면 좋은가', '달릴 때 내가 있는 곳은 온화한 곳
입니다', '하루키·무라카미 혹은 어떻게 불가사의한 우물
ⓟ444에서 빠져나오는가' 등 해외에서 요청한 취재에 어떻
게 답했는지도 알 수 있다.

문게이슌주, 2010년

꿈에서 만나요

夢で会いましょう | Let's Meet in a Dream (집)

이토이 시게사토 ⓟ469와 함께 가타카나(외래어나 의성어, 의태어 표기에 쓰는 일본 문자) 외래어를 주제로 쓴 엽편집. 하루키가 실제로 핀볼 머신을 가지고 있다는 이야기인 「핀볼ㅍㅣㄴ볼ー」을 비롯해 98편을 수록했다. 「빵가게 습격」ⓟ297이 '빵ㅍㅏㄴ'이라는 제목으로 게재되어 있다. 하루키가 쓴 「시게사토·이토이ㅅㅣㄱㅔㅅㅏㅌㅗ·ㅇㅣㅌㅗㅇㅣ」, 이토이가 쓴 「하루키·무라카미ㅎㅏ루ㅋㅣ·무ㄹㅏㄱㅏㅁㅣ」도 있다.

동수사, 1981년

꿈의 서프시티
―CD-ROM판 무라카미 아사히도

夢のサーフシティー――CD-ROM版 村上朝日堂 (Q)

'무라카미 아사히도 홈페이지'의 CD-ROM판 첫 번째 작품.『꿈의 서프시티』는 미국 뮤지션 잰 & 딘Jan & Dean의 전기 영화 〈Deadman's Curve〉의 일본 제목에서 따왔다. 하루키는 이 책의 끝에서 "인터넷 때문에 문체나 소설이 변해간다"라고 날카롭게 지적한다.

아사히신문사, 1998년

108

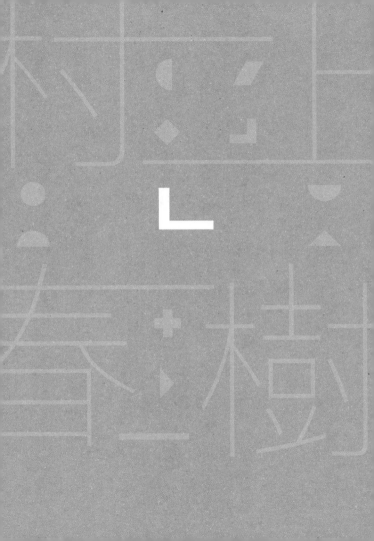

나

僕 (등)

하루키 작품의 특징으로 『바람의 노래를 들어라』ⓟ257, 『1973년의 핀볼』ⓟ632, 『양을 쫓는 모험』ⓟ400, 『댄스 댄스 댄스』ⓟ158의 '나와 쥐' 4부작을 비롯해 많은 작품이 '나(보쿠ぼく)'라는 남성 1인칭대명사 시점으로 쓰였다. 하루키는 『태엽 감는 새 연대기』ⓟ551를 완성했을 때 '더 이상 1인칭으로만 쓸 수는 없겠군' 하고 생각했는지, 『해변의 카프카』ⓟ615에서 나카타 씨ⓟ118의 장, 『애프터 다크』ⓟ387, 『1Q84』ⓟ633, 『색채가 없는 다자키 쓰쿠루와 그가 순례를 떠난 해』ⓟ311는 3인칭으로 썼다.

나

私 | Watashi (등)

『세계의 끝과 하드보일드 원더랜드』ⓟ319에서 「하드보일드 원더랜드」의 '나'는 암호 기술을 취급하는 서른다섯 살의 계산사로, 이혼 경력이 있다. 『기사단장 죽이기』ⓟ102의 '나'는 서른여섯 살의 초상화가로, 이혼 후에 도호쿠와 홋카이도를 자동차로 한 달쯤 방랑하고 오다하라 교외에 있는 친구 아버지의 아틀리에에서 산다. 장편소설 중에는 이 두 작품만 1인칭 주인공이 '보쿠僕'가 아니라 '와타시私'다.

나가사와 씨

永沢さん | Nagasawa-san (등)

『노르웨이의 숲』ⓒ126에 등장하는, '내'가 사는 학생 기숙사의 선배. 도쿄대 법학부를 졸업하고 외무성에 들어간다. 민달팽이 세 마리를 먹은 경험이 있다. 하쓰미ハツミ라는 애인이 있지만, 많은 여성과 관계를 맺고 '나'에게도 자주 여성을 유혹하러 가자고 한다.

나고야

名古屋 | Nagoya (지)

『색채가 없는 다자키 쓰쿠루와 그가 순례를 떠난 해』®311의 무대가 된 지역. 이 책에 "학교도 줄곧 나고야, 직장도 나고야. 왠지 아서 코넌 도일의 『잃어버린 세계The Lost World』같다"라는 문장이 나온다. 하루키가 나고야를 방문했을 때 느낀 점인데, 『도쿄 스루메 클럽의 지구를 방랑하는 법』®176에서 일본 도시들이 도쿄를 따라 획일화되는 와중에 나고야만은 외부 영향을 받지 않고 고립된 채 진화했다고 지적한다. 그 것이 가장 현저하게 드러나는 측면이 음식 문화라고.

나는 여행기를 이렇게 쓴다

辺境 · 近境 | Frontier, Neighborhood (기)

하루키가 1990년부터 1997년까지 칠 년간 세계를 걸어 다니며 생각한 여행 기록이 담겨 있는 기행문집. 『태엽 감는 새 연대기』ⓟ551에서 다뤘던 노몬한 전투(할힌골Khalkin Gol 전투, 1939년 5~9월 동안 소련, 몽골, 일본이 벌인 대규모 충돌 사건) 현장을 둘러본 「노몬한의 철의 묘지モンハンの鉄の墓場」, 지진 재해를 당한 고향을 걷는 「걸어서 고베까지神戸まで歩く」 등이 실려 있다. 안자이 미즈마루ⓟ381의 삽화와 함께 즐기는 「완전 심오한 사누키 우동 맛 기행讃岐·超ディープうどん紀行」도 있고, 그때

다카마쓰를 방문했던 경험이 그 후 『해변의 카프카』ⓟ615에 영향을 주었다. 원제는 '변경·근경' 이다.

114

나쁘지 않아

悪くない | not bad

'야레야레ⓟ390'와 비슷하게 하루키적 표현으로 유명하다. 많이 쓰이지는 않았지만 왠지 인상에 오래 남는 게 신기하다. 『양을 쫓는 모험』ⓟ400에서 '내'가 키우는 이름 없는 고양이를 운전기사가 보고서 "어때요, 내가 멋대로 이름을 붙여도 될까요?"라고 말하며 "정어리는 어때요?"라고 묻자 '나'는 "나쁘지 않군요"라고 대답한다. 『애프터 다크』ⓟ387에서는 "나쁘지 않아. 치킨 샐러드와 바삭하게 구운 토스트. 데니스에서는 그것만 먹어"라는 말이 나온다.

나쓰메 소세키

夏目漱石 | Soseki Natsume (인)

하루키가 일본 작가 중에서 가장 좋아하는 작가라고 얘기했다. 근대 자아를 의식한 후기 작품보다는 전기 3부작인 『산시로三四郎』, 『그 후それから』, 『문門』을 좋아하며 『태엽 감는 새 연대기』ⓟ551는 『문』의 부부를 떠올리며 썼다고 한다. 개인적으로 특히 좋아한 작품으로는 『갱부坑夫』와 『우미인초虞美人草』를 들었다. 『해변의 카프카』ⓟ615에서는 주인공 다무라 카프카ⓟ152가 『갱부』에 관해서 "'무엇을 말하고 싶은 건지 알 수 없는 부분'이 이상하게 마음에 남는다"라고 말한다.

나오코

直子 | Naoko (등)

『노르웨이의 숲』⍾126에 등장하는 '나'의 절친한 친구 기즈키⍾104의 소꿉친구이자 연인. 도쿄에서 우연히 '나'와 재회한다. 그 후 정신이 불안정해져서 교토⍾081에 있는 요양원 '아미료⍾366'에서 생활하게 된다. 영화에서는 기쿠치 린코가 연기했다.

나카타 씨

ナカタさん | Mr. Nakata (등)

『해변의 카프카』①615에 등장하는, 고양이와 대화할 수 있는 육십 대 남성으로 본명은 '나카타 사토루'다. 어린 시절에 피난을 간 지역에서 어떤 사건을 조우한 후 읽고 쓰는 능력을 잃어버린다. 지금은 지적 장애자로 자치단체의 보조금을 받으며 나카노 구 노가타에 살고 있다. "나카타는 ~입니다", "나카타는 ~인 것입니다"라고 군인처럼 특징적인 딱딱한 말투를 쓴다.

나카톤베쓰초

中頓別町 | Nakatonbetsu-cho (지)

홋카이도 소야시초에사시宗谷支庁枝幸 군에 있는 마을. 단편소설「드라이브 마이 카」ⓟ188가《분게이슌주文藝春秋》에 실렸을 때, 이 마을 출신인 여성이 차창으로 담배를 휙 버리는 모습을 주인공이 보면서 '나카톤베쓰초에서는 다들 평범하게 하는 행동인지'라고 생각하는 장면이 있었다. 이 부분과 관련해서 지방자치단체 의원이 항의하여 단행본에서는 가공의 마을 '홋카이도 ○○군 가미주니타키초上+二滝町'로 변경했다. 그러나 그 후에 하루키 팬인 지역 주민이 화해의 독서회를 주최했고, 지금은 매년 그 독서회가 개최된다.

119

날고양이들

空飛び猫 | Catwings (번)

하루키가 번역한 어슐러 K. 르 권ⓟ403의 판타지 그림책. 도
시의 길고양이 새끼로 태어난 고양이 네 마리는 어찌 된 영
문인지 날개가 있다. 얼마 후 네 마리는 어미 곁을 떠나 여행
을 한다. 먹을 것이 부족하고 새에게 공격당하면서도 마지
막에는 인간을 만난다…… 이야기. '날고양이들' 시리즈
는 총 네 작품으로, 한국에는 『날고양이들』로 전부 번역되
어 있다.

『날고양이들』
空飛び猫
고단샤, 1993년

『돌아온 날고양이들
帰ってきた空飛び猫
Catwings Return』
고단샤, 1993년

『멋진 알렉산더와
날고양이 친구들
素晴らしいアレキサン
ダーと、空飛び猫たち
Wonderful Alexander
and the Catwings』
고단샤, 1997년

『날고양이 제인의 모험
空を駆けるジェーン
Jane on Her Own』
고단샤, 2001년

날마다 이동하는 콩팥 모양의 돌

日々移動する腎臓のかたちをした石
The Kidney-Shaped Stone That Moves Every Day (단)

주인공 준페이淳平는 단편소설을 잘 쓰는 서른한 살의 소설
가로 아쿠타가와상 후보에는 네 번이나 올랐다. 어느 파티
에서 기리에キリエ라는 이름의 여성을 만나고, "남자가 평생
동안 만나는 여자들 중에서 정말로 의미를 가지는 여자는
세 명뿐이다"라는 아버지의 말을 떠올린다. 그 후 그녀에게
얘기한 신장석腎臟石에 관한 소설이 문예지에 실리지만, 그녀
와는 연락이 닿지 않게 되어버린다. 준페이는 「벌꿀 파이」
ⓟ275의 주인공과 동일 인물이다. 『도쿄 기담집』ⓟ175 수록.

내 심장을 향해 쏴라

心臓を貫かれて | Shot in the Heart (번)

미국 유타 주에서 두 청년을 총으로 쏴 죽이고, 스스로 사형을 요구한 사건으로 유명해진 살인자 게리 길모어. 그의 친동생이자 음악평론가인 마이클 길모어ⓟ224가 쓴 논픽션이다. 가정 폭력과 아동 학대 속에서 성장한 자신과 형제들의 충격적 이야기를 가감 없이 쏟아냈다. 1994년 무렵에 번역하여 당시에 집필하던 『태엽 감는 새 연대기』ⓟ551나 그 후의 『언더그라운드』ⓟ404에 영향을 미친 중요한 책이다.

분게이슌주, 1996년

122

내가 전화를 거는 곳

ぼくが電話をかけている場所 | Where I'm Calling From (번)

1983년에 일본에서 최초로 번역하여 출판된 레이먼드 카버ⓟ199의 단편집. 여기에 수록된 단편소설 8편을 하루키가 직접 선택하고 번역했다. 하루키가 난생처음 카버를 읽고 감명을 받았던 작품 「발밑에 흐르는 깊은 강足もとに流れる深い川 | So Much Water So Close to Home」도 수록되어 있다(이 단편은 한국에는 『사랑을 말할 때 우리가 이야기하는 것』에 「너무나 많은 물이 집 가까이에」로 번역되어 있다).

주오코론샤, 1983년

ぼくが
電話を
かけている場所

レイモンド・カーヴァー
村上春樹 訳

내가 필요하면 전화해

必要になったら電話をかけて│Call If You Need Me (번)

레이먼드 카버®199 사후에 발견된 미발표작들을 한데 묶은
단편집.《에스콰이어Esquire》편집장이 카버의 부인을 설득해
서 그의 서재를 수색하여 유작 3편을 발견했다고 한다.

必要になったら
電話をかけて

レイモンド・カーヴァー
村上春樹=訳

주오코론신샤, 2000년

냇 킹 콜

Nat "King" Cole (인)

'킹'이라는 애칭을 가진, 20세기를 대표하는 재즈 싱어이자 피아니스트. 『양을 쫓는 모험』ⓟ400과 『국경의 남쪽, 태양의 서쪽』ⓟ087 두 작품에는 주인공이 레코드로 냇 킹 콜이 부르는 〈국경의 남쪽South of the Border〉을 듣는 장면이 나온다. 그러나 실제로는 냇 킹 콜이 〈국경의 남쪽〉을 불러 레코드에 수록한 적이 없으므로 환상의 세계로 들어서는 연출이지 않을까 추측한다.

노르웨이의 숲

ノルウェイの森 | Norwegian Wood (장)

"100퍼센트 연애소설"이라는 띠지 문구로 1980년대 말에 폭발적으로 유행한 대표작. 단행본과 문고본을 합해 1천만 부를 넘어섰다. 하루키 최초의 완전한 리얼리티 소설로, 이 이후로 등장인물에게 이름을 붙였다. 1968년, 대학 1학년생인 와타나베 도루ⓟ429는 고등학교 시절 친구의 연인이었던 나오코ⓟ117와 재회하지만, 그녀는 차츰 정신이 불안정해져 요양원에 들어간다. 얼마 후 와타나베는 대학에서 만난 미도리ⓟ251라는 여학생에게도 끌린다. 인상적인 빨간색과 초록색 표지는 하루키가 직접 고안한 디자인이다. 「반딧불이」ⓟ262가 그 원형인 자전소설이며, 실제로 하루키가 학창

시절에 살았던 기숙사 '와케이주쿠ⓟ428'도 나온다. 원래 제목은 '빗속의 정원雨の中の庭'이었다.

노벨문학상

The Novel Prize in Literature

다이너마이트를 발명한 알프레드 노벨Alfred Nobel의 유언으로 창설된 세계적 상. '인류에게 최대의 공헌을 한 사람들'에게 주어지는 물리학, 화학, 생리학·의학, 경제학, 문학, 평화 여섯 부문 중 하나. 일본 작가로는 가와바타 야스나리川端康成와 오에 겐자부로大江健三郎가 노벨문학상을 받았고, "다음은 하루키인가?"라는 소문이 십 년쯤 전부터 떠돈다. 2017년에는 일본계 영국인 가즈오 이시구로ⓟ058가 수상해서 화제가 되었다.

녹색 짐승

綠色の獸 | The Little Green Monster (단)

주부인 '내'가 정원에 있는 모밀잣밤나무 한 그루를 바라보는데 밑동의 땅이 솟구쳐 오르며 녹색 짐승이 기어 나온다. 그 짐승은 나에게 프러포즈를 하지만, 내가 떠올릴 수 있는 가장 잔혹한 장면을 상상하자 사라진다. '녹색'은 하루키 작품에서 자주 '생生'을 상징하는 색이다.『노르웨이의 숲』ⓟ126의 미도리綠, ⓟ251,『색채가 없는 다자키 쓰쿠루와 그가 순례를 떠난 해』ⓟ311의 미도리카와綠川, ⓟ252는 소설 속에서 중요한 역할을 한다.『렉싱턴의 유령』ⓟ204 수록.

논병아리

かいつぶり | dabchick (단)

오리와 비슷한 '논병아리목 논병아리과 논병아리속'으로
분류되는 새. 주인공 '내'가 가까스로 구한 직장에 처음 출
근하는 날, 문을 노크하자 안에서 모습을 드러낸 남자가 암
호를 대라고 말한다……. '손에 올라앉은 논병아리' 등 의
미 불명의 대화가 매력적인 부조리 엽편소설. 『4월의 어느
맑은 아침에 100퍼센트의 여자를 만나는 것에 대하여』ⓟ636
수록.

뉴요커
The New Yorker

《뉴요커》1991년 11월 18일 호에 제이 루빈ⓟ490이 번역한 단편소설 「코끼리의 소멸」ⓟ536이 실리면서 미국에서 하루키의 인기에 불을 붙였다. 그 후《뉴요커》가 하루키 작품 중에서 선별한, 같은 제목의 초기 단편집 『코끼리의 소멸』ⓟ537이 크노프 출판사에서 출간되어 스테디셀러로 자리 잡았다.

《뉴요커》, 1991년 11월 18일 호

뉴욕 탄광의 비극

ニューヨーク炭鉱の悲劇 | New York Mining Disaster (단)

'나'와 '태풍이 오면 동물원에 가는 친구'의 이야기. 제목
은 비지스Bee Gees의 데뷔곡 〈New York Mining Disaster
1941〉에서 따왔다. 이 노래 가사에 매료되어 어쨌든 '뉴욕
탄광의 비극'이라는 제목으로 소설을 써보고 싶었다고 하
루키는 말했다. 『중국행 슬로 보트』ⓟ504 수록.

인터뷰 베슐레 교수

하루키스트의 데드히트|특별 인터뷰

세계는 왜 무라카미 하루키를 읽는가?

앙토냉 베슐레Antonin Bechler는 프랑스에서 하루키를 연구하는
스트라스부르 대학의 교수다. 유럽에서도 인기 있는 그의 강
의 '만화와 하루키'를 듣기 위해 이 대학에 진학하는 학생도
많다고 한다. 그의 수업을 청강하고 그에게 하루키 문학의
비밀에 관해 깊이 있는 이야기를 차분히 들어봤다.

dictionary of Haru

Q 먼저 하루키의 문학적인 뿌리에 관해서는 어떻게 생각하십니까?

A 『양을 쫓는 모험』에는 이미 SF와 판타지 요소가 담겨 있어요. 그 어조를 보면 미국 SF 영화에 강한 영향을 받았다는 것을 알 수 있습니다. 예를 들면 '양'은 프랜시스 포드 코폴라Francis Ford Coppola의 영화 〈지옥의 묵시록〉을 떠올리게 합니다. 실제로 미국 SF 영화의 영향은 하루키가 쓴 여러 소설의 기본 구조가 됐습니다.

Q 그러고 보니 하루키는 〈스타워즈〉를 무척 좋아한다고 했어요.

A 『세계의 끝과 하드보일드 원더랜드』의 구조와 결말 방식은 리들리 스콧Ridley Scott 감독의 〈블레이드 러너Blade Runner〉에 영향을 받았습니다. 이 영화는 하루키가 이 소설을 집필할 때 일본에서 개봉된 작품입니다. 또한 1994~1995년에 걸쳐서 『태엽 감는 새 연대기』를 발표

Murakami Words

했는데, 데이비드 린치의 TV 드라마 〈트윈 픽스〉 시리즈가 이 소설에 영향을 주었습니다. 이 드라마는 때마침 하루키가 프린스턴 대학에 체재했던 시기에 미국에서 방영됐지요.

Q **SF 영화 구조를 가진 문학이라는 뜻인가요?**

A 하루키 작품은 어른의 판타지입니다. 지브리 애니메이션과 마찬가지로 독자에게 '치유'의 경험을 안겨줍니다. 그리고 일부러 대중적이고 통속적인 기호를 군데군데 심어놓는 것이죠.

Q **분명 기호 문학이라고도 할 수 있겠군요. 하루키는 대체 무엇을 쓰고 싶었을까요?**

A 하루키가 문학의 길을 걷기 시작한 배경에는 1980년대 일본의 역사적, 경제적 상황이 중요하게 자리 잡고 있습니다. 일본의 1980년대는 경제 위기와 오일쇼크가 끝난 후 점진적으로 상승하는 시대였고, 그 십 년 동안 사람들은 풍요로워졌습니다. 일본인은 개인적으로

도 물질적으로도 여유를 추구하게 됐고, '역사적 기억
상실' 현상이 이 시대에 형성됩니다.

Q **구체적으로 말씀해주세요.**

A 하루키는 흡사 화가 같습니다. 그는 이야기의 상황을
묘사하는 능력이 매우 뛰어납니다. 리얼리스트의 측면
이 느껴집니다. 그 스타일은 매우 단순하지만, 가브리
엘 가르시아 마르케스의 책을 떠올리게 하죠. 완전히
인공적이라고 할까, 『백년의 고독Cien A ños de Soledad』과
같은 원리입니다. 주인공의 이야기를 따라가노라면 어
느 순간 다시 되돌아와서 결국은 100퍼센트 무의미해
지는 듯한 느낌이에요. 이런 인상은 『해변의 카프카』
에도 있습니다.

Q **그림으로 비유하자면 초현실주의 그림 같은 느낌도 드는
군요.**

하루키와 하이쿠

A 하루키는 스스로도 밝혔지만 미국 문학에 영향을 받았습니다. 첫 소설 『바람의 노래를 들어라』를 영어로 쓰기 시작하려고 했을 정도입니다. 이건 전설이 되어버려 사실인지는 알 수 없지만, 아무튼 일본에서는 하루키의 표현법이 '일본적이지 않다'고 여깁니다.

Q **하루키는 많은 비유와 은유, 색다른 대비를 소설 속에서 사용합니다. 여기에는 어떤 효과가 있을까요?**

A 그 스타일은 아르헨티나 작가 호르헤 루이스 보르헤스를 방불케 합니다. 하루키의 문체에는 일종의 '투명함'이 있어요. 약간 철학적인 의미를 찾아보자면 그것은 '무無'입니다. 텅 빈 상태인데도 대단한 웅변인 거죠. 텅 빈 공간이니 그 속에는 아무것도 없지만, 그것이 바로 '커뮤니케이션 스페이스communication space'가 되는 겁니다.

Q **비유 속에서 커뮤니케이션을 한다는 뜻인가요?**

dictionary of Haru

A 예를 들자면 하루키는 『태엽 감는 새 연대기』에서 재미있는 대비로 비유합니다. "그녀의 부모님은 몹시 냉랭하게 반응했다. 마치 온 세상의 냉장고 문이 한꺼번에 활짝 열린 것 같았다"나 "회색 셔츠를 입고서 어둠 속에 가만히 웅크리고 있으면 그녀는 마치 잘못된 장소에 남겨진 짐처럼 보였다"가 있죠. 더없이 간단한 말에 아이러니를 포함시키고, 가짜 순진함으로 현실과는 전혀 다른 요소와 연결합니다.

Q '일본적'이라는 뜻인가요?

A 그거야말로 일본의 시나 하이쿠죠. 상반되는 것들의 충돌로 생겨나는 이미지. 하이쿠에서도 그런 발상이 보입니다. 두 가지 요소, 상반되는 세계의 두 요소를 충돌시킴으로써 시적인 빅뱅을 발생시킨다. 제가 받은 인상으로는, 하루키의 비유는 그런 하이쿠적 발상에 뿌리를 둔 것 같습니다.

Q '하이쿠적 비유'가 하루키 작품의 매력 중 하나라는 말이군요.

A 쉽게 읽혀서 알아채기 어렵지만, 그런 비유와 이야기
의 줄거리 사이에는 전혀 연관이 없습니다. 그런 비유
는 역할이 없기 때문에 거기에 들어갈 수 있는 겁니다.
먼 현실 세계에서 도입되어 시적인 숨결을 불어넣습
니다. 서양적인 감각이나 방식이라고 일컬어지는 하루
키의 표현법에 일본적인 뭔가가 있다면 바로 이 점이
라고 생각합니다. 다시 말하면 어린이용이 아닌 '어른
용 작품에 판타지를 끌어들이는 용기' 말입니다. 전혀
관계없는, 완전히 초현실적인 비유를 끌어들여 소설에
생기를 불어넣는 점이 매력인 거죠.

어른의 동화

Q **하루키 작품의 가장 큰 주제는 무엇일까요?**

A 초기에는 '현대인의 고독과 상실감'이 주된 주제였다
고 생각합니다. '사회와 분리된 것 같은 고독', 그렇다
면 '인간관계를 어떻게 수복修復할 것인가' 하는 문제
가 하루키의 큰 주제 중 하나입니다. 수복한다는 표현
은 과장됐는데, 어긋난 인간관계는 그리 간단히 고쳐

질 리가 없으므로 그 대신 사회성을 배제한 소설 속 세계에서 판타지적·SF적·신화적인 요소로 그것을 메우는 거죠. 저는 이것이 하루키의 기본적인 방법이 아닐까 생각합니다.

Q **예리한 지적입니다. 당신은 하루키 문학의 어떤 면에 재미를 느끼나요?**

A 외국인 독자에게 하루키 소설의 재미를 들자면, 강하게 공감할 수 있는 서양적 고독이 섬세하게 묘사되는 동시에 그것을 극복하기 위한 신화적 요소가 곳곳에 심어져 있다는 점입니다. 자신의 고독과 상실감을 잊게 해주는 '어른의 동화' 같은 요소가 그의 소설에서는 중요하다고 생각합니다.

Q **어른의 동화라고요?**

A 예를 들면 프랑스 독자에게 판타지 소설이라고 하면 매우 어둡고 무서운 스릴러밖에 없습니다. 아니면 반대로 판타지를 좀 더 가볍게 다룬 동화 같은 소설뿐이

죠. 그래서 판타지 소설을 읽고 싶을 때는 무엇을 읽어
야 좋은가 하는 문제가 생겨날 수밖에 없어요. 동화를
읽으면 어린애 취급을 받을 테고, 일상을 잊기 위해 읽
고 싶은 책이 공포물은 아니니까요. 그럴 때 하루키의
재능이 매우 큰 도움이 됩니다.

치유의 문학

Q **다시 말해 하루키 문학이 치유 작용을 한다는 뜻인가요?**

A 네, 자신의 고독감과 상실감을 잊게 해주는 인간관계
를 되찾는 것은 현대인에게 중요한 주제입니다. 하루
키 소설에는 대부분 고립된 주인공이 등장합니다. 고
독하지는 않더라도 주부인데 아이가 없거나, 부모가
없거나, 외부와의 연결 고리가 없는 단절된 관계밖에
없다는 설정입니다. 현대 독자들이 매우 동화되기 쉬
운 구조이지요. 그 속에서 어긋난 인간관계를 어떻게
회복하느냐가 하루키 문학의 중요한 포인트입니다.

Q **다시 말해 하루키 문학을 읽으면서 인간관계를 회복할 수**

dictionary of Haru

있다고 착각한다는 뜻인가요?

A 그렇죠. 독자는 하루키 작품을 읽으면서 치유됩니다.
어떤 부분이 치유될까요? 소설이 진행되는 과정에서
(특히 결말 부분에서) 어긋난 인간관계가 수복된다는 것
이 주요 구조입니다. 다른 한 가지는 이상하리만큼 차
가운 현대사회와는 다른 차원에서 좀 더 따뜻하고, 좀
더 유대가 풍부한 판타지 세계가 전개된다는 것이겠
죠. 그런 점들에서 '치유의 문학'이라고 말할 수 있습
니다.

곳곳에 흩뿌려진 대중문화 기호

Q **하루키 문학이 세계적으로 읽히는 이유는 뭘까요?**

A 서양적 후기산업사회인 나라에서 하루키 소설이 읽히
는 건 분명하죠. 하루키 소설에는 보편적인 대중문화
기호가 흩뿌려져 있어서 독자들이 친숙하게 느끼기 때
문입니다.

Murakami Words

Q **흩뿌려진 기호를 즐긴다는 뜻인가요?**

A 예를 들면 서양 독자가 하루키 소설을 읽을 때 그 무대
가 일본이어서 위화감이 생기는 경우는 없어요. 일본이
라도 하루키의 주인공들은 서양적인 식생활을 하고 서
양적인 직업을 가지고 있으니까요.

Q **그렇군요.**

A 하지만 하루키 소설에는 신도神道(일본 민족 고유의 전통
신앙)의 요소나 애니미즘이 들어 있고, 그것은 일본 문
화에 바탕을 둔 세계입니다.

Q **일본 사람들을 마물이나 요괴와 공존하는 인종이라고 생
각한다는 말입니까?**

A 그런 면도 있을 겁니다. 하루키를 좋아하는 젊은 독자
는 대부분 지브리 애니메이션도 똑같이 좋아합니다. 지
브리 애니메이션에서 찾는 판타지적 치유를 이번에는
하루키 소설에서도 똑같이 찾지 않을까 싶어요. 현실과

dictionary of Haru

비현실의 세계가 비교적 조화롭게 어우러져 전개되니까요.

Q **가브리엘 가르시아 마르케스나 데이비드 린치와는 어떤 점이 다른가요?**

A 역시 가볍다는 점이 다릅니다. 그리고 낙관적이죠. 린치의 영화에는 낙관적인 요소가 들어 있지 않아요. 마르케스의 경우에는 그 이면에 감춰진 사회문제를 다루기 위해서 판타지 요소를 끌어들였을 것입니다. 하루키에게는 그런 면이 전혀 없고, 독자나 등장인물이 단절된 세계와의 유대를 되찾도록 가벼운 낙관적 판타지를 카메라 앞에 제공하는 게 아닐까 생각합니다.

Q **과연 그렇군요. 감사합니다.**

(프랑스 스트라스부르 대학에서)

Murakami Words

뉴클리어 에이지

ニュークリア・エイジ | The Nuclear Age (번)

베트남전쟁과 반전운동으로 요동친 1960년대 미국의 꿈과 좌절을 그린 팀 오브라이언ⓟ562의 장편소설. 줄기차게 방공호를 파는 '나'와 친구들이 새로운 '핵 시대'를 살아가는 청춘 군상극이다.

문게이(순주), 1994년

니나가와 유키오

蜷川幸雄 | Yukio Ninagawa (인)

셰익스피어와 그리스 비극이 특기인 연출가로, '세계의 니나가와'라고 불린다. 2012년과 2014년에 『해변의 카프카』 ⓟ615를 연극 무대에 올려서 화제가 되었다. '다무라 카프카 ⓟ152'는 야기라 유야와 후루하타 니노, '사에키 씨ⓟ307'는 다나카 유코와 미야자와 리에, '오시마 씨ⓟ420'는 하세가와 히로키와 후지키 나오히토가 각각 연기했다. '나카타 씨 ⓟ118'는 두 번 다 기바 가쓰미가 열연했다. 2016년 별세.

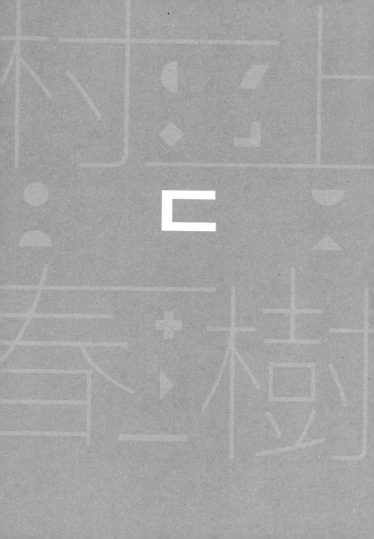

다그 솔스타

Dag Solstad (인)

일본에는 거의 알려지지 않았지만, 노르웨이를 대표하는 소설가. 하루키가 번역한『Novel 11, Book 18』⑨644은 '문학의 집'의 초대를 받아 오슬로에서 한 달간 체류할 때 공항에서 산 책이다. 비행기에서 몇 페이지를 읽기 시작하자 멈출 수가 없어서 번역하기 시작했다고 한다.

다리미가 있는 풍경

アイロンのある風景 | Landscape with Flatiron (단)

이바라키 현의 어느 해변, 모닥불을 둘러싼 남녀의 이야기. 가출해서 편의점에서 일하는 '준코順子'와 중년 화가 '미야켍宅 씨'는 해변에서 모닥불을 피우는 취미가 있다. 미야케 씨가 최근에 그린 그림의 제목이 '다리미가 있는 풍경'이다. 『신의 아이들은 모두 춤춘다』ⓟ351 수록.

다림질

アイロンかけ | Ironing

다림질을 하는 행위는 '정화淨化'의 메타포로 하루키 작품에
자주 등장한다.『태엽 감는 새 연대기』Ⓟ551의 주인공은 머릿
속이 혼란스러울 때마다 셔츠를 다리며, 그 과정은 총 12단
계로 나뉜다.『무라카미 하루키 잡문집』Ⓟ243에 수록된 수필
「올바른 다림질법正しいアイロンのかけ方」에 따르면, 하루키는 다
림질이 '비교적 특기'이고, '배경음악으로는 솔뮤직soul music
이 어울리는' 모양이다.

다마루

タマル | Tamalu (등)

『1Q84』①633에 등장하는 '버드나무 저택'의 경호원으로 노부인의 집사 겸 보디가드 역할을 한다. 연령은 마흔 전후, 자위대 특수부대 출신이며 가라테 유단자다. 종전을 맞기 한해 전에 사할린에서 태어났고, 일본으로 돌아오지 못한 한국인 부모와 헤어져서 혼자 홋카이도로 건너가 고아로 자랐다. 나중에 양자 결연으로 일본 국적을 취득한다. 본명은 '다마루 겐이치田丸健一'. 간단한 요리를 매우 품위 있게 적절히 잘 만든다.

다무라 카프카

田村カフカ | Kafuka Tamura (등)

『해변의 카프카』ⓟ615의 주인공으로 도쿄 도 나카노 구 노카 타에 사는 열다섯 살 중학교 3학년생. 네 살 때 어머니가 누 나를 데리고 집을 나간 후로 아버지와 둘이서 살아왔다. 생 일날 심야 버스를 타고 가출하여 다카마쓰에 있는 고무라기 념도서관ⓟ071에서 살기 시작한다. 독서를 좋아한다. 이름 인 카프카는 체코어로 '까마귀ⓟ105'라는 뜻.

다시 찾은 바빌론
—더 스콧 피츠제럴드 북 2

バビロンに帰る—ザ・スコット・フィッツジェラルド・ブック2 | Babylon Revisited (번)

하루키가 번역한 스콧 피츠제럴드의 단편소설 5편과 그의
연고지를 방문한 「스콧 피츠제럴드의 환영スコット・フィッツジ
ェラルドの幻影」이라는 수필이 실려 있다. 이 책에 수록된 단편
「다시 찾은 바빌론」은 엘리자베스 테일러가 주연한 〈내가
마지막으로 본 파리The Last Time I Saw Paris〉라는 영화로도 만들
어졌다.

주오코론샤, 1996년

다자키 쓰쿠루

多崎つくる | Tsukuru Tazaki (등)

『색채가 없는 다자키 쓰쿠루와 그가 순례를 떠난 해』[p]311의 주인공. 역이 좋아서 철도 회사에서 일하는 서른여섯 살의 독신 남성이다. 애인은 기모토 사라. 나고야 시절에 친하게 지낸 친구들의 성姓에는 모두 '색'이 들어 있지만, 쓰쿠루의 성 '다자키多崎'에는 색이 들어 있지 않다는 이유로 줄곧 소외감을 느꼈다.

달리기를 말할 때 내가 하고 싶은 이야기

走ることについて語るときに僕の語ること

What I Talk About When I Talk About Running (수)

'달리기'와 '소설'에 관련된 수필을 묶은 회고록. 집중력을
유지하기 위해서는 반드시 체력이 필요하다고 판단하고,
'달리기'를 선택한 하루키의 고독한 싸움이 서술되어 있다.
제목은 레이먼드 카버ⓟ199의 단편집『사랑을 말할 때 우리
가 이야기하는 것』ⓟ303에서 따왔다.

문예이순주, 2007년

村上春樹
Haruki Murakami

走ることについて
語るときに
僕の語ること

文藝春秋

담배

たばこ | cigarette

하루키도 예전에는 담배를 지독히 피웠던 터라 데뷔작 『바람의 노래를 들어라』ⓟ257에는 "그녀가 죽었다는 소식을 들었을 때 나는 6,922번째 담배를 피우고 있었다"와 같은 흡연 장면이 많다. 『스푸트니크의 연인』ⓟ341의 스미레ⓟ333나 『태엽 감는 새 연대기』ⓟ551의 가사하라 메이ⓟ055 같은 여성들도 예외는 아니다. 하루키는 지금은 담배를 끊었는데, 시드니 올림픽 견문기 『시드니!』ⓟ343에 "경기장은 모두 완전 금연. 꽤 오래전에 담배를 끊어두기를 잘했다는 생각이 든다"라고 쓰여 있다.

대성당

大聖堂 | Cathedral (번)

레이먼드 카버®199의 단편집. 표제작인 단편 「대성당」은 주인공 '나'의 집에 아내의 친구라며 눈먼 흑인 남자 로버트 Robert가 묵으러 오는 이야기다. 함께 식사를 하고 대마초를 피우는 사이, '나'는 그에게 신비로운 감정을 품게 된다. 그리고 서로 손을 포개어 볼펜을 쥐고 대성당을 그린다.

댄스 댄스 댄스

ダンス·ダンス·ダンス | Dance Dance Dance (장)

자유 기고가로 '문화적 눈 치우기ⓟ248'를 계속하는 '나'는 다시금 홋카이도의 돌고래 호텔ⓟ179로 찾아가서 양 사나이ⓟ398와 재회한다. 그리고 귀에 특별한 능력을 가진 옛 애인 키키ⓟ547가 중학교 동창생이자 인기 배우인 고탄다 군ⓟ078이 출연하는 영화에 나오는 모습을 발견하고, 그녀를 찾기로 결심한다. 『바람의 노래를 들어라』ⓟ257, 『1973년의 핀볼』ⓟ632, 『양을 쫓는 모험』ⓟ400에 이어지는 '나와 쥐' 4부작의 최종편. 1980년대 고도자본주의 사회를 비판한다.

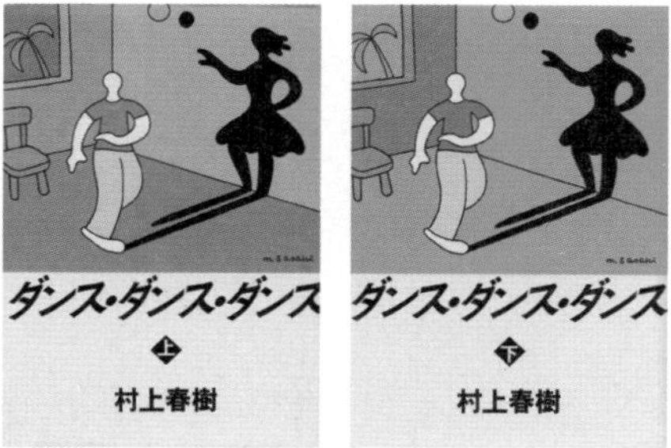

고단샤, 상하권 1988년

더 스콧 피츠제럴드 북

ザ・スコット・フィッツジェラルド・ブック (수)(번)

하루키가 경애하는 작가 스콧 피츠제럴드⊕595를 조금이라
도 더 많은 사람에게 알리고자 그와 관련된 글들을 정리한
책이다. 피츠제럴드의 연고지를 찾아간 기행문, 피츠제럴
드의 아내 젤다의 전기 등이 포함되어 있다. 새롭게 번역한
단편소설도 2편 실었다.

더 스크랩—1980년대를 추억하며

'The Scrap'—懐かしの一九八〇年代 | The Scrap (수)

1980년대의 추억을 스크랩처럼 정리해서 엮은 수필집. 마이클 잭슨Michael Jackson과 똑같은 쇼를 하는 사람, 영화〈스타워즈—제다이의 복수〉를 세 번이나 본 이야기, 도쿄 커피숍 순례, 안자이 미즈마루ⓟ381와 함께한 개장 직전의 도쿄 디즈니랜드 리포트 등 그리운 일화들이 일기처럼 쓰여 있다. 표지는 와다 마코토ⓟ425의 그림.

문게이춘주, 1987년

던킨 도넛

ダンキンドーナツ | Dunkin' Donuts

미국의 도넛 체인점. 1970년에 첫 해외 매장을 일본에 열었지만 1998년에 철수했다. 하루키가 가장 좋아하는 패스트 푸드점이며, 주인공들이 자주 먹는 도넛도 거의 대부분 던킨 도넛 상품이다. 특히 『댄스 댄스 댄스』ⓟ158에서는 '내'가 홋카이도에 체류할 때 매일 도넛을 먹는데, "호텔 조식은 하루면 질린다. 던킨 도넛이 최고다. 싸고 커피도 리필할 수 있다"라고 말하는 장면이 유명하다.

데렉 하트필드

デレク・ハートフィールド | Derek Hartfield (등)

『바람의 노래를 들어라』ⓟ257에 등장하는 가공의 작가. 「화성의 우물」ⓟ624 등의 작품을 남기고, 6월 어느 맑게 갠 일요일 아침, 오른손으로는 아돌프 히틀러Adolf Hitler의 초상화를 끌어안고, 왼손으로는 우산을 쓴 채 엠파이어스테이트빌딩 옥상에서 뛰어내려 자살했다. 주인공인 '내'가 가장 많이 영향을 받은 인물이다. 발표 당시에 도서관으로 「화성의 우물」을 찾는 문의가 쇄도해서 사서들이 애를 먹었던 모양이다.

데이비드 린치

David Lynch (인)

〈이레이저 헤드Eraser Head〉, 〈엘리펀트 맨The Elephant Man〉 등 기괴한 영상으로 유명한 미국 영화감독. 하루키는 이 감독의 작품 중에서는 〈멀홀랜드 드라이브Mulholland Drive〉를 좋아한다. 〈트윈 픽스Twin Peaks〉에도 빠져서 "미국에 살 때 TV 드라마로 방영해서 주말마다 기대하며 봤어요. 마침 『태엽 감는 새 연대기』ⓟ551를 썼던 시기라 조금은 영향이 있었을지 모르죠"라며 자기 작품이 그 영향을 받았다고 인정했다.

덴고

天吾 | Tengo (등)

『1Q84』ⓟ633의 주인공 중 한 사람으로 수학 학원 강사. 이제 곧 서른이다. 고엔지ⓟ076의 작은 아파트에 살면서 소설을 쓴다. 전체 이름은 '가와나 덴고川奈天吾'다. 열일곱 미소녀 후카에리ⓟ627가 쓴 신인상 응모작 『공기 번데기』ⓟ080를 고쳐 쓴다.

도넛

ドーナツ | donut

『양을 쫓는 모험』ⓟ400에는 "도넛 구멍을 공백으로 받아들이느냐, 아니면 존재로 받아들이느냐는 어디까지나 형이상학적인 문제이며, 그로 인해서 딱히 도넛 맛이 변할 리는 없다"는 유명한 문장이 나온다. 하루키는『저녁 무렵에 면도하기』ⓟ486에서 도넛 구멍은 언제 누가 발명했는지 아십니까? 모르시죠, 라며 넘치는 도넛 사랑을 풀어냈다.

도서관

図書館 | library

하루키 작품에 자주 등장하는 중요한 '이계' 중 하나. 『해변의 카프카』ⓟ615에서는 "바꿔 말하자면, 너는 영원히 너 자신의 도서관 안에서 살아가게 된다"라고 오시마 씨ⓟ420가 말한다. 『꿈꾸기 위해 매일 아침 나는 눈을 뜹니다』ⓟ106에서 하루키는 "나는 왠지 도서관이 일종의 이계 같은 느낌이 듭니다"라고 얘기했다.

도서관 기담

図書館奇譚 | The Strange Library (단)(그)

도서관으로 '오스만튀르크 제국의 세금 징수 정책'에 관한 책을 찾으러 간 '내'가 '독서실讀書室'이라는 이름이 붙은 지하 독방에 갇힌다. 나중에 『이상한 도서관』ⓟ466으로 제목을 바꾸어 사사키 마키ⓟ305와 함께 작업한 그림책이 출간됐다. 독일에서도 카트 멘시크의 일러스트레이션으로 그림책이 발매됐고(이 그림책Die unheimliche Bibliothek은 한국에서 『이상한 도서관』으로 번역됐다), 일본에 역수입됐다. 『4월의 어느 맑은 아침에 100퍼센트의 여자를 만나는 것에 대하여』ⓟ636 수록.

카트 멘시크 일러스트레이션
신초샤, 2014년

무라카미 하루키 도서관
(혹은 정신안정제로서의 서가)

무라카미 하루키에 대한 연구서나 해설서는 과연 몇 권이나
될까? 1980년대부터 속속 출판되어 잡지나 무크지까지 포
함하면 그 수는 100권이 넘는다. 평론이나 문학 연구, 하루
키의 한 작품에 관해 철저하게 분석한 책, 줄거리를 소개하
는 초보자용 입문서, 요리나 음악 등 특정 주제로 깊이 파고
든 해설서, 작품의 무대가 된 장소를 돌아보는 가이드북 등
장르는 실로 다양하기 이를 데 없다. 그중에서도 특히 흥미
롭고 깊이 있는 내용이 담긴 책들을 정리했다. 희귀한 출판
물로는 미국 출판사인 빈티지북스에서 하루키 작품을 토대
로 펴낸 수첩도 있다.

초기 키워드로 하루키를 풀어 읽자

Happy Jack 쥐의 마음─무라카미 하루키 연구 독본
Happy Jack 鼠の心─村上春樹の研究読本
다카하시 데미코 엮음 | 호쿠소샤 | 1984년

평론, 좌담회, BGM 사전, '나'와 '쥐'의 연보 등을 바탕으로 『양을 쫓는 모험』까지 초기 3부작을 고찰한다.

양의 레스토랑─무라카미 하루키의 식탁
羊のレストラン─村上春樹の食卓
다카하시 데미코 지음 | CBS소니출판 | 1986년

요리와 술 등 작품 속에 등장하는 식탁을 통해 하루키 문학에 숨겨진 메시지를 검증한다.

코끼리가 평원으로 돌아간 날
─키워드로 읽는 무라카미 하루키
象が平原に還った日─キーワードで読む村上春樹
구와 마사토, 히사이 쓰바키 지음 | 신초샤 | 1991년

'바람의 노래', '양', '하트필드' 등 하루키 문학의 키워드를 독자적인 시선으로 분석한다.

Murakami Words

하루키를 끝까지 파고든다

무라카미 하루키 옐로 페이지
村上春樹 イエローページ
가토 노리히로 엮음 | 아레치슛판샤 | 1996년

서른한 명의 공동 작업으로, 상세한 연표·도표·통계를 통해 하루키 소설의 재미를 파헤친다.

하루키 씨를 조심하세요
村上春樹にご用心
우치다 다쓰루 지음 | 아르테스퍼블리싱 | 2007년

하루키의 노벨상 수상을 축하하기 위한 예정 원고를 십이 년 동안이나 쓰고 있는 사상가 우치다 다쓰루의 획기적인 무라카미 하루키론.

무라카미 하루키 끝까지 읽기
村上春樹を読みつくす
고야마 데쓰로 지음 | 고단샤겐다이신쇼 | 2010년

문예 기자인 저자가 양 사나이, 도넛, 우물 등 익숙한 키워드를 참신하고도 철저하게 해설한다.

dictionary of Haru

무라카미 하루키와 나
村上春樹と私
제이 루빈 지음 | 동양경제신문사 | 2016년

하루키 작품을 미국에 소개해온 번역가 루빈이 하루키와 번역에 관해 얘기한다.

주제별 하루키 심층 탐구

요리 | 하루키 레시피·하루키 레시피 프리미엄
村上レシピ·村上レシピ プレミアム
부엌에서 읽은 무라카미 하루키 모임 엮음 | 아스카신샤 | 2001년

하루키 소설이나 수필에 먹음직스럽게 묘사되는 요리를 실제로 재현하고 그 레시피를 소개한다.

음악 | 무라카미 하루키를 듣다—무라카미 월드의 선율
「村上春樹」を聴く—ムラカミワールドの旋律
고니시 게이타 지음 | CCC미디어하우스 | 2007년

하루키의 장단편 작품에 등장하는 모든 곡과 아티스트를 해설한다. CD 부록 포함.

Murakami Words

산책 | 산책하면서 즐기는 무라카미 하루키
さんぽで感じる村上春樹
나카무라 구니오, 도젠 히로코 지음 | 다이아몬드샤 | 2014년

홋카이도부터 고베까지 하루키 작품의 무대가 된 장소를 걸어볼 수 있도록 안내한다.

고양이 | 하루키, 고양이는 운명이다
村上春樹とネコの話
스즈무라 가즈나리 지음 | 사이류샤 | 2004년

'고양이와 작가', '고양이와 문학'의 계보를 함께 엮으면서 고양이의 문맥으로 하루키 작품을 풀어낸다.

비유 | 무라카미 하루키를 읽기 위한 비유 사전
村上春樹読める比喩事典
요시카와 야스히사, 니시와키 마사히코 지음 | 미네르바쇼보 | 2013년

하루키의 특징적인 비유를 통해 작품의 매력을 해설한다. 영화, 차량, 동물 등 주제별로 묶은 점이 재미있다.

단편 | 단편으로 풀어 읽는 무라카미 하루키
短篇で読み解く村上春樹
무라카미 하루키를 풀어 읽는 모임 엮음 | 매거진랜드 | 2017년

하루키 단편의 매력을 전하기 위해 모든 단편을 소개한다. 장편에 숨겨진 수수께끼가 풀릴지도.

dictionary of Haru

해외의 하루키 열풍

미국 | 무라카미 다이어리

Murakami Diary 2009
Vintage Books | 2009년

하루키 문학을 이미지화한 그림과 작품 속 명문장을 이용한 다이어리

폴란드

하루키 문학을 사랑하는 저자가 작품과 관련된 도쿄 곳곳을 둘러본 도쿄 가이드북.

태국

타이어로 쓰인 하루키 입문서. 권말에는 하루키의 모든 작품 목록을 각국의 번역서와 함께 소개한다.

타이완

중국어로 쓰인 포토 에세이로, 하루키 작품의 무대를 돌아본다. 『도쿄·여행』, 『그리스·고양이』 2권이 있다.

Murakami Words

도요타 자동차

トヨタ自動車 | Toyota Motor Corporation

하루키 작품에는 도요타 자동차가 자주 등장한다. 『1Q84』ⓟ633의 첫 부분에 등장하는 택시는 도요타의 크라운 로열 살롱. 『색채가 없는 다자키 쓰쿠루와 그가 순례를 떠난 해』ⓟ311에서도 주인공의 친구인 아오ⓟ369가 나고야의 도요타 지점에서 '렉서스ⓟ202'를 파는 영업 사원이 되어 있다. 또한 『국경의 남쪽, 태양의 서쪽』ⓟ087에는 주인공이 만약 내가 아오야마에서 바를 경영하지 않았다면 도요타 차를 타고 다닐 거라고 생각하는 장면이 있다.

도쿄 기담집

東京奇譚集 | Five Strange Tales from Tokyo (집)

'기묘한 이야기'를 주제로 한 단편소설 5편 「우연 여행자」
Ⓟ446, 「하날레이 해변」Ⓟ604, 「어디가 됐든 그것이 발견될 것
같은 장소에」Ⓟ401, 「날마다 이동하는 콩팥 모양의 돌」Ⓟ121,
「시나가와 원숭이」Ⓟ342를 수록했다. 장편을 오랫동안 계속
집필한 후였기 때문에 단편을 한번에 몰아서 쓰고 싶은 충
동이 솟구쳐서 일주일에 한 편씩 쓰는 속도로 한 달여 만에
완성했다고 한다.

新潮社, 2005년

東京奇譚集
村上春樹

新潮社

도쿄 스루메 클럽의 지구를 방랑하는 법

東京するめクラブ 地球のはぐれ方 (기)

하루키, 요시모토 유미吉本由美, 쓰즈키 교이치都築響一가 나고야의 멋진 찻집, 아타미의 비보관秘宝館(성性 박물관), 아무도 모르는 강의 섬, 사할린, 기요사토 등을 방문한 후 함께 쓴 여행기다. 이 나고야ⓟ113 취재를 계기로『애프터 다크』ⓟ387의 러브호텔 '알파빌ⓟ385'이 생겨났다. 나아가 나고야를 무대로『색채가 없는 다자키 쓰쿠루와 그가 순례를 떠난 해』ⓟ311를 쓰는 등 훗날 하루키 작품에 중요한 취재가 되었다.

분게이슌주, 2004년

도쿄 야쿠르트 스왈로즈

東京ヤクルトスワローズ | Tokyo Yakult Swallows

하루키는 야쿠르트 스왈로즈 팬클럽의 명예 회원이다. 공식 사이트에 수필을 보낼 정도로 열렬한 팬이다. 야쿠르트 시합을 보러 간 진구 구장ⓟ509에서 소설을 써야겠다는 생각이 떠올랐던 만큼 특별한 애정이 있는 듯하다. 참고로 『꿈에서 만나요』ⓟ107에 '야쿠르트 스왈로즈 시집에서'라고 밝힌 시 5편이 수록되어 있지만, 실제로 시집이 출판된 것은 아니다.

독립기관

独立器官 | An Independent Organ (단)

주인공은 롯폰기에서 미용 클리닉을 경영하는 도카이渡会라는 이름의 52세 독신 의사. 여자 친구가 많은 그는 여자들이 거짓말을 하기 위한 특별한 '독립기관'을 태생적으로 갖추고 있다고 생각한다. 그런데 어느 날, 이미 결혼한 열여섯 살 연하의 여성과 사랑에 빠지고 만다. 『여자 없는 남자들』ⓟ407 수록.

178

돌고래 호텔

いるかホテル | Dolphin Hotel

『양을 쫓는 모험』ⓟ400에 나오는, 삿포로의 스스키노 주변에 있을 것으로 추정되는 호텔. 정식 명칭은 '돌핀 호텔ドルフィン・ホテル'이며 지배인은 양 박사羊博士의 아들이다. 원래는 홋카이도 면양회관緬羊会館으로, 작고 개성이 없는 숙소였다. 속편 『댄스 댄스 댄스』ⓟ158에서는 〈스타워즈〉ⓟ336의 비밀 기지같이 거대한 고층 호텔로 변모한다. 양 사나이ⓟ398가 사는 곳이라고 팬들이 찾아다니지만 실재하지는 않는다.

동물

動物 | animal

쥐, 양, 코끼리, 고양이, 강치, 새 등 하루키 작품에는 동물이
나 동물원이 자주 등장한다. 『바람의 노래를 들어라』ⓟ257의
쥐, 『양을 쫓는 모험』ⓟ400의 양, 『태엽 감는 새 연대기』ⓟ551
의 고양이와 새. 동물이 등장하는 단편소설로는 「코끼리의
소멸」ⓟ536이나 「개구리 군, 도쿄를 구하다」ⓟ062 등이 있고,
'숨겨진 의미'를 갖는 중요한 모티브로서 소설에 깊이를 부
여한다.

듀크 엘링턴

Duke Ellington (인)

재즈 명곡 〈Take The A Train〉으로 유명한 미국의 재즈 작곡가, 피아노 연주자. 평생 동안 1,500곡 이상을 만들어낸 전설적 아티스트다. 재즈를 트는 품위 넘치는 바 '로빈스 네스트ⓟ206'가 주요 무대인 『국경의 남쪽, 태양의 서쪽』ⓟ087에서는 '로미오와 줄리엣'같이 불운한 운명의 연인들을 노래한 〈The Star Crossed Lovers〉가 주인공 하지메ハジメ가 좋아하는 곡으로 자주 나온다.

(지금은 없는 '관리된 인간' 이라는 동물을 위한)
하루키 동물원

양, 고양이, 새, 코끼리, 강치…… 하루키 작품에는 중요한 장면에서 동물이 자주 나온다. 인간처럼 말을 할 때가 있는가 하면 비유로 쓰일 때도 있다. 『바람의 노래를 들어라』의 한 구절 "인도 바갈푸르에 살던 유명한 표범은 삼 년 동안 인도인을 350명이나 잡아먹었대"부터 『기사단장 죽이기』의 휴대폰 '펭귄 스트랩'까지, 수수께끼로 가득한 하루키적 동물들을 소개한다.

곰

熊 | Bear

때로는 두 발로 걸어서 의인화하기도 쉽다고 일컬어지는 곰은 주인공의 심경을 대변하는 비유로 자주 쓰인다.『노르웨이의 숲』의 유명한 "봄날의 곰만큼 좋아"를 비롯하여『1973년의 핀볼』의 "그런 거리街를, 나는 겨울잠에 들어가기 전의 곰처럼 몇 개나 비축해뒀다",『양을 쫓는 모험』의 "곰 네 마리가 동시에 발톱을 긁어댈 수 있을 만큼 듬직한 자작나무다"나,『댄스 댄스 댄스』에는 이름을 묻자 '곰돌이 푸'라고 대답하는 대화도 나온다.『기사단장 죽이기』에는 헤어진 전처에게 편지를 받은 주인공이 '나는 떠내려가는 빙산에 남겨진 고독한 백곰이다'라고 생각하는 장면도 있다.

Murakami Words

코끼리
象 | Elephant

하루키는 옛날부터 '실물 코끼리를 만드는' 작업에 깊은 흥미가 있었다고 한다. 『코끼리 공장의 해피엔드』나 「춤추는 난쟁이」 같은 작품에는 '코끼리 공장'이 여러 번 등장한다. '코끼리'와 연관된 단편도 많은데 코끼리와 사육사가 어느 날 홀연히 소멸되는 「코끼리의 소멸」, 하이힐을 신은 코끼리가 나오는 「하이힐 ハイヒール」, 「하이네켄 맥주 빈 깡통을 밟는 코끼리에 관한 단문」 등 일일이 세기 힘들 정도다. 장편 중에는 『양을 쫓는 모험』에서 "코끼리는 거북의 역할을 이해하지 못하고, 거북은 코끼리의 역할을 이해하지 못한다. 게다가 어느 쪽도 세계라는 것을 이해하지 못한다"라는 문장이 나온다.

dictionary of Haru

고래
鯨 | Whale

『양을 쫓는 모험』에는 고래의 페니스를 전시하는 수족관이 나오고, "고래의 페니스는 고래에게서 영원히 떼어져 고래 페니스로서의 의미를 완전히 잃어버렸다"는 유명한 문장이 있다. 『1Q84』에는 아오마메가 심호흡을 하는 장면에서 "주위 공기를 있는 힘껏 들이마시고, 있는 힘껏 내뿜었다. 고래가 수면에 떠올라 거대한 폐의 공기를 모조리 바꿔 넣을 때처럼"이라고 묘사한다.

새
鳥 | Bird

하루키 작품에는 『태엽 감는 새 연대기』를 비롯해서 기묘한 새
들이 자주 등장한다. 특히 까마귀가 많은데, 단편 「고깔구이의
성쇠」에는 고깔구이만 먹는 '고깔 까마귀', 『해변의 카프카』에는
'까마귀라 불린 소년'이 등장하고, 『바람의 노래를 들어라』에서
는 "나는 커다란 검은 새가 되어 서쪽을 향해 정글 위를 날아가
고 있었다"라고 묘사된다. 그 밖에 『기사단장 죽이기』에 등장하
는, 천장 밑 다락에 사는 '수리부엉이'는 가와카미 미에코와의
인터뷰집 『수리부엉이는 황혼에 날아오른다』의 제목이 되기도
했다. 『세계의 끝과 하드보일드 원더랜드』에는 "새를 보면 내가
잘못되지 않았다는 걸 알 수 있어"라는 중요한 말이 나온다.

원숭이
猿 | Monkey

이름을 훔치는 원숭이가 등장하는「시나가와 원숭이」뿐만 아니라 다른 비유로도 '원숭이'를 자주 사용한다.『댄스 댄스 댄스』에는 "거대한 회색 원숭이가 해머를 들고 어디에선지도 모르게 방으로 들어와서 내 뒤통수를 힘껏 내리친 것이다. 나는 기절하듯 깊은 잠 속으로 빠져들었다"라는 문장이 있다.『노르웨이의 숲』에서는 "나는 지금 좀 피곤할 뿐이야. 비 맞은 원숭이처럼 피곤해"라고 말하기도 한다.

Murakami Words

드라이브 마이 카

ドライブ・マイ・カー | Drive My Car (단)

배우인 주인공 가후쿠家福는 녹내장으로 운전을 못 하게 됐다. 그래서 홋카이도 출신인 와타리 미사키渡利みさき를 운전기사로 고용해 노란색 사브 900 컨버터블의 운전을 맡긴다. 미사키의 고향으로 홋카이도의 나카톤베쓰초ⓟ119가 언급되지만 담배꽁초를 획 버리는 장면이 문제가 되어, 단행본으로 출간할 때는『양을 쫓는 모험』ⓟ400에 등장하는 가공의 마을 '주니타키초ⓟ501'의 북쪽에 위치한 마을인 '가미주니타키초上十二滝町'로 변경했다.『여자 없는 남자들』ⓟ407 수록.

딕 노스

ディック・ノース | Dick North (등)

『댄스 댄스 댄스』ⓟ158에 등장하는, 베트남전쟁에서 한쪽 팔을 잃은 시인. '내'가 돌고래 호텔ⓟ179에서 만난 유키ⓟ458의 어머니 마키무라 아메牧村アメ의 연인이다. 요리를 잘해서 아주 맛있는 '오이와 햄 샌드위치'를 '나'에게 대접한다.

땅속 그녀의 작은 개

土の中の彼女の小さな犬 | Her Little Dog in the Ground (단)

해변의 리조트 호텔에서 만난 남자와 여자의 심리적 교류를 그린 단편소설. '나'는 여자가 어떤 인물인지 게임으로 맞혀가는데 쓸데없는 것까지 알아맞히고 만다. 그녀는 어릴 때 귀여워한 개가 죽어서 그 사체를 예금통장과 함께 정원 귀퉁이에 묻고 일 년 후에 다시 파헤친 기억을 털어놓는다. 1988년 〈숲의 저편〉ⓟ329으로 영화화됐다. 『중국행 슬로 보트』ⓟ504 수록.

2

라오스에 대체 뭐가 있는데요?

ラオスにいったい何があるというんですか？ | What Exactly is It in Laos? (기)

제목은 이 책에 나오는 베트남인이 한 말에서 따왔다. 하루키는 아무것도 없는 곳이라도 실로 재미있게 여행한다. 『노르웨이의 숲』ⓟ126을 썼던 그리스ⓟ097를 다시 방문하고, 이탈리아의 토스카나 지방에서는 와인 삼매경에 빠진다. 핀란드ⓟ599에서는 시벨리우스와 카우리스메키ⓟ376를 찾아다니는데, 『색채가 없는 다자키 쓰쿠루와 그가 순례를 떠난 해』ⓟ311의 헤멘린나 거리는 완전히 상상으로 썼다고 고백한다.

분게이슌주, 2015년

라자르 베르만

Lazar Berman (인)

상트페테르부르크 태생의 러시아인 피아니스트. 네 살에
첫 콘서트를 개최하고, 일곱 살에 첫 레코드를 녹음한 천재.
『색채가 없는 다자키 쓰쿠루와 그가 순례를 떠난 해』ⓟ311에
베르만이 연주하는 리스트ⓟ590의 피아노곡《순례의 해》가
나와서 주목받았다.

란치아 델타

ランチア・デルタ | Lancia Delta

이탈리아의 자동차 메이커 '란치아'의 차종. 조르제토 주지
아로Giorgetto Giugiaro가 디자인했다. '란치아 델타 1600GTie'
는 하루키가 1986년에 유럽에서 면허를 취득한 후 처음으
로 구입한 자동차.『먼 북소리』ⓟ232에서는 여행 중에 그 자
동차의 엔진이 고장 난 이야기를 자세하게 들려준다.

랑게르한스섬의 오후

ランゲルハンス島の午後 | Afternoon in the Inlets of Langerhans (수)

색채가 풍부한 안자이 미즈마루 ⓟ381의 일러스트레이션이 아주 잘 어울리는 수필집. 랑게르한스섬은 췌장 내부에 섬처럼 산재하는 세포군을 의미한다. 하얀 티셔츠를 처음 입는 순간의 작은 행복에 대해 얘기하는 「소확행」 ⓟ327이나 깜박한 교과서를 가지러 집으로 돌아가는 길에 봄 향기에 취해서 자기 장기의 일부분인 랑게르한스섬의 강기슭에 닿았다는 이야기 「랑게르한스섬의 오후」 등 마음이 차분하게 누그러지는 에피소드가 많다. 한국에는 『코끼리 공장의 해피엔드』 안에 번역되어 있다.

ランゲルハンス島の午後

●村上春樹・安西水丸●

고단샤 1986년

레더호젠

レーダーホーゼン | Lederhosen (단)

독일에 간 여성이 남편 선물로 '레더호젠'을 산다는 이야기.
고생해서 구하긴 했지만, 그 일을 계기로 이혼을 결심하게
된다. '레더호젠'은 멜빵이 달린 남성용 가죽 반바지로, 독
일이나 오스트리아 등 티롤 지방에 전해지는 민족의상이다.
『회전목마의 데드히트』ⓟ625 수록.

레오시 야나체크

Leoš Janáček (인)

체코슬로바키아 작곡가. 『1Q84』®633의 첫머리에서 아오마메®370가 탄 택시의 라디오를 통해 야나체크 만년의 관현악 작품《신포니에타Sinfonietta》가 흘러나오는데 이 소설을 상징하는 주제곡이다. 오랫동안 오스트리아 제국의 지배하에 있었던 조국이 체코슬로바키아로 독립한 후 애국심으로 작곡하여 군대에 헌정했다. 자신과 덴고®164의 새로운 왕국을 위해 싸우는 아오마메의 모습과 왠지 겹쳐진다.

레이먼드 챈들러

Raymond Chandler (인)

『빅 슬립』ⓟ295, 『안녕 내 사랑』ⓟ378, 『기나긴 이별』ⓟ100 등으로 알려진 미국의 소설가, 각본가. 44세에 대공황으로 직업을 잃고 추리소설을 쓰기 시작했다. 『쿨하고 와일드한 백일몽』ⓟ539에서 하루키는 챈들러가 소설을 쓰는 요령인 "일단 매일 책상 앞에 앉는다. 써지든 써지지 않든 그 앞에서 두 시간은 멍하니 보낸다"를 실천하고 있다고 말하면서 그 집필 방법에 '챈들러 방식'이라는 이름을 붙였다.

레이먼드 카버

Raymond Carver (인)

미니멀리즘의 단편 작가로 알려졌고, '미국의 체호프'라 불리기도 한다. 집안이 넉넉하지 않아 야간에 일하며 대학에서 소설가인 존 가드너John Gardner에게 문장 쓰는 법을 배웠다. 1976년에 단편집 『제발 조용히 좀 해요』ⓟ488로 데뷔했고, 1988년에 쉰의 나이로 세상을 떠났다. 하루키는 『내가 전화를 거는 곳』ⓟ123을 비롯해 카버의 거의 모든 작품을 번역했다.

레이코 씨

レイコさん | Ms. Reiko (등)

『노르웨이의 숲』ⓟ126에 등장하는 서른여덟 살의 여성으로, 본명은 '이시다 레이코石田玲子'. 요양 시설인 아미료ⓟ366에서 나오코ⓟ117와 같은 방을 쓴다. 환자들에게 피아노를 가르친다. 그녀가 기타로 비틀스ⓟ291의 〈Norwegian Wood〉를 연주하며 얘기하는 장면이 유명하다.

레코드

レコード | record

하루키가 직접 재즈 카페를 경영한 적도 있어서 막대한 레코드를 수집했다. 지금도 여전히 국내외에서 아날로그 레코드를 꾸준히 사들이고, 2015년에 출간한 기행문집『라오스에 대체 뭐가 있는데요?』ⓟ192에서는 포틀랜드의 음반 가게에서 중고 레코드를 샀던 경험을 들려준다.『바람의 노래를 들어라』ⓟ257에서 왼 손가락이 네 개뿐인 아가씨가 일하는 곳도 레코드 가게이며,『노르웨이의 숲』ⓟ126의 주인공 와타나베ⓟ429가 아르바이트를 하는 곳도 신주쿠의 레코드 가게다. 하루키 작품 안에는 레코드를 듣는 장면은 물론이고 레코드 가게도 많이 등장한다.

렉서스

レクサス | Lexus

도요타의 고급 브랜드. 『색채가 없는 다자키 쓰쿠루와 그
가 순례를 떠난 해』ⓟ311의 등장인물 아오ⓟ369가 나고야 대
리점에서 영업 사원으로 일한다. "렉서스는 대체 무슨 의미
지?"라고 주인공인 쓰쿠루ⓟ154가 묻자 "의미는 전혀 없어.
그냥 만든 말이야. 뉴욕의 광고 회사가 도요타의 의뢰를 받아
서 만들어냈지. 아주 고급스럽고, 뭔가 의미 있을 것 같고, 울
림 좋은 말을 만들어달라고 한 거지"라고 아오는 대답한다.

렉싱턴의 유령

レキシントンの幽霊 | Ghost of Lexington (단)

서두에 "이것은 실화입니다"라고 쓰여 있는 기묘한 실화풍 단편소설. 소설가인 '나'는 보스턴 교외에 있는 렉싱턴의 오래된 저택을 일주일 동안 봐달라는 부탁을 받는다. 한밤중에 눈을 떴는데 누군가가 밑에 있다. 놀랍게도 유령들이 파티를 하고 있다. 정말 실화일까, 지어낸 이야기일까. 묘한 뒷맛이 남는 작품이다.

렉싱턴의 유령

レキシントンの幽霊 | Ghost of Lexington (집)

"깨지 않은 꿈인가, 깬 후부터가 꿈인가"라는 띠지 문구가 즐거우면서도 무서워 인상적인 단편집. 「렉싱턴의 유령」 ⓟ203, 「녹색 짐승」ⓟ128, 「침묵」ⓟ518, 「얼음 사나이」ⓟ405, 「토니 다키타니」ⓟ557, 「일곱 번째 남자」ⓟ472, 「장님 버드나무와 잠자는 여자」ⓟ479 등 명작이 많이 수록되어 있다.

분게이(文藝), 1996년

로마제국의 붕괴 · 1881년의 인디언 봉기 · 히틀러의 폴란드 침입, 그리고 강풍 세계

ローマ帝国の崩壊・一八八一年のインディアン蜂起・ヒットラーのポーランド侵入・そして強風世界 | The Fall of the Roman Empire, The 1881 Indian Uprising, Hitler's Invasion of Poland, and The Realm of Raging Winds (단)

일요일 오후, 강풍이 불기 시작했다. 그녀에게서 걸려 온 전화벨이 울렸을 때 시계는 2시 36분을 가리켰고, "아, 이런, 하며 나는 다시 한숨을 쉬었다. 그리고 쓰던 일기를 계속 써 나갔다." 딱히 특별할 것 없는 하루를 에두른 문체로 써 내려간 초기 단편소설. 『빵가게 재습격』⑩299 수록.

로빈스 네스트

ロビンズ・ネスト | The Robin's Nest

『국경의 남쪽, 태양의 서쪽』ⓟ087에서 '내'가 경영하는 미나토 구 아오야마에 위치한 재즈 바의 이름. 옛 히트곡 제목에서 따왔다. 프레드 로빈스Fred Robbins라는 DJ의 라디오 프로그램을 위해 만든 곡이라고 한다.『국경의 남쪽, 태양의 서쪽』과는 관계없지만, 실제로 히로오에 '로빈스 네스트'라는 바가 있고, 하루키 팬들 사이에서는 인기도 있다.

롤드 캐비지

ロールキャベツ | rolled cabbage

하루키가 경영한 재즈 카페 '피터 캣ⓟ598'의 명물 요리가
'롤드 캐비지'다.『이윽고 슬픈 외국어』ⓟ468의「롤드 캐비
지를 멀리 떠나보내고ロールキャベツを遠く離れて」에 당시 에피소
드가 상세하게 쓰여 있다. "우리 가게에서는 롤드 캐비지를
내놨기 때문에 아침부터 빵빵한 양파 한 자루를 다 다져놓
아야 했다. 나는 지금도 대량의 양파를 단시간에 눈물도 흘
리지 않고 신속하게 썰 수 있다."

루이스 캐럴

Lewis Carroll (인)

『이상한 나라의 앨리스』ⓟ465로 널리 알려진 영국의 수학자이자 작가. 『1973년의 핀볼』ⓟ632에는 "마치 『이상한 나라의 앨리스』에 나오는 체셔 고양이처럼 그녀가 사라진 후에도 그 웃음만은 남아 있었다"라는 문장이 있고, 『댄스 댄스 댄스』ⓟ158에서는 유키ⓟ458의 어머니 아메에게서 유키와 셋이 식사하지 않겠느냐는 제안을 받은 '내'가 『이상한 나라의 앨리스』에 나오는 미친 모자 장수의 다과회가 훨씬 낫겠다'라고 생각한다.

루트비히 비트겐슈타인

Ludwig Wittgenstein (인)

오스트리아 빈 출신의 철학자. 『1Q84』ⓟ633에서 다마루
ⓟ151가 "일단 자아가 이 세계에 태어나면 윤리의 주체로서
살아가는 수밖에 없다"는 비트겐슈타인의 말을 인용한다.
하루키는 『1Q84』와 관련한 신문 인터뷰에서 비트겐슈타
인의 후기 '사적 언어' 개념에 영향을 받았다고 밝혔다.

루트비히 판 베토벤

Ludwig van Beethoven (인)

독일의 위대한 작곡가. 하루키 작품에서는 『해변의 카프카』ⓟ615에 언급되는 베토벤의 피아노 삼중주곡 《대공 트리오Archduke Trio》가 유명하다. 트럭 운전기사인 호시노 군ⓟ620이 찻집에서 '100만 달러 트리오[아르투르 루빈스타인Arthur Rubinstein(피아노), 야사 하이페츠Jascha Heifetz(바이올린), 그레고르 퍄티고르스키Gregor Piatigorsky(첼로) 트리오가 1949년에 개최한 연주회]'의 연주를 듣고서 감명을 받아 나중에 CD를 사고, 베토벤의 전기를 읽는 장면이 나온다.

르노

ルノー | Renault S. A.

프랑스 자동차 메이커. 단편소설「토니 다키타니」Ⓟ557의 주인공 토니 다키타니의 아내가 타는 차는 파란색 '르노 생크(르노 5)'다. 단골로 다니는 아오야마의 부티크에서 246호선을 따라 집으로 돌아오는 장면에 등장한다. 영화로 만들어진 〈토니 다키타니〉에서도 아내 역을 맡은 미야자와 리에가 '르노 생크'를 세차하는 장면이 나온다.

르 말 뒤 페이

ル・マル・デュ・ペイ | Le Mal du Pays

『색채가 없는 다자키 쓰쿠루와 그가 순례를 떠난 해』ⓟ311의 배경음악이라 할 수 있는 리스트ⓟ590의 곡.《순례의 해》의 〈첫 번째 해, 스위스〉에 포함된 제8곡으로, 시로ⓟ345가 자주 연주했다. '향수鄕愁, 향수병'을 의미하는 프랑스어로, 소설에는 "전원 풍경이 사람의 마음에 불러일으키는 영문 모를 슬픔"으로 표현되어 있다.

리듬

リズム | rhythm

하루키는 "문장을 쓰는 것은 음악을 연주하는 것과 비슷하다"라고 말한다. 『무라카미 하루키 잡문집』⑨243에는 "음악이든 소설이든 가장 기초에 자리 잡고 있는 것은 리듬이다. 자연스럽고 기분 좋은, 그리고 확실한 리듬이 없다면 사람들은 그 글을 계속 읽어주지 않겠지. 나는 리듬의 소중함을 음악에서(주로 재즈에서) 배웠다"라고 썼다.

리처드 브라우티건

Richard Brautigan (인)

『미국의 송어 낚시Trout Fishing in America』로 일약 비트제너레이션Beat Generation('패배의 세대'라는 뜻으로 '로스트제너레이션Lost Generation(잃어버린 세대)'을 뒤이은 세대를 이르는 말) 작가의 대표자 격으로 인기를 모은 미국 작가. 초기 하루키 작품의 문체는 브라우티건과 커트 보니것ⓟ530에게 강한 영향을 받았다. 하루키는 『미국의 송어 낚시』에 등장하는 '208'이라는 이름의 고양이와 '208호'의 오마주로, 『1973년의 핀볼』ⓟ632의 쌍둥이 자매 '208'과 '209'ⓟ355, 그리고 『태엽 감는 새 연대기』ⓟ551에서 주인공이 들어가는 이계 '호텔 208호'를 썼을지도 모른다.

리틀 시스터

リトル・シスター | The Little Sister (번)

1949년에 간행된 미국 작가 레이먼드 챈들러⑨198의 하드
보일드 소설. 사립 탐정 필립 말로가 주인공인 장편 시리즈
의 다섯 번째 작품. 1959년에 일역된 제목은 '귀여운 여자'
였지만, 2010년에 하루키의 새 번역 『리틀 시스터』로 새롭
게 태어났다.

ハヤカワ文庫, 2010년

리틀 피플

リトル・ピープル | The Little People (등)

『1Q84』ⓟ633에 등장하는 비밀스러운 존재. 집합적 무의식을 상징하는 듯한 존재로, '목소리를 듣는 자'를 통해 세계에 영향력을 행사한다. 선악이 존재하지 않았던 태고의 시대부터 인간과 함께였다. 『1Q84』 속에 나오는 소설 『공기번데기』ⓟ080에서는 산양의 입에서 튀어나온 60센티미터 정도의 소인들로 묘사됐고, "호우호우"라는 추임새로 장단을 맞추며 실을 잣는다.

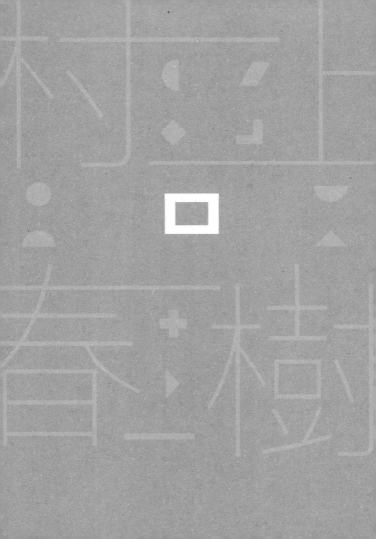

마라톤

マラソン | marathon

하루키는 서른세 살부터 몸을 단련하기 위해 달리기 시작했다. 『달리기를 말할 때 내가 하고 싶은 이야기』ⓟ155에 "계속하는 것—리듬을 끊지 않는 것. 장기적인 작업을 하는 데에는 그것이 중요하다. 일단 리듬이 설정되기만 하면 그 뒤로는 어떻게든 풀려나간다. 그러나 플라이휠이 일정한 속도로 확실하게 돌아가기 시작할 때까지는 계속해야 하는 것에 아무리 주의를 기울인다 해도 지나치지 않다"라고 썼다.

마르셀 서루

Marcel Theroux (인)

영국의 작가이자 TV 캐스터. 아버지는 『세상의 끝』ⓟ320으
로 알려진 작가 폴 서루ⓟ576다. 하루키가 부자 이 대에 걸쳐
번역을 맡았다. 마르셀 서루의 『먼 북쪽』ⓟ233은 시베리아를
무대로 문명이 멸망한 이후의 세계를 묘사한 디스토피아 소
설이다.

마르크스 형제
The Marx Brothers (인)

희극 왕 찰리 채플린Charles Chaplin이나 버스터 키턴Buster Keaton 과 동시대에 인기를 끌었던 치코Chico, 하포Harpo, 그루초 Groucho, 제포Zeppo 사 형제 코미디언. 마르크스 형제를 무 척 좋아한다고 공언한 하루키는 재즈 카페 '피터 캣ⓟ598' 에서 상영회를 개최할 정도였다. 『양을 쫓는 모험』ⓟ400에 서는 '내'가 별장에서 거울을 보면서 "마치 〈덕 수프Duck

Soup(1933년에 발표된 마 르크스 형제의 최고 걸작으 로, 엉뚱한 코미디 영화. '식 은 죽 먹기'라는 뜻이다)〉의 그루초와 하포 같다"라 고 마르크스 형제가 주 연한 영화를 연상하는 장면이 나온다.

마세라티

マセラティ | Maserati

『댄스 댄스 댄스』®158에 등장하는 고탄다 군®078이 경비를 쓰기 위해 타고 다니는 이탈리아 자동차. 바다의 신 포세이돈의 삼지창이 엠블럼인 고급 외제 차 '마세라티'가 도쿄만으로 뛰어드는 장면이 충격적이다.

마술적 사실주의

マジック·リアリズム | Magic realism

일상과 비일상, 현실과 환상을 융합한 표현법. 가브리엘 가
르시아 마르케스Gabriel Garcia Marquez나 호르헤 루이스 보르
헤스Jorge Luis Borges 같은 라틴아메리카 작가가 많이 사용하
는 기법이다. 하루키 작품도 꿈과 이세계異世界, 가공의 세계
를 많이 그려서 마술적 사실주의라고 할 수 있다. 보르헤스
의『보르헤스의 상상 동물 이야기El Libro de los Seres Imaginarios』는
『세계의 끝과 하드보일드 원더랜드』ⓟ319에서 '내'가 일각
수ⓟ471를 조사할 때 참고한 책으로 소설 속에 언급된다.

마이 로스트 시티

マイ・ロスト・シティー | My Lost City (번)

스콧 피츠제럴드ⓟ595의 단편소설 5편과 수필 1편이 담긴
작품집. 1981년, 하루키의 첫 번역으로 기념할 만하다. 표지
는 서양화가 오치다 요코落田洋子의 그림. 그 후 오치다는 『세
계의 끝과 하드보일드 원더랜드』ⓟ319 개정판과 『티파니에
서 아침을』ⓟ561의 표지도 그렸다.

주오코론샤, 1981년

223

마이클 길모어

Michael Gilmore (인)

하루키가 번역한 『내 심장을 향해 쏴라』ⓓ122의 저자이자 음
악평론가. 미국의 유타 주에서 충동적으로 주유소를 습격해
직원을 살해하고, 그 후 모텔 관리인도 사살하고, 총살형을
당한 게리 길모어의 동생이다. 범죄자가 된 가족에 관해 쓴
이 책은 TV 드라마로도 만들어졌다.

마일스 데이비스

Miles Davis (인!)

'모던재즈의 제왕'이라 불리는 트럼펫 연주자. 『바람의 노래를 들어라』ⓟ257, 『세계의 끝과 하드보일드 원더랜드』ⓟ319 등 하루키 작품에는 마일스의 곡과 레코드가 자주 언급된다. 『노르웨이의 숲』ⓟ126에서는 주인공이 마일스의 옛 레코드를 들으며 긴 편지를 쓴다. "책상 앞에 앉아 〈Kind of Blue〉를 자동 반복으로 수없이 들으면서 비 내리는 정원의 풍경이나 멍하니 바라보는 것 말고는 내가 할 수 있는 일이 없어." 참고로 이 '빗속의 정원雨の中の庭'은 『노르웨이의 숲』

의 첫 번째 제목 후보였다. 마일스도 비틀스ⓟ291에 버금가는 부주제가였을지 모른다.

마지막 순간에 일어난 엄청난 변화들

最後の瞬間のすごく大きな変化 | Enormous Changes at the Last Minute (번)

난해한 독창적 문체로 알려진 미국 여성 작가 그레이스 페일리ⓒ096의 단편소설 17편을 담은 단편집. 페일리 자신을 모델로 한 여성 '페이스 다윈Faith Darwin'의 일상이 많이 그려져 있다.

문게이슌주, 1999년

마침 있는 재료로 만든 스파게티

ありあわせのスパゲティー | Available-to-eat Pasta

하루키가 학창 시절에 자주 만들었다는 간단 요리. 냉장고에 남아 있는 재료들을 다 그러모아서 갓 삶아낸 스파게티 면과 섞어버린다고 『밸런타인데이의 무말랭이』ⓟ268에 썼다. 그러나 하루키 작품의 주인공이 자주 만드는 스파게티 요리를 상상하면 굉장히 맛있을 것 같다.

마크 스트랜드

Mark Strand (인)

미국의 현대 시단을 대표하는 시인. 하루키가 프린스턴 대학ⓟ596에서 학생들을 가르치던 시기에 우연히 시골 헌책방에서 스트랜드의 첫 단편집 『개의 인생』ⓟ064의 원서 『Mr. and Mrs. Baby and Other Stories』를 발견하고 번역했다. “지적이고 다정하며 밤의 어둠처럼 깊은, 기묘한 맛이 나는 단편집”이라고 말했다.

마키무라 히라쿠

牧村拓 | Hiraku Makimura (등)

『댄스 댄스 댄스』ⓟ158에 등장하는 인기 없는 소설가. 안이한 청춘 소설 작가에서 돌연 실험적 전위 작가로 전향하고, 가나가와 현의 쓰지도에서 살아간다. 유키ⓟ458의 아버지. '무라카미 하루키MURAKAMI HARUKI'의 애너그램인데, 실제로 하루키가 잡지 등의 작가로 일할 때 썼던 필명이다. 참고로 군조신인문학상ⓟ088에 응모했을 때는 '무라카미 하루키村上春紀'라는 필명을 썼다.

맥도날드

マクドナルド | McDonald's

세계 최대의 햄버거 체인점. 단편소설 「빵가게 재습격」ⓟ298
은 한밤중에 공복 때문에 빵 가게를 습격하려 했지만 열린
곳을 찾지 못해 어쩔 수 없이 맥도날드를 대신 습격해서 빅
맥을 빼앗는다는 이야기다. 맥도날드처럼 매뉴얼화된 현대
사회를 풍자했다.

맥주

ビール | beer

하루키 작품에 없어서는 안 될 음료. 『바람의 노래를 들어라』Ⓟ257에서는 '나'와 쥐Ⓟ506가 캔 맥주를 반 상자쯤 사서 바다까지 걸어가 모래사장에 누워 바다를 바라보기도 하고, 여름 내내 25미터짜리 수영장을 가득 채울 분량의 맥주Ⓟ634를 마셔버린다. 하루키는 교토 대학에서 열린 공개 인터뷰에서 '하와이에 있는 마우이 브루잉 컴퍼니Maui Brewing Company의 캔 맥주'를 좋아한다고 대답했다. 삿포로 맥주의 TV 광고에서 '달리기에 관해 이야기할 때'라는 내레이션 집필에 참여하기도 했다.

먼 북소리

遠い太鼓 | A Faraway Drumbeat (기)

『노르웨이의 숲』ⓟ126과『댄스 댄스 댄스』ⓟ158를 집필한 삼 년 동안 그리스, 이탈리아 등에서 생활한 이야기를 길게 엮은 여행기. 제목은 터키의 옛 민요에서 인용했다. 섬에 사는 어느 여성이 그려준 지도를 하루키가 직접 재현한 그림도 실려 있다. 사진 촬영은 무라카미 요코가 맡았다.

고단샤, 1990년

먼 북쪽

極北 | Far North (번)

영국 작가 마르셀 서루ⓟ219의 소설. 문명이 붕괴된 후, 극한極寒의 땅 시베리아에서 목숨을 연명해가는 사람들을 그린 근미래소설. 전미도서상National Book Awards 최종 후보에 올랐고, 프랑스에서 비평가와 기자들이 선정하는 '주목받지 못한 작품상'인 리나페르슈상Prix de l'inapercu을 받았다. 하루키는 폴 서루ⓟ576에게 추천받아 재미있어서 단숨에 다 읽고, '이건 내가 꼭 번역해야겠다'는 생각이 들었다고 한다.

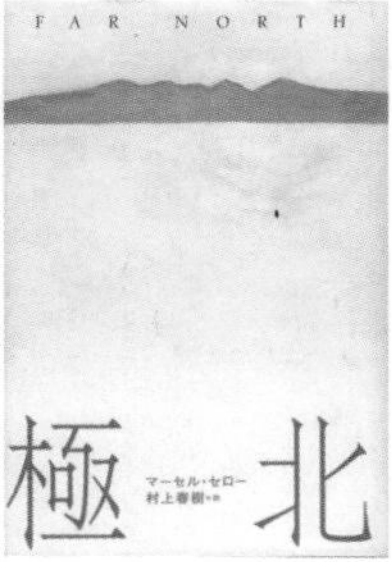

주오코론신샤, 2012년

메르세데스 벤츠

メルセデス・ベンツ | Mercedes–Benz

성공한 사람 혹은 수수께끼 같은 등장인물의 자동차로 상징적으로 쓰인다.『국경의 남쪽, 태양의 서쪽』ⓟ087에서는 주인공 하지메의 장인인 사장이나, 딸이 다니는 유치원에서 만난 부자 엄마가 탄다. 단편소설「타일랜드」ⓟ550에 등장하는, 훌륭하지만 수수께끼에 휩싸인 가이드 겸 운전기사 니밋ニミット은 차체에 얼룩 한 점 없이 보석처럼 아름답게 윤낸 감색 벤츠를 소유하고 있다.

메타포

メタファー | metaphor

하루키의 비유는 레이먼드 카버ⓟ199에게 받은 영향이 크다. 그중에서도 특징적인 것이 메타포(은유)다. 『해변의 카프카』ⓟ615에서 "세계의 만물은 메타포다"라는 요한 볼프강 폰 괴테Johann Wolfgang von Goethe의 말을 오시마 씨ⓟ420가 인용하고, "그렇지만 나에게나 너에게나 이 도서관만은 아무런 메타포도 아니야. 이 도서관은 어디까지나 이 도서관이지"라고 말하기도 한다. 『기사단장 죽이기』ⓟ102의 제2부 '전이하는 메타포' 편에서는 그림 안에서 나타난 '긴 얼굴'이라는 인물이 자기는 메타포라고 이름을 밝힌다. 그리고 '나'를

'이중 메타포'라는 위험한 생물이 숨어 있는 '메타포 통로'로 안내한다.

멘시키 와타루

免色渉 | Wataru Menshiki (인)

『기사단장 죽이기』ⓟ102에 등장하는 54세 독신 남성. 주인공 '나'의 아틀리에 맞은편에 있는 호화 저택에 삼 년 전쯤부터 살고 있었고, '나'에게 자신의 초상화 제작을 의뢰했다. 내부 거래와 탈세 혐의로 검찰에 검거된 과거가 있다. 아키카와 마리에ⓟ377가 자기 딸이 아닐까 생각한다.

몰락한 왕국

駄目になった王国 | A Kingdom That Has Failed (단)

'나'는 아카사카 근처 호텔의 수영장에서 우연히 옆에 앉은 대학 시절 친구 Q씨를 발견한다. Q씨는 동행한 여자에게 종이컵에 든 콜라 세례를 받는다. '나'보다 570배는 잘생긴 꽃미남 Q씨는 『노르웨이의 숲』ⓟ126의 나가사와 씨ⓟ112와도 겹쳐진다. 『4월의 어느 맑은 아침에 100퍼센트의 여자를 만나는 것에 대하여』ⓟ636 수록.

무라카미 류

村上龍 | Ryu Murakami (인)

『한없이 투명에 가까운 블루限りなく透明に近いブルー』로 군조신 인문학상과 아쿠타가와 류노스케상을 수상하며 데뷔한 소설가. 거의 동시대에 데뷔해서 당시에는 하루키와 함께 'W 무라카미'라고 불렸다. 1981년에 함께 대담집『워크, 돈 런』ⓟ448도 출판했다. 두 사람 다 고양이를 좋아하고, 하루키가 류에게 받은 고양이를 키운 적도 있다.

무라카미 송

村上ソングズ | Murakami Songs (수)

재즈, 스탠더드, 록 등 하루키가 아주 좋아하는 노래를 번역하고 와다 마코토ⓟ425의 그림과 함께 소개한 수필집. 〈Loneliness Is a Well〉, 〈On a Slow Boat to China〉, 〈Mr. Sheep〉 등 하루키 문학에서 익숙한 키워드와 관련된 음악을 소개해서 재미있다.

주오코론신사, 2007년

'무라카미 씨에게 한번 맡겨볼까'라며 세상 사람들이 일단 던져본 490개 질문에 무라카미 하루키는 과연 제대로 답할 수 있을까?

「ひとつ、村上さんでやってみるか」と世間の人々が村上春樹に
とりあえずぶっつける490の質問に果たして村上さんはちゃんと答えられるのか? (Q)

'무라카미 아사히도 홈페이지'에서 독자와 주고받은 메일을 정리한 시리즈 제3탄. '동물원'이라는 항목에서 단편소설 「캥거루 구경하기 좋은 날」ⓟ526은 지바 현의 야쓰 유원지谷津遊園에 있었던 동물원이 그 모델이라고 밝혔다. 작품의 뿌리를 더듬어가는 중요한 기록이다.

아사히신문사, 2006년

무라카미 씨의 거처

村上さんのところ | Haruki Murakami to be an Online Agony Uncle (Q)

기간 한정 사이트 '무라카미 씨의 거처'에서 하루키는 삼 개월 반에 걸쳐 독자의 질문에 잇달아 3,500통이 넘는 답변을 썼다. 그중에서 하루키가 직접 고른 명답변에 후지모토 마사루フジモトマサル의 일러스트 만화를 곁들인 책. "『1Q84』ⓟ633의 속편 BOOK 4를 쓸까 망설였다"는 등 하루키의 본심이 가득하다. '모든 답변'을 수록한 완전판 전자책도 있다.

신초샤, 2015년

무라카미 하루키 번역의 (거의) 모든 일

村上春樹翻訳(ほとんど)全仕事 (수)

번역가 하루키의 면모를 보여주는 책. 1981년 『마이 로스트 시티』Ⓟ223 이후 소설, 시, 논픽션, 그림책 등 하루키가 번역한 작품이 삼십육 년간 70편 이상이다. 그 번역의 (거의) 모든 일을 소개한다. 하루키와 시바타 모토유키Ⓟ347의 대담 「번역에 관해 말할 때 우리가 이야기하는 것翻訳について語るときに僕たちの語ること」도 실려 있다.

주오코론신샤, 2017년

무라카미 하루키 잡문집

村上春樹雑文集 | Haruki Murakami Written Notes (수)

하루키의 미수록·미발표 문장부터 수필, 인사말, 평론, 엽
편소설, 결혼식 축전까지 다양한 글을 묶었다. 데뷔작『바람
의 노래를 들어라』ⓟ257의 군조신인문학상ⓟ088 수상 소감,
『해변의 카프카』ⓟ615의 중국어판 서문「유연한 영혼柔らかな
魂」등 널리 알려지지 않았던 하루키의 문장을 접할 수 있다.

신초사, 2011년

무라카미 하루키 하이브리드

村上春樹ハイブ·リット (번)

시바타 모토유키ⓟ347가 감수하고 하루키가 편역한, 문학
으로 영어를 배우는 CD북. 팀 오브라이언ⓟ562의 『그들이
가지고 다닌 것들』ⓟ093에서 단편 「레이니 강에서On the Rainy
River」, 레이먼드 카버ⓟ199의 『대성당』ⓟ157에서 단편 「별것
아닌 것 같지만, 도움이 되는」ⓟ277, 『회전목마의 데드히트』
ⓟ625에서 하루키 자신의 단편 「레더호젠」ⓟ196 3편을 뽑았
다. 원문, 일본어 번역문, 영어 낭독을 수록했다.

아루코, 2008년

244

무라카미 하루키와 일러스트레이터

村上春樹とイラストレーター

도쿄 지히로 미술관에서 2016년에 개최한 전시회 제목. 사
사키 마키ⓟ305, 오하시 아유미ⓟ422, 와다 마코토ⓟ425, 안자
이 미즈마루ⓟ381가 하루키 작품의 표지화와 삽화로 그린 일
러스트레이션들이 전시됐다. 하루키가 가지고 있는, 『바람
의 노래를 들어라』ⓟ257, 『1973년의 핀볼』ⓟ632, 『양을 쫓는
모험』ⓟ400 초기 3부작을 위해 사사키 마키가 그린 표지화
는 일찍이 재즈 카페 '피터 캣ⓟ598'에도 장식했던 작품으로,
이 전람회에서 처음 공개했다.

무라카미 하루키의 위스키 성지 여행

もし僕らのことばがウィスキーであったなら | If Our Language is Whisky (기)

위스키ⓟ455의 고향을 여행한 후 무라카미 요코의 사진과
함께 엮어낸 기행문집. 하루키는 스코틀랜드의 아일라 섬
에 가서 보모어 증류소와 라프로익 증류소를 견학하며 비교
해서 마셔보고, "슈베르트ⓟ591의 긴 실내악을 들을 때처럼
눈을 감고 긴 호흡으로 음미해야 한층 깊고 그윽한 맛을 느
낄 수 있다"라고 말했다. 원제는 '만약 우리의 말이 위스키
였다면'으로, 그 후 '만약……였다면'이라는 패러디를 많이
만들어냈다.

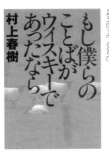

헤이본샤, 1999년

무라카미주의자

村上主義者 | Murakamism · Murakmist

『무라카미 씨의 거처』ⓟ241에서 하루키 팬의 통칭이 된 '하루키스트ⓟ605'와 관련된 질문에 대해 하루키가 제안한 새로운 애칭. "'저 녀석은 주의자主義者니까'라고 말하면 전쟁 전의 공산당원 같아서 멋지다"라거나 "팔에 양 문신을 하고 '나는 무라카미주의자니까 어설픈 말은 안 하는 게 좋아'라고 한다거나"라며 독자가 이랬으면 좋겠다고 열정적으로 말했다. 참고로 프랑스에서는 하루키스트를 '무라카미언Murakamian'이라고도 부른다.

문화적 눈 치우기

文化的雪かき | snow shoveling

『댄스 댄스 댄스』[P]158에 나오는 비유. 필요하지만 아무도 눈길조차 주지 않을 것 같은 문장을 '눈 치우기'에 빗대었다. 자유 기고가인 '나'와 유키[P]458의 아버지인 소설가 마키무라 히라쿠[P]229가 주고받은 대화로 유명하다. "구멍을 메우기 위한 문장을 제공할 뿐입니다. 뭐든 상관없어요. 글자가 쓰여 있으면 됩니다. 그렇지만 누군가는 써야만 합니다. 그래서 내가 쓰는 겁니다. 눈 치우기나 마찬가지예요. 문화적 눈 치우기." "내가 어디서 써먹어도 되겠냐? '눈 치우기'라는 그 말, 재미있는 표현이군. 문화적 눈 치우기." 마키무라 히라쿠 MAKIMURA HIRAKU는 무라카미 하루키 MURAKAMI HARUKI의 애너그램이다.

248

물과 물이 만나는 곳 · 울트라마린

水と水とが出会うところ·ウルトラマリン

Where Water Comes Together with Other Water · Ultramarine (번)

일상의 사사로운 일들을 사소설처럼, 일기처럼 쓴 레이먼드 카버ⓟ199의 시집. 어느 날, 갑자기 전화가 걸려 오기도 하고, 동물원에 가기도 하고, 책을 읽기도 하고, 오케이라고 말하기도 한다. 하루키 문학의 원점으로 느껴지는 작품이 많이 수록되어 있다.

주오코론신샤, 1997년

249

뮤

ミュウ | Miu (등)

『스푸트니크의 연인』®341에 등장한다. 스미레®333가 열정적인 사랑에 빠진 서른아홉 여성. 한국 국적으로, 일본에서 태어나고 자랐다. 와인을 수입하며, 음악회를 주선하고 조율하는 일을 한다. 아끼는 차는 짙은 남색 재규어.

미도리

綠 | Midori (등)

고바야시 미도리小林綠는 『노르웨이의 숲』ⓟ126에 등장하는 '나'와 같은 대학에 다닌다. 요쓰야 역 부근의 사립여자중고등학교를 다녔고, 본가에서는 서점을 경영한다. 어머니는 돌아가셨고, 아버지는 입원 중이다. 영화로 만들어졌을 때는 미즈하라 기코가 연기했다.

미도리카와

緑川 | Midorikawa (등)

『색채가 없는 다자키 쓰쿠루와 그가 순례를 떠난 해』ⓟ311에 등장하는 재즈 피아니스트. 쓰쿠루ⓟ154의 친구 하이다 후미아키灰田文紹의 아버지가 오이타 온천에서 만나 '죽음의 토큰死のトークン' 이야기를 나눈, 특수한 재능을 가진 남자다.

미시마 유키오

三島由紀夫 | Yukio Mishima (인)

전후 일본 문학계를 대표하는 소설가. 1970년 11월 25일, 자위대의 이치가야 주둔지에서 할복자살했다. 『양을 쫓는 모험』ⓟ400의 제1장 '1970년 11월 25일 수요일 오후의 피크닉'에는 TV에 미시마의 모습이 나오는 상황이 묘사되어 있다. 이 소설은 미시마의 저작 『나쓰코의 모험夏子の冒険』에

서 영향을 받았다고 일
컬어진다. 나쓰코 아가
씨가 홋카이도로 가던
중, 연인을 죽인 곰에
게 복수하러 가는 남자
와 만나서 발가락이 네
개인 식인 곰을 퇴치한
다는 기묘한 모험 이야
기다.

바

バー | Bar

하루키는 작가가 되기 전에 재즈 카페를 경영했던 만큼 자기 작품 속에 술 마시는 장면을 아주 많이 포함한다. 레코드로 음악을 들으며 술을 마시는 시간과 공간은 '이계로 들어가는 장치'로도 기능한다.

바람의 노래를 들어라

風の歌を聴け | Hear the Wind Sing (장)

이십 대 최후의 나이를 맞은 주인공 '내'가 1970년 여름을 회상하며 써 내려간 이야기. '나'는 제이스 바ⓟ491에서 친구인 '쥐ⓟ506'와 25미터짜리 수영장을 가득 채울 만큼의 맥주 ⓟ634를 마시며 지냈다. 1978년 4월 1일, 하루키는 진구 구장ⓟ509에서 야구를 관전하던 중에 갑자기 소설을 써야겠다는 생각이 들어서 한밤중에 한 시간씩 사 개월여에 걸쳐 완성했다고 한다. 이 데뷔작으로 군조신인문학상ⓟ088을 받았다. 표지는 사사키 마키ⓟ305가 작업했는데, 하루키는 "그 표지는 반드시 사사키 마키의 그림이어야만 했다"라고 말했다. 1981년에 동향 출신으로 아시야 시립세이도중학교 후배인 오모리 가즈키大森一樹 감독이 영화로 만들었다.

고단샤, 1979년

BAR 하루키에
오신 것을 환영합니다

하루키 문학에서 말은 위스키이자 맥주이자 칵테일이다. 언제나 읽는 사람을 이계로 이끌어가는 마법의 물 말이다. 재즈 카페에서 실력을 쌓은 하루키가 아니고서는 알 수 없는 '술' 지식이 가득 담긴 기발한 기계 장치를 즐기듯이, 그 속에 담긴 말을 단숨에 들이켜보자.

dictionary of Haru

피나 콜라다
『댄스 댄스 댄스』

주인공 '나'와 미소녀 유키가 대낮부터 와이키키 해변에서 마시는, 달콤한 코코넛 향이 물씬 풍기는 칵테일. 럼을 기본으로 코코넛 밀크와 파인애플 주스를 섞고 조각 얼음과 함께 흔든다. '피나 콜라다Piña Colada'는 스페인어로 '체에 거른 파인애플'을 의미한다.

김릿
『바람의 노래를 들어라』

그레이프프루트 같은 가슴을 하고 화려한 원피스를 차려입은 여자가 제이스 바에서 '김릿Gimlet'을 마신다. 영국 군의관 토머스 김렛Thomas Gimlette이 해군 부대의 건강을 위해 진만 마시지 말고 라임 주스를 섞으라고 제안한 것이 그 기원이라고 일컬어진다. 레이먼드 챈들러의 『기나긴 이별』에는 "김릿을 마시기에는 아직 이르다"라는 유명한 말이 나온다.

Murakami Words

톰 콜린스
『1Q84』

'톰 콜린스Tom Collins'는 진과 레몬 주스와 소다로 만드는 칵테일 이다. 19세기 말, 런던의 존 콜린스John Collins가 처음 만들었다고 전해진다. 『노르웨이의 숲』의 미도리도 DUG에서 '나'를 기다리 며 이 칵테일을 마셨다.

모히토
『색채가 없는 다자키 쓰쿠루와 그가 순례를 떠난 해』

쓰쿠루와 연인인 사라가 네 번째 데이트를 할 때 사라가 에비스 의 바에서 마시는 술이다. '모히토Mojito'는 럼을 기본으로 라임 주스와 민트가 들어간 칵테일이다. 발상지는 쿠바의 아바나이 며, 『노인과 바다The Old Man and the Sea』로 알려진 작가 어니스트 헤밍웨이Ernest Hemingway가 즐겨 마신 것으로도 유명하다.

dictionary of Haru

발랄라이카
『기사단장 죽이기』

멘시키의 저택에 초대받은 주인공 '내'가 바카라(오스트리아의 유명 크리스털 브랜드) 잔에 마시는 칵테일이 '발랄라이카Balalaika' 다. 안주는 이마리 자기(사가 현 이마리에서 굽는 자기의 총칭) 접시에 담긴 치즈와 캐슈너트. 보드카 기본인 칵테일로, 삼각형 모양의 러시아 현악기 '발랄라이카'에서 그 이름을 따왔다.

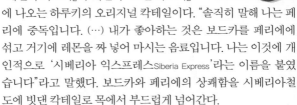

시베리아 익스프레스
『소년 카프카』

『해변의 카프카』의 해설서『소년 카프카』에 나오는 하루키의 오리지널 칵테일이다. "솔직히 말해 나는 페리에 중독입니다. (…) 내가 좋아하는 것은 보드카를 페리에에 섞고 거기에 레몬을 짜 넣어 마시는 음료입니다. 나는 이것에 개인적으로 '시베리아 익스프레스Siberia Express'라는 이름을 붙였습니다"라고 말했다. 보드카와 페리에의 상쾌함을 시베리아철도에 빗댄 칵테일로 목에서 부드럽게 넘어간다.

Murakami Words

반딧불이

螢 | Firefly (단)

하루키의 반半자전적 에피소드를 그렸고, 『노르웨이의 숲』
Ⓟ126의 원형이 된 작품. 도쿄의 대학에 다니는 '나'는 고등
학교 시절에 자살한 친구의 여자 친구와 재회하여 데이트를
거듭하게 된다. '내'가 학생 기숙사 옥상에서 본 반딧불이의
덧없는 빛은 머지않아 자취를 감춰버리는 나오코Ⓟ117의 모
습과도 겹쳐진다.

반딧불이

螢・納屋を燒く・その他の短編 | Firefly, Barn Burning, and Other Short Stories (집)

초기의 걸작 단편집. 안자이 미즈마루ⓟ381가 직접 쓴 손 글씨로만 단순하게 디자인한 표지가 신선하다. 「반딧불이」ⓟ262, 「헛간을 태우다」ⓟ617, 「춤추는 난쟁이」ⓟ516, 「장님 버드나무와 잠자는 여자」ⓟ479, 「세 가지의 독일 환상」ⓟ318이 수록되어 있다. 원서는 「반딧불이」와 「헛간을 태우다」를 표제작으로 내세워 '반딧불이·헛간을 태우다·그 밖의 단편'이 제목이다.

신초사, 1984년

밤의 거미원숭이

夜のくもざる―村上朝日堂超短篇小説 | Spider–monkey at Night (집)

안자이 미즈마루ⓟ381와 협업한 '무라카미 아사히도' 엽편
소설집.『태엽 감는 새 연대기』ⓟ551와 같은 이름인 가사하
라 메이ⓟ055가 등장하는 「장어うなぎ」, 밥 딜런ⓟ266의 명곡
〈A Hard Rain's A-Gonna Fall〉을 제목으로 한 「세찬 비가
내리려 한다激しい雨が降ろうとしている」, 도넛화된 연인의 이야기
「도넛화ドーナツ化」 등 짧지만 걸작인 단편들이 모여 있다. 참
고로 이 책의 제목은 작곡가 모리스 라벨Maurice Ravel의《밤의
가스파르Gaspard de la Nuit》의 패러디다.

신초샤, 1995년

밤이 되면 연어는…

夜になると鮭は…・・ | At Night the Salmon Move (번)

레이먼드 카버ⓟ199의 단편, 수필, 시가 담긴 작품집. "밤이
되면 연어는 / 강을 벗어나 시내로 나온다 / 포스터 프리즈
Foster's Freez나 A&W나 스마일리 레스토랑 같은 곳에는 / 되
도록 가까이 가지 않으려 조심하지만 / 그래도 라이트 애비
뉴의 집합 주택 언저리까지는 나와서 / 이따금 날이 막 밝을
무렵이면 / 문손잡이를 돌리거나 / 케이블 TV 전선에 턱 부
딪히는 소리가 들린다"라는 기묘한 시가 멋지다.

주오코론샤, 1985년

밥 딜런

Bob Dylan (인)

반세기에 걸쳐 활약한 미국의 싱어송라이터. 시에 담긴 반
전·반권력 메시지가 세대와 국경을 초월해서 막대한 영향
력을 미쳐왔다. 2016년에는 시인으로 노벨문학상®127을
받았다.『세계의 끝과 하드보일드 원더랜드』®319에는 장
제목 위에 'Bob Dylan'이라는 이름과 그림이 그려져 있
고, 〈Blowin' in the Wind〉와 〈Like A Rolling Stone〉을
비롯한 여러 곡이 언급된다. 특히 마지막 장면에 흐르는 〈A
Hard Rain's A-Gonna Fall〉은 상징적이다.

배전반 장례식

配電盤のお葬式

『1973년의 핀볼』ⓒ632에서 쌍둥이와 나는 배전반을 저수지에 던지고 장례를 지낸다. 구시대와 작별하거나 인간관계를 끊어낸다는 것을 상징하는 '디태치먼트' 행위로서 중요한 장면이다.

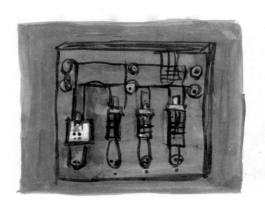

밸런타인데이의 무말랭이

村上朝日堂 | Murakami Asahido (수)

하루키가 서른다섯에 출판한 첫 수필집. 「이사 그라피티『引越し』グラフィティー ⑴~⑹」에서는 그때까지 살았던 동네를 소개하고, '마침 있는 재료를 활용한 스파게티⑨227' 만드는 방법을 가르쳐주기도 하는 등 마음이 푸근해지는 에피소드가 다채롭게 소개되어 있다. 부록인 「카레라이스 이야기カレーライスの話」와 「도쿄 거리에서 노면전차가 사라지기 직전의 이야기東京の街から都電のなくなるちょっと前の話」에서는 '안자이 미즈마루 글, 무라카미 하루키 그림'으로 쓰는 이와 그리는 이의 역

와카바야시출판기획, 1984년

할을 바꿨다. 원제는 '무라카미 아사히도'로, 나중에 모두 7권이 된 안자이 미즈마루⑨381와의 기념비적 '무라카미 아사히도' 시리즈 제1탄이다.

버스데이 걸

バースデイ・ガール | Birthday Girl (단)(그)

'그녀'가 '나'에게 들려준, 스무 살
생일에 일어난 신비로운 이야기. 그
녀는 이탈리아 레스토랑에서 일하
면서 생일을 보내고 있었다. 그날,
절대로 가게에 얼굴을 내밀지 않
는 사장의 방으로 저녁을 가져다주

카드 멘시크 일러스트레이션
신조사, 2017년

게 됐는데, 거기에 있던 노인이 "소원을 한 가지만 들어주겠
다"라고 말한다. 단편집『버스데이 스토리즈』ⓟ270를 위해
쓴 작품이다.『장님 버드나무와 잠자는 여자』ⓟ480 수록. 독
일의 여성 화가
카트 멘시크의
삽화가 풍부하
게 들어 있는 아
트북도 있다.

버스데이 스토리즈

バースデイ・ストーリーズ | Birthday Stories (번)

레이먼드 카버 ⓟ199 나 폴 서루 ⓟ576 등 '생일'을 주제로 한 영미 단편소설들을 하루키가 직접 번역하고 편집한 앤솔로지. 하루키의 개작 단편 「버스데이 걸」 ⓟ269도 수록했다.

주오코론신사, 2002년

버트 배커랙을 좋아하세요? (창)

バート・バカラックはお好き？(窓) | A Window (단)

주인공 '나'는 '펜 소사이어티'라는 회사에서 편지를 첨삭하는 아르바이트를 한다. 일을 그만둘 때, 문장 지도를 해주던 서른두 살의 기혼 여성에게 점심 식사 초대를 받아 그녀의 맨션으로 간다. 그곳에서 그녀가 손수 만든 햄버거 스테이크를 대접받고, 버트 배커랙Burt F. Bacharach의 레코드를 듣는다.『4월의 어느 맑은 아침에 100퍼센트의 여자를 만나는 것에 대하여』

ⓟ636 수록. 나중에 주인공이 창에 관해 얘기하는 에피소드가 추가되어 제목이 '창窓'으로 바뀌었다.

번역

翻訳 | translation

여하튼 하루키는 번역하기를 너무 좋아한다. 중고등학교 시절부터 영어 원서로 소설을 읽어왔다. "번역은 궁극의 숙독이며 소설을 쓰는 데 공부가 된다", "뭔가를 만들어내는 인간에게 위험한 것은 '우물 안 개구리'가 되는 것이다. 밖으로 열린 창과 같은 번역 작업을 소중히 여기고 싶다"라고 번역에 관해 말했다.

※'リンゴ'는 '사과'를 뜻하는 일본어

272

번역야화

翻訳夜話 | Translation Night Story (대)

시바타 모토유키ⓟ347와 나눈 대담집. 도쿄 대학의 시바타 교실과 번역 학교 학생, 중견 번역가 여섯 명과 함께한 포럼을 정리했다. '보쿠僕(남성 1인칭대명사)'와 '와타시私(1인칭대명사)'의 번역 차이, '굴튀김 이론' 등 번역에 흥미가 없는 사람도 즐길 수 있는 화제가 많다.

문춘신서, 2000년

번역야화 2 샐린저 전기

翻訳夜話 2 サリンジャー戦記 | Translation Night Story 2 (대)

시바타 모토유키⑨347와 함께한 '번역야화' 시리즈의 두 번째 책. 『호밀밭의 파수꾼』⑨619에 본래 실릴 예정이었던 '역자 해설' 외에 '홀든은 샐린저인가?' 등 오로지 J. D. 샐린저 ⑨642에 관해서만 얘기한다.

文春新書, 2003년

벌꿀 파이

蜂蜜パイ | Honey Pie (단)

고베에서 도쿄에 있는 와세다 대학 문학부에 진학하여 인기 없는 소설가가 된 서른여섯 살의 준페이淳平가 주인공이다. 대학 시절에 삼총사로 친하게 지낸 사요코小夜子와 다카쓰키 高槻가 결혼했다가 나중에 이혼하지만, 세 사람의 친구 관계는 여전히 이어진다. 그 두 사람의 딸로 네 살이 되는 사라沙羅에게 준페이가 벌꿀 채집의 명인인 곰 '마사키치まさきち'와 마사키치의 친구인 '동키치とんきち'가 나오는 즉흥 동화를 지어서 들려준다. 『신의 아이들은 모두 춤춘다』ⓟ351 수록.

벽과 알

壁と卵 | Wall and Egg

특기인 '벽' 모티브를 활용한 하루키의 명연설. 예루살렘상
Ⓟ417 수상식에서 "여기에 크고 단단한 벽이 있고, 거기에 부
딪혀서 깨지는 알이 있다면 나는 항상 그 알 편에 서겠습니
다"라고 말했다.

별것 아닌 것 같지만, 도움이 되는

ささやかだけれど、役にたつこと | A Small, Good thing (번)

레이먼드 카버®199의 단편소설. 아들의 생일에 사고로 아들
을 잃은 부부와 그 아들의 이름을 새긴 생일 케이크를 주문
받은 채로 잊힌 빵집 주인 사이에 교류하는 마음을 묘사한
다. 하루키가 만든 조어로 알려진 '소확행®327'은 이 작품의
제목 'A Small, Good thing'에서 유래했다.

주오코론샤, 1989년

보드카 토닉

ウォッカ・トニック | vodka tonic

『노르웨이의 숲』ⓟ126에 등장하는 신주쿠의 재즈 카페 'DUGⓟ640'에서 주인공 와타나베ⓟ429와 여자 친구인 미도리ⓟ251가 대낮부터 보드카 토닉을 다섯 잔이나 마시는 장면이 유명하다. 참고로 하루키는 보드카에 페리에를 섞고 레몬을 짜 넣어 마시는 음료를 좋아하는데 그 음료에 '시베리아 익스프레스 シベリア・エキスプレス'라는 이름을 붙였다.

볼프강 아마데우스 모차르트

Wolfgang Amadeus Mozart (인)

오스트리아 출신의 18세기 천재 작곡가. 『기사단장 죽이
기』ⓟ102의 소재 중 하나로 모차르트의 오페라《돈 조반니Don
Giovanni》가 쓰였다. 『스푸트니크의 연인』ⓟ341에서는 모차르
트의 가곡 〈제비꽃Das Veilchen〉이 등장인물 이름(스미레, '제비
꽃'이라는 뜻)의 유래가 되었고, 『태엽 감는 새 연대기』ⓟ551에
는 "있잖아요, 그건 마치 모차르트의《마술 피리Die Zauberflöte》
같은 이야기로군요"라는 말이 나온다.

봄날의 곰

春の熊 | Spring Bear

"네가 너무 좋아, 미도리." "얼마나 좋아?" "봄날의 곰만큼 좋아." 『노르웨이의 숲』ⓟ126에 나오는 하루키적 비유로 유명한 말.

분홍색 옷을 입은 소녀

ピンクの服の女の子 (등)

『세계의 끝과 하드보일드 원더랜드』ⓟ319에 등장하는, 이상적으로 살이 찐 소녀. 계산사인 '나'에게 '셔플링(인간의 잠재의식을 이용한 정보 변환술)'을 의뢰한 노박사의 손녀로 열일곱 살이다. 분홍색 옷을 즐겨 입는다. 하루키 작품에서 뚱뚱한 설정은 매우 드물다.

비 내리는 그리스에서 불볕 천지 터키까지

雨天炎天 | In the Holy Mountain, on the Turkish Road (기)

그리스 편과 터키 편 2부로 구성된 여행기. 그리스 편은 여성의 출입이 금지된 그리스정교의 성지 아스토를 하염없이 걷는 순례기다. 터키 편에서는 자동차로 이십일 일 동안 터키를 일주한다. 헤엄치는 고양이라고 소문난 반Van 고양이가 있는 아나톨리아 동부 지방 같은 변경을 방문한다. 원제는 '우천염천'이다.

무라카미 에이조 사진
신초샤, 1990년

비 오는 날의 여자 #241, #242

雨の日の女 ＃241・＃242 | Rainy Day Women #241, #242 (단)

이 단편소설의 제목은 밥 딜런ⓟ266의 노래 〈Rainy Day Women #12 & 35〉에서 인용했다. 하루키는 이 작품과 관련해서 "비 내리는 오후에 관해 무채색 스케치 같은 글을 써보고 싶었다. 이렇다 할 줄거리는 없다. 아무것도 시작되지 않는다"라고 말했다. 『무라카미 하루키 전집 1979~1989 ③』 수록.

비를 피하다

雨やどり (단)

아오야마ⓟ371의 가게에서 우연히 비를 긋다가 주고받은, 대수로울 것 없는 대화를 엮어낸 다큐멘터리풍 단편소설. '나'는 예전에 인터뷰를 해줬던 여성 편집자와 재회하여 그녀가 돈을 받고 다섯 남자와 잔 이야기를 듣는다. 거품경제 시기의 권태를 느끼게 해주는 작품.『회전목마의 데드히트』ⓟ625 수록.

비유

比喻 | metaphor

하루키 작품에서 가장 재미있는 점은 비유다. 하루키는 "독자를 슬슬 깨워야겠다는 생각이 들면 거기에 적당한 비유를 끌어오는 거죠. 문장에는 그런 충격이 필요합니다"라고 『수리부엉이는 황혼에 날아오른다』ⓟ328에서 말했다.

숨겨진 기호를 해독하기 위해, 의미가 없다면 '비유'는 없다

하루키 문학의 재미를 꼽자면 역시 '참신한 비유'다. 예를 들면 『세계의 끝과 하드보일드 원더랜드』에 나오는 "새로 만든 관棺처럼 청결한 엘리베이터"나 "나는 지구가 마이클 잭슨처럼 한 바퀴 빙글 회전할 동안 푹 자고 싶었다"거나. 신간이 나올 때마다 하루키는 독특하고 기발한 비유로 독자를 놀라게 만든다. 두 이미지가 겹쳐져 깊은 여운이 생겨난다. 마치 거대한 도서관을 압축하여 손에 넣은 듯한 기분을 맛볼 수 있다.

메르세데스는 말 잘 듣는 거대한 물고기처럼 소리도 없이 밤의 어둠 속으로 사라졌다.

『댄스 댄스 댄스』

모든 것은 죽음을 견뎌내고 있었다.
선이 잘려버린 전화기처럼 완벽한 침묵이었다.

『댄스 댄스 댄스』

그들이 신주쿠 역 길이의 다이닝 테이블을 갖고 있는 것처럼 느껴졌다.

『태엽 감는 새 연대기』

Murakami Words

사육제 계절을 맞은 피사의 사탑처럼 앞쪽으로
기운 확실한 발기였다.
『**해변의 카프카**』

햇볕에 그은 피부가 견딜 수 없이
매력적이야. 마치 카페오레의 요정
같아.
『**댄스 댄스 댄스**』

잠이 부족한 탓에 얼굴이 싸구려 치즈
케이크처럼 부어 있었다.
『**세계의 끝과 하드보일드 원더랜드**』

dictionary of Haru

몸이 저리고 머리가 욱신거렸다. 누가 나를 얼음과 함께 셰이커에 넣고서 마구잡이로 흔들어댄 것 같았다.

『양을 쫓는 모험』

그녀는 시즌 초의 야구장 잔디밭을 연상시키는 빛깔의 그린 블레이저코트를 입고, 하얀 블라우스에 검은 나비넥타이를 맸다.

『세계의 끝과 하드보일드 원더랜드』

실제로 내가 결혼 허락을 받으러 그녀의 집에 갔을 때 그녀의 부모님은 몹시 냉랭하게 반응했다. 마치 온 세상의 냉장고 문이 한꺼번에 활짝 열린 것 같았다.

『태엽 감는 새 연대기』

Murakami Words

비치 보이스

The Beach Boys (인)

1961년에 결성된 미국 록그룹. 『바람의 노래를 들어라』
ⓟ257에서는 명곡 〈California Girls〉가 하루키의 번역으로
실려서 소설의 주제가 되었다. 『의미가 없다면 스윙은 없
다』ⓟ460의 「브라이언 윌슨, 남부 캘리포니아 신화의 상실
과 재생ブライアン・ウィルソン 南カリフォルニア神話の喪失と再生」에서 하
루키는 열네 살에 비치 보이스의 〈Surfin' USA〉를 듣고 너
무 놀라서 말문이 막혔다고 썼다. 참고로 『댄스 댄스 댄스』
ⓟ158라는 제목은 그들의 히트곡과 같아서 작품의 근원이 된

소재로 여겨졌
는데, 사실은 '더
델스The Dells'라는
흑인 밴드의 옛
노래라고 『먼 북
소리』ⓟ232에서
밝혔다.

비틀스

The Beatles (인)

레이코 씨⒫200가 기타로 연주한 〈Norwegian Wood〉를
비롯해서 소설 『노르웨이의 숲』⒫126에는 비틀스의 노래가
많이 언급된다. 나오코⒫117의 생일에 듣는 레코드가 〈Sgt.
Pepper's Lonely Hearts Club Band〉인데, 하루키는
이 곡을 120회 정도 들으면서 집필했다고 한다. 그 밖에도
〈Michelle〉, 〈Nowhere Man〉, 〈Julia〉 등이 등장한다. 비
틀스의 명곡이 제목인 단편에는 「서른두 살의 데이 트리퍼」
⒫315, 「드라이브 마이 카」⒫188, 「예스터데이」⒫418가 있다.

비행기—
혹은 그는 어떻게 시를 읽듯 혼잣말을 했는가

飛行機—あるいは彼はいかにして詩を読むようにひとりごとを言ったか

Airplane: Or, How He Talked to Himself as If Reciting Poetry (단)

'시를 읽듯 혼잣말을 하는' 스무 살 남자의 이야기. 일곱 살 연상에 기혼자인 애인이 있다. 그녀가 남자의 혼잣말에 관해 지적하며 기록해둔 메모지를 보여주는데, 거기에는 비행기와 연관된 시 같은 혼잣말이 쓰여 있었다. 『TV 피플』ⓟ647 수록.

비후카초

美深町 | Bifuka-cho (지)

홋카이도 북부에 위치한 마을.『양을 쫓는 모험』ⓟ400에서 '주니타키초ⓟ501'의 설정과 매우 유사해서 그 모델이 아닐까 일컬어진다. JR비후카초 역에는 하루키 관련 서적이나 비후카초를 찍은 사진을 전시해놓은 '무라카미 하루키 문고'가 만들어져 팬들이 찾아오는 명소가 되었다. 양을 사육하는 마쓰야마 농장의 '팜 인 톤투'에서는 매년 '무라카미 하루키, 초원 낭독회村上春樹、草原朗読会'가 개최된다.

빅 브라더

ビッグ・ブラザー | Big Brother

조지 오웰의 『1984』에 등장하는 '독재자'로 가공의 인물이
다. 『1Q84』®633에서는 리틀 피플®216과 대비되는 개념으
로 다룬다.

빅 슬립

大いなる眠り | The Big Sleep (번)

레이먼드 챈들러®198의 데뷔 소설로 1939년에 출간됐다.
사립 탐정 필립 말로를 주인공으로 한 장편 시리즈의 첫 번
째 작품이다. 나중에 험프리 보가트가 주연한 영화 〈빅 슬
립〉으로도 만들어졌다. 하루키는 '거대한 잠'이라는 제목으
로 일역했다.

빙 크로스비

Bing Crosby (인)

미국을 대표하는 가수이자 배우. 그가 노래한 〈White Christmas〉가 하루키 작품에 자주 나온다. 『바람의 노래를 들어라』⑤257에서 쥐⑤506가 '나'에게 써서 보내준 소설의 첫 장에는 반드시 "해피 버스데이, 그리고 화이트 크리스마스"라고 적혀 있다('나'의 생일은 12월 24일). 또한 『양을 쫓는 모험』⑤400에서는 주인공이 〈White Christmas〉를 26회나 듣는 장면이 나온다. 『세계의 끝과 하드보일드 원더랜드』⑤319, 『국경의 남쪽, 태양의 서쪽』⑤087까지 모두 네 번 등장한다.

빵가게 습격

パン屋襲撃 | The Bakery Attack (단)

꼬박 이틀 동안 물만 마신 '나'와 단짝은 부엌칼을 들고 빵
가게로 향한다. 빵을 그냥 주는 대가로 바그너 Wilhelm Richard
Wagner를 듣고 가라는 가게 주인과의 거래가 기묘한 단편소
설.《와세다 문학早稲田文学》1981년 10월 호에 실렸고, 이토
이 시게사토ⓟ469와 함께 출간한『꿈에서 만나요』ⓟ107에는
「빵パン」으로 포함됐다. 1982년, 야마카와 나오토山川直人가
영화화했다.『무라카미 하루키 전집 1979~1989 ⑧』수록.

빵가게 재습격

パン屋再襲撃 | The Second Bakery Attack (단)

한밤중에 배고파진 부부가 그 '저주'를 풀기 위해 빵 가게를 습격하러 나가지만, 문을 연 빵 가게가 없어서 어쩔 수 없이 맥도날드를 습격한다. 「빵가게 습격」ⓟ297의 '내'가 결혼한 상태인 속편 격의 작품.

2010년에 멕시코와 미국의 합작으로 영화화됐고, 2017년에는 '만화로 읽는 무라카미 하루키漫画で読む村上春樹' 시리즈의 한 권으로, 프랑스인 방드 데시네 작가인 PMGL이 만화로 그렸다.

빵가게 재습격

パン屋再襲撃 | The Second Bakery Attack (집)

『1973년의 핀볼』ⓟ632의 설정을 이어받은 「쌍둥이와 침몰한 대륙」ⓟ356이나 『태엽 감는 새 연대기』ⓟ551로 발전하는 「태엽 감는 새와 화요일의 여자들」ⓟ552 등, 장편소설과 연결되는 중요한 단편집이다. 하루키의 대표적인 단편소설로 일컬어지는 「빵가게 재습격」ⓟ298과 「코끼리의 소멸」ⓟ536을 비롯해 「패밀리 어페어」ⓟ569, 「로마제국의 붕괴·1881년의 인디언 봉기·히틀러의 폴란드 침입, 그리고 강풍 세계」ⓟ205가 수록되어 있다. 사사키 마키ⓟ305의 표지가 내용과 잘 어우러져서 신비로움을 자아낸다.

분게이슌주, 1996년

빵가게를 습격하다

パン屋を襲う | The Bakery Attack (그)

하루키의 초기 작품 중에서도 명작으로 꼽히는 「빵가게 습격」ⓟ297과 「빵가게 재습격」ⓟ298 두 단편소설을 독일의 여성 화가 카트 멘시크의 삽화와 함께 그림책으로 만든, 어른을 위한 동화 같은 책이다.

신조사, 2013년

사라지다

消える | disappear

하루키 작품에서는 여성이나 고양이 등의 '갑작스러운 실종'이나 '상실감'이 중요한 주제가 된다. 얼마쯤 지나면 누군가가 사라진 것을 찾기 시작하고, 이윽고 세계의 이면으로 들어간다는 이야기가 바로 하루키 문학의 기본 구조다. 『태엽 감는 새 연대기』P551를 비롯해 『양을 쫓는 모험』P400, 『노르웨이의 숲』P126, 『해변의 카프카』P615, 『기사단장 죽이기』P102에 이르기까지 일관된다.

사랑을 말할 때 우리가 이야기하는 것

愛について語るときに我々の語ること

What We Talk About When we Talk About Love (번)

레이먼드 카버ⓓ199의 단편집. 제목은 표제작에 나오는 "사랑에 관해 얘기할 때 내가 무슨 말을 하는가"라는 문장에서 인용했다. 수필집『달리기를 말할 때 내가 하고 싶은 이야기』ⓓ155의 제목도 이 작품에서 유래한다.

사랑하는 잠자

恋するザムザ | Samsa in Love (단)

"눈을 떴을 때 그는 침대 위에서 그레고르 잠자로 변신한 자기 모습을 발견했다"라는 첫 문장으로 시작한다. 카프카 ⓟ592가 쓴 「변신」의 패러디 소설. 하루키는 제목이 정해진 후에 이야기를 생각한 듯한데, 「변신」 후일담(같은 것)을 썼다고 말했다. 『그리워서』ⓟ098 수록(한국에서는 번역되어 『여자 없는 남자들』에 수록함).

사사키 마키

佐々木マキ | Maki Sasaki (인)

만화가, 그림책 작가, 일러스트레이터. 잡지《가로ガロ》로 데뷔해서 전위적인 만화로 혁명을 일으켰다. 하루키의 데뷔작『바람의 노래를 들어라』ⓟ257 이래로『1973년의 핀볼』ⓟ632,『양을 쫓는 모험』ⓟ400,『댄스 댄스 댄스』ⓟ158를 포함한 초기의 '나와 쥐' 4부작과 단편집 3권을 합해 모두 7권의 표지 그림을 담당하며 하루키 문학의 세계관을 함께 구축해왔다. '양 사나이ⓟ398'가 등장하는 그림책『양 사나이의 크리스마스』ⓟ399와『이상한 도서관』ⓟ466도 공동으로 작업했다. 하루키는 대학 시절에 사사키 마키가 만든 '비틀스 페스티벌 포스터'를 줄곧 자기 방에 장식해뒀을 정도로 열렬한 팬이라, 첫 소설의 표지는 꼭 사사키 마키에게 부탁하고 싶었다고 한다.

『사사키 마키, 아나키한 난센스 시인』,
사사키 마키 지음, 고바야시 히로유키 엮음
가와데쇼보신샤, 1998년

305

사슴과 신과 성 세실리아

鹿と神様と聖セシリア (단)

《와세다 문학》1981년 6월 호에 발표된 후 다른 어디에도
실리지 않은 진귀한 작품. 사소설 성격의 단편으로, 소설이
잘 풀리지 않는 소설가가 등장한다.

사에키 씨

佐伯さん | Saeki-san (등)

『해변의 카프카』⑨615에 등장하는, 다카마쓰에 있는 고무라 기념도서관⑨071의 관장으로 사십 대 중반쯤 되어 보이는 여성이다. 열아홉 살 때 연인에 관해 노래한 자작곡 〈해변의 카프카〉가 크게 유행한 적이 있다. 다무라 카프카⑨152는 그녀가 자기 어머니일지도 모른다고 생각한다.

사우스베이 스트럿—두비 브라더스의
'사우스베이 스트럿'을 위한 BGM

サウスベイ・ストラット—ドゥービー・ブラザーズ「サウスベイ・ストラット」
のためのBGM | South Bay Strut—Dobie Brothers BGM for 'South Bay Strut' (단)

사립 탐정을 주인공으로 내세운 레이먼드 챈들러ⓟ198에게 바치는 오마주 작품. 이 단편의 무대인 캘리포니아 남부의 '사우스베이 시티'는 챈들러의 소설에 등장하는 '베이시티'의 패러디다. 제목은 부제로도 쓴 두비 브라더스Doobie Brothers의 명곡에서 따왔다. 『4월의 어느 맑은 아침에 100퍼센트의 여자를 만나는 것에 대하여』ⓟ636 수록.

상실감

喪失感 | loss

하루키 작품의 중요한 키워드를 들자면 '고독'과 '상실감'
이다. 한국에서는 『노르웨이의 숲』 ⓟ126이 '상실의 시대'라
는 제목으로 출간됐을 정도다. 『색채가 없는 다자키 쓰쿠루
와 그가 순례를 떠난 해』 ⓟ311에는 "우리는 인생의 과정에서
진정한 나를 조금씩 발견해간다. 그리고 발견하면 할수록
나를 상실해간다"라는 말이 나온다.

새끼손가락 없는 소녀

小指のない女の子 | Girl without Little Finger (등)

『바람의 노래를 들어라』ⓟ257에 등장하는 새끼손가락 없는
소녀. 여덟 살 때 왼쪽 새끼손가락을 잃었다. 쌍둥이 여동생
이 있고, 고베ⓟ073의 레코드 가게에서 일한다.

색채가 없는 다자키 쓰쿠루와 그가 순례를 떠난 해

色彩を持たない多崎つくると、彼の巡礼の年

Colorless Tsukuru Tazaki and His Years of Pilgrimage (장)

나고야에 사는 친구들 다섯 명은 서로를 아카(빨간색)ⓟ372, 아오(파란색)ⓟ369, 시로(하얀색)ⓟ345, 구로(검은색)ⓟ083라고 색깔 애칭으로 불렀는데, 다자키 쓰쿠루ⓟ154의 이름에만 색이 들어 있지 않았다. 성인이 된 쓰쿠루는 연인인 기모토 사라의 권유로 친구들과 재회하는 순례 여행을 떠난다. 고등학교 때 친하게 지냈던 남녀 친구 네 명에게 갑자기 절교당한 쓰쿠루의 상실과 회복을 그린 성장소설로, 중국의 오행五行 사상이 담겨 있다. 이 장편소설에 언급되는 《순례의 해》는 러시아 피아니스트 라자르 베르만ⓟ193이 연주하는 리스트ⓟ590의 피아노 독주곡집이다.

문계이슌주, 2013년

샌드위치

サンドウィッチ | sandwich

하루키가 재즈 카페 '피터 캣ⓟ598'에서 매일 만든 메뉴로 아주 맛있어서 인기가 많았다고 한다. 하루키 작품에도 자주 등장하고, 주인공들도 샌드위치에 대해 강한 신념을 보인다.『댄스 댄스 댄스』ⓟ158에서는 '내'가 "기노쿠니야의 버터 프렌치가 훈제연어 샌드위치에는 아주 잘 맞는단 말이야" 하고 말한다.『세계의 끝과 하드보일드 원더랜드』ⓟ319에서는 '분홍색 옷을 입은 소녀ⓟ281'가 오이와 햄과 치즈를 넣어 만든 샌드위치를 '내'가 먹고, "그 샌드위치는 내가 맛있는 샌드위치라고 나름 대로 정한 기준을 가 볍게 넘어섰다. 빵 은 신선하고 탄력 있 었으며, 잘 드는 청 결한 칼로 잘라놓았 다"라고 칭찬한다.

샐러드를 좋아하는 사자—무라카미 라디오 3

サラダ好きのライオン：村上ラヂオ 3 | Murakami Radio 3 (수)

무라카미 하루키×오하시 아유미ⓟ422의 느긋하고 매혹적인 수필집 '무라카미 라디오' 시리즈의 제3탄. 사무실 소파에서 날마다 낮잠을 잔 일, 매일 아침 만드는 오믈렛 이야기, 어려운 고양이 이름 짓기, 마음에 드는 미국 재즈 클럽 등 늘 그렇듯이 고양이와 음악과 요리 이야기가 많다. 「이른바 신주쿠 역 장치 いわゆる新宿駅装置」에서는 『색채가 없는 다자키 쓰쿠루와 그가 순례를 떠난 해』ⓟ311의 무대가 된 신주쿠 역에 관해 썼다.

매거진하우스, 2012년

생일을 맞은 아이들

誕生日の子どもたち | Children on Their Birthdays (번)

모두 여섯 살에서 열여덟 살까지의 소년이나 소녀가 주인공인 트루먼 커포티 ⓟ560의 단편집. 하루키가 이미 번역한『어떤 크리스마스』ⓟ402,『할아버지의 추억』ⓟ612,『크리스마스의 추억』ⓟ541 3편에 생일이나 추수감사절을 소재로 '천진무구함'을 그려낸 이야기 3편을 더해 총 여섯 작품을 수록했다.

문예춘추, 2002년

서른두 살의 데이 트리퍼

32歳のデイトリッパー (단)

"데~이 예이~ 트리퍼Day tripper, day tripper, yeah "라는 후렴구가
귓가에 맴도는 〈Day Tripper〉는 비틀스ⓟ291의 열한 번째
앨범《Yesterday And Today》에 수록된 곡이다. 서른두
살 '나'와 '해마'처럼 귀여운 열여덟 살 그녀의 따분하고 시
시한 대화가 이어진다.『4월의 어느 맑은 아침에 100퍼센트
의 여자를 만나는 것에 대하여』ⓟ636 수록.

서재 기담

書斎奇譚 (단)

잡지《BRUTUS》1982년 6월 1일 호에 실린 단편소설로, 지금은 무라카미 하루키 전집에서만 읽을 수 있다. 편집자인 '나'는 노작가의 원고를 받으러 간다. 그런데 평소에는 남 앞에 모습을 드러내지 않는 노작가에게서 서재로 들어오라는 말을 듣는데…….호러 같은 엽편 작품.『무라카미 하루키 전집 1979~1989 ⑤』수록.

선구

さきがけ | Sakigake

『1Q84』ⓟ633에 등장하는, 야마나시 현에 본부를 둔 종교
단체. 컬트 교단 조직으로 옴진리교를 방불케 하도록 설정
되어 있다. 리더인 후카다 다모쓰深田保의 딸은 열일곱 살 미
소녀인 후카에리ⓟ627로 작중 소설『공기 번데기』ⓟ080의 작
가다.

317

세 가지의 독일 환상

三つのドイツ幻想 | Three German Illusions (단)

'겨울 박물관으로서의 포르노그래피冬の博物館としてのポルノグラフィー', '헤르만 괴링 요새 1983ヘルマン・ゲーリング要塞1983', 'W. 헬의 공중 정원ヘルWの空中庭園'이라고 기이한 제목을 붙인 세 장으로 구성된 연작 단편이다.《BRUTUS》의 독일 특집에서 취재한 실제 체험을 바탕으로 썼다. 헤르만 괴링은 독일군의 최고위 제국원수이자 나치스 정권의 제2인자였던 인물이다.『반딧불이』ⓟ263 수록.

세계의 끝과 하드보일드 원더랜드

世界の終りとハードボイルド・ワンダーランド

Hard-Boiled Wonderland and the End of the World (장)

'세계의 끝'과 '하드보일드 원더랜드'라는 두 세계가 서로 엇갈리며 진행되는 '패럴렐 월드 스토리'. 제21회 다니자키 준이치로상 수상작이다. '세계의 끝'은 높은 벽으로 둘러싸여 바깥세상과의 접촉이 없는 곳으로, '나'는 일각수 ⓟ471 두 개골에서 꿈을 읽으며 조용히 살아간다. 한편 '하드보일드 원더랜드'는 조직(시스템)과 공장(팩토리)이 경쟁하는 세계로, 계산사인 '내'가 자기 의식 속에 새겨진 사고 회로의 비밀을 찾아가는 모험 이야기가 펼쳐진다. 단편소설 「거리와 그 불확실한 벽」ⓟ065이 그 원형이다. 스키터 데이비스Skeeter Davis가 1962년에 발표한 〈The End of the World〉의 가사가 인용됐고, 이 장편소설에 영감을 주었다.

신초샤, 1985년

純文学書下ろし特別作品

世界の終りとハードボイルド・ワンダーランド

村上春樹

新潮社版

세상의 끝

ワールズ・エンド (世界の果て) | World's End and Other Stories (번)

여행 작가로 알려진 폴 서루⑩576의 단편집. 모국인 미국을 떠나 런던, 코르시카섬, 아프리카, 파리, 푸에르토리코 등 타국에서 살아가는 사람들의 이야기를 그렸다. 서루의 실제 경험을 바탕으로 쓴 단편소설들이다.

문게이슌주, 1987년

세상의 모든 7월

世界のすべての七月 | July, July (번)

하루키가 『뉴클리어 에이지』⑨144, 『그들이 가지고 다닌 것들』⑨093에 이어서 세 번째로 번역한 팀 오브라이언⑨562의 작품. 책장을 넘길 때마다 참 서툴다는 생각이 드는데도 그 '양질의 서투름'에 빠져버리고 만다는 하루키의 애정이 느껴진다. 1969년에 같은 대학을 졸업하고 삼십 년 만에 동창회에 모인 남녀의 이야기다. 각자의 감춰진 과거가 플래시백되는 군상 드라마로, 『색채가 없는 다자키 쓰쿠루와 그가 순례를 떠난 해』⑨311와 비슷하다.

문게이슌주, 2004년

세일러복을 입은 연필

村上朝日堂の逆襲 (수)

원제는 '무라카미 아사히도의 역습'으로,《주간 아사히週刊朝日》에 연재된 칼럼 '주간 무라카미 아사히도'를 묶은 수필집. '아쿠타가와상과 관련된 몇 가지 기억을 떠올리면서 TV나 신문에서 취재하러 오기 때문에 상당히 성가신 일이라고 말하는 부분이 재미있다. 안자이 미즈마루ⓟ381가 하루키의 초상화를 그리는 방법에 대해서도 얘기한다.

아사히신문사, 1986년

센다가야

千駄ヶ谷 | Sendagaya (지)

재즈 카페 '피터 캣®598'을 고쿠분지에서 센다가야로 이전
하면서 하루키의 운이 활짝 열린다. 그만큼 중요한 장소. 가
게 바로 옆에 있는 하토모리하치만신사鳩森八幡神社는 하루키
가 센다가야에서 가장 좋아하는 곳이었다고 한다. 진구 구
장®509이나 일각수®471 동상이 있는 성덕기념회화관, 아
오야마®371 일대가 산책 범위에 들어가고 여러 작품의 무대
가 되었다. '피터 캣'이 있었던 자리는 현재 선술집으로 바
뀌었지만 당시 분위기를 느낄 수 있다.

셰에라자드

シェエラザード | Scheherazade (단)

"나는 전생에 칠성장어였어." 어떤 이유로 몸을 숨기게 된
주인공 하바라羽原는 성교할 때마다 이상한 이야기를 들려
주는 여자에게 『천일야화』의 왕비와 똑같이 '셰에라자드'
라는 이름을 붙인다. 하루키 작품에서는 드물게 '기타칸토
지방의 소도시'에 있는 어느 마을이 무대인 기묘한 이야기.
『여자 없는 남자들』ⓓ407 수록.

셸 실버스타인

Shel Sliverstein (인)

자신과 함께 굴러가줄 이 빠진 동그라미를 찾아 헤매는 작은 조각과 그 조각이 홀로 설 수 있도록 조언해주는 '빅 오Big O(완벽한 동그라미)'의 이야기 『어디로 갔을까 나의 한쪽은The Missing Piece Meets the Big O』이나, 사과나무와 소년의 우정을 그린 『아낌없이 주는 나무』ⓟ360로 알려진 미국 작가, 일러스트레이터, 싱어송라이터. 1976년에 혼다 긴이치로田錦一郎가 번역한 『아낌없이 주는 나무』를 2010년에 하루키가 다시 번역했다.

소년 카프카

少年カフカ | Kafka on the Shore Official Magazine (Q)

『해변의 카프카』ⓟ615를 완성하기까지의 메모와 독자들의 이메일 1,220통을 엮어 만든 소년 만화 잡지 같은 책. 안자이 미즈마루ⓟ381와 함께 견학한 제본 공장 체험, 탈락한 표지 디자인 시안,『해변의 카프카』상품 목록 등 창작과 관련된 귀중한 기록이 전부 수록되어 있다.

신초샤, 2003년

소확행

小確幸 | A Small, Good Thing

하루키가 만든 '작지만 확실한 행복'이라는 의미의 조어. 『이렇게 작지만 확실한 행복』ⓟ463에서 언급한다. 하루키는 "생활 속에서 개인적인 '소확행(작지만 확실한 행복)'을 찾아내기 위해서는 많든 적든 자기 규제 같은 것이 필요하다. 예를 들면 꾹 참고 격렬하게 운동한 후에 마시는 시원하고 짜릿한 맥주 같은 것인데 '그래, 이거야'라고 혼자 눈을 감고 무심코 중얼거리게 되는 감흥, 뭐니 뭐니 해도 그것이 '소확행'의 참다운 묘미다"라고 말했다. 참고로 타이완에서는 이 말이 정착될 정도로 유행했다.

수리부엉이는 황혼에 날아오른다

みみずくは黄昏に飛びたつ—川上未映子訊く、村上春樹語る

Haruki Murakami A Long, Long Interview by Mieko Kawakami (대)

가와카미 미에코ⓟ057가 하루키와 열한 시간 동안 인터뷰한 대담집. 『기사단장 죽이기』ⓟ102의 탄생 비화부터 노벨문학상ⓟ127 화제에 이르기까지 날카로운 질문에 대한 답변이 흥미진진하다. 하루키는 "소설을 쓰지 않게 되면 아오야마 근처에서 재즈 클럽을 경영하고 싶다"라고도 말했다.

村上春樹
川上未映子
みみずくは黄昏に飛びたつ
Haruki Murakami
A Long, Long Interview
by Mieko Kawakami
신초샤, 2017년

숲의 저편

森の向う側

단편소설 「땅속 그녀의 작은 개」ⓟ190를 영화로 만든 작품.
"숲을 찾으러 간다"라고 말하고 소식을 끊은 친구를 찾기 위
해 남자가 해변의 리조트 호텔로 가고, 그곳에서 우연히 만
난 여자와 마음을 교류한다.

스가 시카오

スガシカオ | Shikao Suga (인)

수필집『의미가 없다면 스윙은 없다』ⓟ460에 수록된「스가
시카오의 유연한 카오스スガシカオの柔らかなカオス」에서는 특징
적인 멜로디 라인이나 가사의 매력을 열정적으로 해설했다.
실제로 차 안에서 늘 들을 정도로 스가 시카오의 굉장한 팬
인 듯하고, 앨범《THE LAST》의 라이너 노트liner note를 하루
키가 썼다.『애프터 다크』ⓟ387에는 세븐일레븐에서〈폭탄
주스バクダン・ジュース〉라는 노래가 흘러나오는 장면도 있다.

스니커즈

スニーカー | sneakers

하루키를 떠올리면 항상 운동화를 신고 다니는 이미지가 강하다. 『저녁 무렵에 면도하기』[p]486의 「슈트 이야기スーツの話」에서는 『바람의 노래를 들어라』[p]257로 군조신인문학상 [p]088을 받았을 때, 수상식에는 아오야마의 VAN에서 세일 상품으로 구입한 올리브색 코튼 양복에 평소처럼 하얀 운동화를 신고 참석했다고 썼다. 운동화는 그야말로 하루키다운 자유의 상징이다.

스메르자코프 대 오다 노부나가 가신단
─CD-ROM판 무라카미 아사히도

スメルジャコフ対織田信長家臣団—CD-ROM版 村上朝日堂 (Q)

독자가 보낸 이메일과 그에 대한 답변을 정리한 '무라카미 아사히도 홈페이지'의 CD-ROM판 두 번째 작품. 스메르자코프는 도스토옙스키⑤577의 소설 『카라마조프가의 형제들』⑤523의 등장인물이다. "소설은 10교까지 마라톤을 뛰듯 수정한다"거나 "단편소설을 잘 쓰는 요령은 삼 일 만에 완성하는 것"이라는 등 하루키의 창작 자세를 엿볼 수 있는 내용으로 흥미진진하게 채워져 있다.

아사히신문사, 2001년

스미레

すみれ | Sumire (등)

『스푸트니크의 연인』ⓟ341에 등장하는 스물두 살 여성. 모차르트ⓟ279의 가곡 〈제비꽃〉에서 이름을 따왔다. 기치조지에서 혼자 살고, 잭 케루악Jack Kerouac의 문학을 좋아한다. 열일곱 연상의 여성인 뮤ⓟ250를 사랑하게 된다.

스바루

スバル | Subaru

밤하늘에 반짝이는 묘성昴星(플레이아데스)이 엠블럼인 자동차 메이커. 『댄스 댄스 댄스』ⓟ158에서 '내'가 타는 자동차는 스바루의 구형 모델이다. "내 분신인 것처럼 주눅이 든 구형 스바루"라는 표현이 나오고, "타고 있으면 왠지 모르게 친밀감이 느껴져", "아마도 이 차가 나에게 사랑받아서일 거야"라고 유키ⓟ458와 대화했듯이 '나'의 일부 같은 존재로 묘사된다. 한편 『기사단장 죽이기』ⓟ102에서는 악한 자의 상징으로 '흰색 스바루 포레스터'를 타는 남자가 등장한다.

스타벅스 커피

スターバックス·コーヒー | Starbucks Coffee

미국 시애틀에서 생긴 세계적 커피 체인점. 『애프터 다크』 ⓟ387의 대화 중에 '스타벅스의 마키아토'가 언급된 후로 하루키 작품에 자주 나온다. 『색채가 없는 다자키 쓰쿠루와 그가 순례를 떠난 해』ⓟ311에서 나고야로 귀향한 쓰쿠루ⓟ154가 아오ⓟ369와 만나기로 약속한 장소이며, 『기사단장 죽이기』ⓟ102에도 "스타벅스 커피를 종이컵에 마시는 걸 자랑스러워하는 듯한 젊은이들"이라는 표현이 나온다.

스타워즈

스타 · 워 ― 즈 | Star Wars

『더 스크랩』⑨160에는 〈스타워즈―제다이의 복수〉를 보러 영화관에 세 번이나 갔다는 내용이 나온다. 하루키는 '꿔워 워―웍'이나 '아구으으―' 정도로 의사소통을 마치는 '추바카'가 귀엽다면서, "그 정도의 어휘로 용건을 끝내고, 나머지 시간은 제국군과 이따금 공중전이나 벌이면서 인생을 보낼 수 있다면 얼마나 행복할까"라고 말했다. 『영화를 둘러싼 모험』⑨411에서는 〈스타워즈―제국의 역습〉에서 제국군에게 쫓겨 우주에서 도망쳐 다니는 모습이 『헤이케 이야기』⑨618 같다고 표현했다. 『양을 쫓는 모험』⑨400에는 주

인공이 단골 술집에서 메이너드 퍼거슨 Maynard Ferguson의 〈스타워즈〉를 들으며 커피를 마시는 장면이 나온다.

스탠 게츠

Stan Getz (인)

"나는 지금까지 온갖 소설에 열중했고, 온갖 재즈에 빠져들었다. 그런데 내게는 최종적으로 스콧 피츠제럴드ⓟ595야말로 소설the Novel이며, 게츠야말로 재즈the Jazz였다"라고 『포트레이트 인 재즈』ⓟ574에서 말했을 정도로 하루키가 경애하는 미국의 색소폰 연주자. 『1973년의 핀볼』ⓟ632에서는 〈Jumpin' With Symphony Sid〉가 흘러나온다.

스티븐 킹

Stephen King (인)

『샤이닝The Shining』, 『스탠 바이 미Stand By Me』, 『쇼생크 탈출The Shawshank Redemption』, 『그린 마일The Green Mile』 등으로 널리 알려진 미국 소설가. 『무라카미 하루키 잡문집』ⓒ243에 '스티븐 킹의 절망과 사랑―양질의 공포 표현スティーヴン・キングの絶望と愛―良質の恐怖表現'이라는 제목이 나오는데, 하루키는 "스티븐 킹이 생각하는 공포의 질은 한마디로 '절망'이다"라고 얘기하면서 팬으로서 '공포'를 묘사하는 킹의 방식을 칭송한다.

스파게티

スパゲティー | spaghetti

『태엽 감는 새 연대기』ⓟ551는 '내'가 스파게티를 삶고 있을 때 이상한 전화가 걸려 오는 장면에서 시작한다. 마치 스파게티가 앞으로 일어날 '혼란'을 상징하는 것처럼 묘사됐다. 『양을 쫓는 모험』ⓟ400의 '명란젓 스파게티'나 『댄스 댄스 댄스』ⓟ158의 '결국 먹지 못한 햄 스파게티' 등 초기 작품에는 꼭 등장했던 요리다.

스파게티의 해에

スパゲティーの年に | The Year of Spaghetti (단)

거대한 알루미늄 냄비를 구해서 1971년 봄, 여름, 가을 내내 스파게티만 줄곧 삶은 이야기. 1971년은 하루키가 대학 동창생인 요코와 결혼한 해다. 분쿄 구에서 침구 가게를 운영하는 처가의 방을 얻어 낮에는 레코드 가게, 밤에는 찻집에서 아르바이트를 하던 무렵이다. 『4월의 어느 맑은 아침에 100퍼센트의 여자를 만나는 것에 대하여』ⓟ636 수록.

스푸트니크의 연인

スプートニクの恋人 | Sputnik Sweetheart (장)

주인공 '나'와 내가 좋아하는 소설가 지망생인 여자 친구 '스미레ⓟ333', 그리고 스미레가 사랑하는 열일곱 연상의 여성 '뮤ⓟ250' 사이의 미묘한 삼각관계를 그린 사랑 이야기. 뮤가 잭 케루악의 '비트족beatnik' 기질을 '스푸트니크Sputnik'로 혼동한 것을 계기로, 스미레는 그녀를 마음속으로 '스푸트니크의 연인'이라고 부른다. 얼마 후 스미레는 그리스의 작은 섬에서 종적을 감추고, '저쪽' 세계로 실종된다. 『언더그라운드』ⓟ404 다음에 쓴 장편인데, 하루키는 "즐기면서 쓴 소설 중 첫 번째로 꼽는 작품"이라고 말했다. 스푸트니크는 구소련의 인공위성으로, 이 소설에서는 '고독'을 표현하는 키워드가 되었다.

고단샤, 1999년

시나가와 원숭이

品川猿 | A Shinagawa Monkey (단)

주인공 안도 미즈키_{安藤みずき}는 일 년 전부터 이따금 자기 이름이 떠오르지 않곤 했다. 시나가와 구청의 '마음 고민 상담소'에 다니며 상담사와 상담하던 중에 그것은 이름을 훔치는 '원숭이'의 소행 탓으로 밝혀진다. 하지만 이름과 함께 마음속 어둠도 돌아온다는, 참으로 기묘한 원숭이 이야기. 『도쿄 기담집』_{ⓟ175} 수록.

시드니!

シドニー! | Sydney! (기)

2000년에 개최된 시드니 올림픽 이십삼 일간의 현지 리포트. 오스트레일리아라는 대륙의 특수성도 언급해서 여행서로도 즐길 수 있는 관전기觀戰記다. 하루키는 "이렇게 단기간에 이렇게 대량의 원고를 완성한 것은 작가가 된 지 이십여 년 만에 처음 있는 일이었다"라고 말했다. 문고판은 『코알라 순정편コアラ純情篇』과 『왈라비 열혈편ワラビー熱血篇』 상하권으로 나뉘어 출간됐다.

문예이순주, 2000년

Sydney!
村上春樹

시드니의 그린 스트리트

シドニーのグリーン・ストリート | Green Street in Sydney (단)

시드니의 그린 스트리트(녹색 거리)에 사무소를 차린 사립 탐정 '나'는 양 사나이℗398로부터 양 박사에게 빼앗긴 오른 귀를 되찾고 싶다는 의뢰를 받는다. 그림책 작가 이노 가즈요시飯野和好의 삽화가 곁들여진 동화 같은 이야기. 제목은 영화 〈카사블랑카Casablanca〉와 〈몰타의 매The Maltese Falcon〉에 출연한 배우 시드니 그린스트리트Sydney Greenstreet의 이름에서 따왔다. 젊은 독자 취향의 단편집 『첫 문학 무라카미 하루키』℗513에도 포함됐다. 『중국행 슬로 보트』℗504 수록.

344

시로

シロ | Shiro (등)

『색채가 없는 다자키 쓰쿠루와 그가 순례를 떠난 해』[p]311에 등장하는 주인공 쓰쿠루[p]154의 고등학교 시절 친구 다섯 명 중 한 사람. 이름은 '시라네 유즈키白根柚木', 애칭은 '시로(하양)'. 내성적이지만, 빼어난 미인이다. 피아노가 특기이고, 리스트[p]590의 〈르 말 뒤 페이〉[p]212를 자주 친다.

시마모토 씨

島本さん | Shimamoto-san (등)

『국경의 남쪽, 태양의 서쪽』ⓟ087에 등장하는 주인공인 '나'의 소꿉친구 여성. 초등학생 때 전학해 온, 왼쪽 다리를 살짝 저는 여자아이였다. 둘 다 '외동'이라는 공통점으로 친해진다. 옛날부터 파란색 옷을 즐겨 입었다. 재즈 바의 주인이 된 '나'와 서른여섯 살에 재회하지만, 그 후 돌연 사라져버리는 수수께끼의 존재다.

시바타 모토유키

柴田元幸 | Motoyuki Shibata (인)

미국 문학 연구가, 번역가. 폴 오스터Paul Auster, 에드워드 고
리Edward Gorey, 찰스 부코스키Charles Bukowski 등의 번역가로 알
려졌다. 책임 편집을 맡은 문예 잡지 「멍키 비즈니스モンキー
ビジネス」(빌리지북스)나 「MONKEY」(스위치퍼블리싱)에서 현
대 미국 문학을 소개한다. 하루키와는 『곰 풀어주기』ⓟ079의
번역을 도와준 후로 친분을 쌓았다. 하루키와의 공저로 『번
역야화』ⓟ273, 『번역야화 2 샐린저 전기』ⓟ274가 있다. CD북
『무라카미 하루키
하이브리드』ⓟ244
도 감수했다.

시부야

渋谷 | Shibuya (지)

하루키 작품에 자주 나오는 젊은이들의 거리. 특히 『애프터
다크』ⓟ387의 주요 무대여서 시부야의 스크램블 교차로나
데니스Denny's, 러브호텔 거리가 묘사된다. 『댄스 댄스 댄스』
ⓟ158에서는 '내'가 시부야에서 영화를 본 후 거리를 정처 없
이 방황하기도 하고, 『1Q84』ⓟ633에서는 아오마메ⓟ370가
시부야 역의 코인 로커에 짐을 보관하고, 공원 거리를 따라
올라간 끝에 있는 호텔에서 남자를 암살하기도 한다.

식인 고양이

人喰い猫 | Man-Eating Cats (단)

'나'와 이즈미イズミ는 그리스의 작은 섬에서 살고 있었다. 어느 날, 신문에서 고양이 세 마리에게 잡아먹힌 노부인의 기사를 같이 읽은 며칠 후, 이즈미가 사라진다. 이 단편소설은 나중에 『스푸트니크의 연인』ⓟ341의 일부가 되었다. 『무라카미 하루키 전집 1979~1989 ⑧』 수록.

신의 아이들은 모두 춤춘다

神の子どもたちはみな踊る | All God's Children Can Dance (단)

아사가야에서 어머니와 함께 사는 요시야善也는 귀갓길에 가스미가세키 역에서 지하철을 갈아타던 중 '귓불이 없는 남자'를 목격하고 그 뒤를 밟는다. 대학 시절에 춤추는 모습이 '개구리'를 닮았다는 이유로 연인이 '개구리 군'이라는 별명을 붙여준 요시야는 그렇게 도착한 야구장에서 춤을 추기 시작한다. 2008년, 미국에서 영화로 만들어졌다. 『신의 아이들은 모두 춤춘다』ⓟ351 수록.

신의 아이들은 모두 춤춘다

神の子どもたちはみな踊る | After the Quake (집)

등장인물이 모두 1995년 고베ⓟ073에서 발생한 한신 대지
진과 간접적으로 연관되어 있다. 잡지에는 '지진 후에地震のあ
とで'라는 제목으로 연재됐던 연작 단편집. 이후의 작품에까
지 이어지는 '일종의 압도적인 폭력'을 묘사했다. 「UFO가
구시로에 내리다」ⓟ648, 「다리미가 있는 풍경」ⓟ149, 「신의
아이들은 모두 춤춘다」ⓟ350, 「타일랜드」ⓟ550, 「개구리 군,
도쿄를 구하다」ⓟ062, 「벌꿀 파이」ⓟ275가 수록되어 있다.

신초사, 2000년

신주쿠

新宿 | Shinjuku (지)

하루키 작품에 가장 자주 나오는 지역 중 하나. 하루키는 학창 시절에 신주쿠의 레코드 가게에서 아르바이트를 했다. 『1Q84』ⓟ633의 덴고ⓟ164를 비롯해 주인공들이 가장 많이 방문하는 서점은 분명 신주쿠의 기노쿠니야 본점이다. 『노르웨이의 숲』ⓟ126에는 재즈 카페 'DUGⓟ640'에서 술을 마시는 장면이 나오고, 『태엽 감는 새 연대기』ⓟ551에서는 니시신주쿠의 고층 빌딩 거리에 있는 벤치가 묘사된다. 『색채가 없는 다자키 쓰쿠루와 그가 순례를 떠난 해』ⓟ311에서는 거대한 신주쿠 역이 중요한 역할을 한다.

신카이 마코토

新海誠 | Makoto Shinkai (인)

〈너의 이름은君の名は〉으로 유명해진 애니메이션 영화감독, 소설가. 하루키 작품의 애독자로, "헤어날 길이 없는 영향을 받았다"라고 말했다. 그가 처음 읽은 작품은 『노르웨이의 숲』ⓟ126이었고, 초기 단편집은 지금도 되풀이해 읽으며, 독특한 묘사에 빨려든다고 한다(가쿠켄무크『무라카미 하루키를 알고 싶다村上春樹を知りたい』2013년 간행본에서).

실꾸리고둥 술의 밤

おだまき酒の夜 | Night of Odamakizake (단)

잡지《쇼트 쇼트 랜드ショートショートランド》에 '미녀가 제시한
세 어휘로 만드는 이야기' 코너가 있는데, 아키요시 구미코
秋吉久美子(일본 여배우)가 제시한 단어 '물가, 오늘 밤, 작은 병'
을 소재로 탄생한 짧은 이야기. 오래된 우물 앞에서 '실꾸리
고둥'이라는 생물 두 마리와 술잔치를 벌인다.『무라카미 하
루키 전집 1979~1989 ⑤』수록.

쌍둥이 소녀

双子の女の子 | Twin Girls (등)

『1973년의 핀볼』ⓟ632에 등장하는 '나'의 동거인. 어느 날
아침, 눈을 뜬 '나'의 양옆에 쌍둥이 소녀가 잠들어 있었다.
트레이너 셔츠의 가슴 부분에 프린트된 '208'과 '209' 말고
는 분간할 방법이 없다. '나'는 쌍둥이가 내려준 커피를 마
시면서 칸트ⓟ464의 『순수이성비판』을 몇 번이나 되풀이
해 읽는다. 그림책 『양 사나이의 크리스마스』ⓟ399에도 등
장한다.

쌍둥이와 침몰한 대륙

双子と沈んだ大陸 | The Twins and the Sunken Continent (단)

『1973년의 핀볼』ⓟ632에 등장하는 쌍둥이와 그 뒷이야기. '나'는 와타나베 노보루渡辺昇라는 남자와 둘이서 작은 번역 사무실을 경영한다. 그런데 반년 전쯤에 헤어진, '208'과 '209'가 적힌 트레이너 셔츠를 입은 쌍둥이를 잡지에서 발견한다. 가사하라 메이ⓟ055까지 등장하는 등 하루키 작품의 올스타들이 모였다. 『빵가게 재습격』ⓟ299 수록.

쓸모없는 풍경

使いみちのない風景 | Useless Landscape (수)

하루키와 사진작가 이나코시 고이치稻越功—가 함께 작업한
포토 에세이집. 『파도의 그림, 파도의 이야기』ⓟ564를 잇는
두 번째 작품이다. 『노르웨이의 숲』ⓟ126을 집필했던 그리스
의 섬 풍경이나, 고양이를 이삼십 마리나 키웠던 일화도 실
려 있다. 제목은 안토니오 카를로스 조빔Antônio Carlos Jobim의
노래 〈Inútil PaisagemUseless Landscape〉에서 인용했다.

357

아낌없이 주는 나무

おおきな木 | The Giving Tree (번)

셸 실버스타인ⓟ325의 세계적인 명작 그림책이 하루키 번역으로 나왔다. 언제나 그 자리를 지키는 사과나무. 성장하며 변해가는 소년. 그런데도 나무는 아낌없는 사랑을 계속 베푼다. 원작의 한 문장 "And the tree was happy… but not really"를 하루키는 "그래서 나무는 행복했어… 설마 그럴 리는 없잖아요"라고 번역했다.

アスナ로소토보, 2010년

아라나이

あらない | aranai

『기사단장 죽이기』ⓟ102에 등장하는 캐릭터인 기사단장의 이상한 말투. '나이ない(없다)'를 '아라나이あらない(있지 않다, 일본어에서는 문법적으로 없는 표현)'라고 말한다. 작가 가와카미 미에코ⓟ057가 하루키와 길게 인터뷰한 대담집 『수리부엉이는 황혼에 날아오른다』ⓟ328의 캐치프레이즈로 '예사로운 인터뷰가 아니다('아니다'는 원래 '~데와나이ではない'인데 '~데와아라나이ではあらない'로 씀)'라고 패러디했다.

아르네

アルネ | Arne

오하시 아유미ⓟ422가 기획, 편집, 취재를 모두 담당한 전설적 잡지. 10호(2004년 12월 발행)「무라카미 하루키 씨 댁을 방문했습니다 村上春樹さんのおうちへ伺いました」라는 특집에 하루키의 자택을 찍은 귀중한 사진이 많이 실렸다. 집필 책상과 레코드 선반, 부엌까지 공개한 경우는 매우 드물어서 팬이라면 반드시 소장해야 할 책이다.

이오그래프, 2004년

아마다 도모히코

雨田具彦 | Tomohiko Amada (등)

『기사단장 죽이기』ⓟ102에 등장하는 아흔두 살의 저명한 일본 화가. 모차르트ⓟ279의 오페라《돈 조반니》를 모티브로 '기사단장 죽이기'라는 제목의 일본화日本畵를 그렸다. 현재는 치매 때문에 요양 시설에 입소했다. 주로 아스카 시대의 역사화를 그리는 작풍으로 미루어 가나가와 현의 오이소마치에 살았던 일본 화가 야스다 유키히코安田靫彦가 그 모델로 보인다.

아마다 마사히코

雨田政彦 | Masahiko Amada (등)

『기사단장 죽이기』ⓟ102에 등장하는 주인공 '나'의 미대 시절 친구로 그래픽디자이너. 오다하라에 있는 아버지 아마다 도모히코ⓟ363의 아틀리에에서 주인공이 임시로 머물도록 해주고, 미술 학원 일자리를 소개한다.

아메리칸 뉴시네마

アメリカン・ニューシネマ | American New Cinema

1960년대 후반에 생겨난 미국 영화의 새로운 흐름. 하루키의 와세다 대학 졸업논문은 「미국 영화에 나타나는 여행의 사상思想」으로, 아메리칸 뉴시네마와 영화 〈이지 라이더Easy Rider〉를 논했다. 그는 이 논문에 대해 "미국 문화에서는 이동 감각이 커다란 한 가지 특색으로 자리 잡혀 있다"라고 말했다. '쥐(랫소Ratso)'가 등장하는 영화 〈미드나이트 카우보이Midnight Cowboy〉도 하루키 작품에 큰 영향을 준 것으로 보인다.

아미료

阿美寮

『노르웨이의 숲』ⓟ126에 등장하는 나오코ⓟ117가 입원한 요양 시설. 교토 산중에 있다는 설정이지만, 실재하지는 않는다. 영화〈노르웨이의 숲〉에서 촬영지가 된 곳은 아름다운 초원이 펼쳐진 효고 현 가미카와초神河町의 도노미네砥峰 고원이다.

아사히카와

旭川 | Asahikawa (지)

『노르웨이의 숲』⑨126에 등장하는 레이코 씨⑨200가 '아사히카와'에 관해 "그곳은 왠지 잘못 만들어진 함정 같은 곳이잖아?"라고 얘기한다. 언뜻 심한 표현 같지만, 하루키 작품에서 '구멍⑨084'은 '이계로 통하는 입구'로 중요한 키워드다. 『양을 쫓는 모험』⑨400에서도 주인공이 양 사나이⑨398를 만나는 '주니타키초⑨501'로 가기 위해 삿포로에서 한 번 아사히카와를 경유하는 것으로 보아, 원더랜드로 통하는 입구가 있는 장소로 아사히카와가 선택됐을지도 모른다.

아시야

芦屋 | Ashiya (지)

하루키가 어린 시절을 보낸 고장.『세일러복을 입은 연필』
ⓟ322에 "내가 태어난 곳은 일단은 교토지만, 곧바로 효고 현
의 니시미야 시 슈쿠가와凤川라는 곳으로 이사했고, 그 후에
같은 효고 현 남동부에 있는 아시야 시로 이사했다. 그 때문
에 출신지가 명확하지 않지만, 십 대를 아시야에서 보냈고,
부모님 집도 그곳에 있어서 일단은 아시야 출신이 되었다"
라고 썼다.

아오

アオ | Ao (등)

『색채가 없는 다자키 쓰쿠루와 그가 순례를 떠난 해』ⓟ311에
등장하는 주인공 쓰쿠루ⓟ154의 고등학교 시절 친구 다섯 명
중 한 사람. 본명이 '오우미 요시오青海悦夫'라서 애칭은 '아
오(파랑)'. 나고야 거주. 학창 시절에는 럭비부에서 활동했
고, 현재는 도요타 '렉서스ⓟ202' 영업 사원으로 근무한다.

아오마메

青豆 | Aomame (등)

『1Q84』ⓟ633의 주인공 중 한 명. 본명은 '아오마메 마사미青
豆雅美'. 히로오에 있는 고급 스포츠 클럽에서 일하는 인스트
럭터이면서 암살자라는 이면의 얼굴을 갖고 있다. 선술집에
서 아오마메(삶은 푸르대콩 안주)라는 메뉴를 보고 하루키가
번뜩 떠올린 아이디어라고 하는데, 친구인 일러스트레이터
안자이 미즈마루ⓟ381, 와다 마코토ⓟ425와 함께 쓴 수필집
에도 『아오마메 두부青豆とうふ』(신초샤)라는 제목을 붙였다.

아오야마

青山 | Aoyama (지)

'무라카미 하루키 하면 아오야마'라고 말할 정도로 작품에 자주 등장하는 대표적 지역.『댄스 댄스 댄스』Ⓟ158의 주인공이 아오야마에 있는 슈퍼마켓 기노쿠니야에서 '조련을 마친 양상추Ⓟ493'를 사는 장면,『국경의 남쪽, 태양의 서쪽』 Ⓟ087에서 자동차로 아오야마 거리를 달리는 장면이 특히 유명하다. 수필에서도 그 주변을 산책하는 모습이 자주 나온다.

아카

アカ | Aka (등)

『색채가 없는 다자키 쓰쿠루와 그가 순례를 떠난 해』ⓟ311에 등장하는 주인공 쓰쿠루ⓟ154의 고등학교 시절 친구 다섯 명 중 한 사람. 이름은 '아카 마쓰케이赤松慶', 애칭은 '아카(빨강)'. 나고야 거주. 학창 시절부터 성적이 우수했고, 현재는 크리에이티브 비즈니스 세미나를 주재하는 회사를 경영한다.

아카사카 넛메그

赤坂ナツメグ | Nutmeg Akasaka (등)

『태엽 감는 새 연대기』ⓟ551에 등장하는, 특수한 일을 하는 여성. 요코하마에서 태어나 만주에서 성장했다. 원래는 유명한 패션 디자이너이며, 엽기적인 방법으로 남편을 살해당한 과거가 있다. 상류층 사람들을 상대로 일종의 심령 치료를 한다.

아카사카 시나몬

赤坂シナモン | Cinnamon Akasaka (등)

『태엽 감는 새 연대기』ⓟ551에 등장하는 아카사카 넛메그 ⓟ373의 아들. 여섯 살이 되기 전, 한밤중에 태엽 감는 새 소리를 듣고 신기한 광경을 목격한 후로 더 이상 아무 소리도 내지 않는다. 지능이 높아서 넛메그가 하는 일을 보좌한다.

아쿠타가와상

芥川賞 | Akutagawa Prize

데뷔작인 『바람의 노래를 들어라』ⓟ257가 제81회(1979년 상반기), 『1973년의 핀볼』ⓟ632이 제83회(1980년 상반기) 아쿠타가와상 후보에 올랐지만 낙선했다. 하루키는 수필집 『달리기를 말할 때 내가 하고 싶은 이야기』ⓟ155에서 "나는 솔직히 어느 쪽이든 상관없었다. 상을 타면 타는 대로 취재나 집필 의뢰가 잇달아 들어올 테고, 그러면 가게 영업에 지장이 생기지는 않을까, 오히려 그쪽이 더 걱정스러웠다"라고 썼다.

아키 카우리스메키

Aki Kaurismäki (인)

핀란드를 대표하는 영화감독. 하루키는 아키 카우리스메키의 "살짝 착실하지 않은 점"이 마음에 든다고 말했고, 좋아하는 작품으로는 〈레닌그라드 카우보이Leningrad Cowboys〉 시리즈를 들었다. 『색채가 없는 다자키 쓰쿠루와 그가 순례를 떠난 해』ⓟ311에서도 주인공이 핀란드 하면 "시벨리우스, 아키 카우리스메키의 영화, 마리메코(핀란드를 대표하는 라이프스타일 브랜드), 노키아, 무민"이라고 말하는 장면이 나온다.

아키카와 마리에

秋川まりえ | Marie Akikawa (등)

『기사단장 죽이기』ⓓ102에 등장하는 열세 살 미소녀. 펭귄 부적을 갖고 있다. 주인공인 '내'가 미술 학원에서 가르치는 학생으로, 이야기의 중요한 열쇠를 쥐고 있다.

안녕 내 사랑

さよなら、愛しい人 | Farewell, My Lovely (번)

레이먼드 챈들러⒫198의 하드보일드 소설 『안녕 내 사랑』을
하루키가 새롭게 번역했다. 사립 탐정 필립 말로가 주인공
인 장편 시리즈의 두 번째 작품. 하루키는 후기에서 "챈들러
의 베스트 작품을 셋만 꼽으라면 많은 사람이 『기나긴 이별』
⒫100, 『빅 슬립』⒫295, 『안녕 내 사랑』을 선택하지 않을까. 나
도 같은 생각이다"라고 썼다.

하야카와쇼보, 2009년

안녕, 버드랜드―어느 재즈 뮤지션의 회상

さよならバードランド―あるジャズ・ミュージシャンの回想

From Birdland to Broadway: Scenes from a Jazz Life (번)

모던재즈 황금시대인 1950년대에 뉴욕을 활보한 재즈 베이시스트이자 재즈 평론가인 빌 크로Bill Crow가 쓴 자전적 교유기交遊記. 듀크 엘링턴ⓟ181부터 사이먼 & 가펑클Simon & Garfunkel까지 등장한다. 하루키가 매우 상세한 레코드 가이드를 첨부했다.

신초샤, 1996년

안데르센 문학상

The Hans Christian Andersen Literature Award

2007년에 창설된 덴마크 문학상. 『연금술사Alquimiste』의 파울로 코엘료Paulo Coelho, '해리포터Harry Potter' 시리즈의 J. K. 롤링Joan K. Rowling 등이 수상했다. 2016년에 이 상을 받은 하루키는 "그림자가 없으면 그것은 단지 밋밋한 환영이 되어버립니다. 그림자를 낳지 않는 빛은 진정한 빛이 아닙니다"라고 한스 크리스티안 안데르센의 동화 『그림자Skyggen』를 인용하며 연설했다.

『그림자』한스 크리스티안 안데르센 지음, 조 셀림 그림, 나가시마 요이치 옮김, 효론사, 2004년

안자이 미즈마루

安西水丸 | Mizumaru Anzai (인)

하루키와 명콤비로 알려진 일러스트레이터. 하루키의 '피터 캣ⓟ598' 시절부터 교제한 사이로 친분이 두텁다. 하루키왈, "내게는 '영혼의 형제' 같은 사람". 소설에 자주 등장하는 '와타나베 노보루渡辺昇 또는 ワタナベ ノボル'는 안자이 미즈마루의 본명에서 따온 이름이다. '무라카미 아사히도ⓟ268' 시리즈를 비롯해 『코끼리 공장의 해피엔드』ⓟ534, 『랑게르한스섬의 오후』ⓟ195, 『해 뜨는 나라의 공장』ⓟ614, 『토끼 맛있는 프랑스인』ⓟ556 등 공저도 많다. 하루키의 홈페이지를 CD-ROM으로 만든 『꿈의 서프시티』ⓟ108와 『스메르자코프 대 오다 노부나가 가신단』ⓟ332에는 두 사람의 육성 대담도 수록했다. 2014년 별세.

안톤 체호프

Антóн Чéхов | Anton Chekhov (인)

4대 희곡 『갈매기Чайка』, 『바냐 아저씨Дядя Ваня』, 『세 자매Три сестры』, 『벚꽃 동산Вишнёвый сад』으로 유명한 러시아를 대표하는 극작가이자 소설가. 『장수 고양이의 비밀』ⓟ482에서 여행에 들고 간다면 '체호프 전집'이라고 쓸 정도로 하루키가 영향을 많이 받은 작가 중 한 사람이다. 『1Q84』ⓟ633에서는 덴고ⓟ164가 체호프의 기행문 『사할린 섬Остров Сахалин』을 예로 들며 원주민 길랴크인에 관한 부분을 낭독하기도 하고, "소

설가란 문제를 해결하는 인간이 아니다. 문제를 제기하는 인간이다"라는 체호프의 명언을 떠올리는 장면도 나온다.

알을 못 낳는 뻐꾸기

卵を産めない郭公 | The Sterile Cuckoo (번)

1960년대 미국, 남학교에 다니는 내성적인 학생 제리 페인 Jerry Payne과 수다쟁이 푸키 애덤스Pookie Adams의 연애 이야기. 하루키와 시바타 모토유키ⓟ347가 추천한 작품을 새롭게 번역하여 복간한 시리즈 '무라카미 시바타 번역당' 중 한 권이다. 작가인 존 니콜스John Nichols는 할리우드에서 많은 각본 작업에 참여했고, 이 작품도 영화화되어 일본에서는 〈입맞춤〈ちづけ〉〉이라는 제목으로 개봉했다.

신초분코, 2017년

알파 로메오

アルファロメオ | Alfa Romeo

이탈리아의 자동차 메이커. 하루키도 한때 알파 로메오의 오픈카 스파이더를 탄 적이 있는 듯하다. 『1Q84』ⓟ633에서 아오마메ⓟ370와 나카노 아유미中野あゆみ 두 사람이 어쩌다 일시적인 섹스를 한 상대의 차도 알파 로메오였다.

알파빌

アルファヴィル | Alphaville

프랑스 영화감독 장뤼크 고다르가 만든 1965년 영화. 컴퓨터에 지배당해 감정 없는 사람들이 살아가는 성운 도시 '알파빌'이 무대다. 그곳에서 눈물을 흘리는 사람은 공개 처형된다. '실험적, 예술적, 모험적, 반￦SF'라고 고다르 스스로 이름 붙인 문명 비판 영화다. 『애프터 다크』ⓟ387에는 '알파빌'이라는 이름의 러브호텔이 등장하며 그 작품의 세계관에도 큰 영향을 미쳤다.

알프레드 번바움

Alfred Birnbaum (인)

1980년부터 1990년대에 걸쳐 하루키의 초기 작품을 번역한 미국의 일본 문학 번역가. 초기 4부작 『바람의 노래를 들어라』ⓟ257, 『1973년의 핀볼』ⓟ632, 『양을 쫓는 모험』ⓟ400, 『댄스 댄스 댄스』ⓟ158를 비롯하여 많은 작품을 번역해서 해외 독자에게 무라카미 하루키라는 이름을 널리 알렸다. 자신이 번역한 하루키 작품 중에서는 『세계의 끝과 하드보일드 원더랜드』ⓟ319가 가장 마음에 드는 모양이다.

애프터 다크

アフターダーク | After Dark (장)

23시 56분부터 6시 52분까지 하룻밤 사이에 생긴 일이 신의 눈높이에서 묘사되는 실험적 작품. '애프터 다크'란 '어두워진 후에'라는 의미지만, 이 제목은 모던재즈의 트롬본 연주자 커티스 풀러Curtis Fuller의 대표곡 〈Five Spot After Dark〉에서 유래했다. '우리'라는 1인칭 복수 시점이 카메라처럼 움직이며 도시의 심야를 묘사한다. 구체적인 지명은 나오지 않지만, 스크램블 교차로 같은 설명으로 볼 때 무대는 한밤중의 시부야®348라고 단정할 수 있다.

고단샤, 2004년

387

앨리스 먼로

Alice Munro (인)

2013년에 노벨문학상ⓟ127을 수상한 캐나다 작가. 하루키는 연애소설집 『그리워서』ⓟ098에 먼로의 작품 「잭 랜더 호텔The Jack Randa Hotel」을 번역하여 실었고, "여성의 심리를 깊이 파헤치듯 묘사하는데도 문장에서는 이른바 '여성스러움' 같은 것이 거의 느껴지지 않는다"라고 말했다.

야구장

野球場 (단)

야구장 옆 아파트에 살았던 청년이 매일 카메라 망원렌즈로 좋아하는 여자의 방을 엿봤다는 이야기를 기문紀聞 소설 형식(들은 바를 적은 기록)으로 전한다. 그 청년이 화자인 '나'에게 보낸 소설은 나중에 단편소설 「게」 ⓟ067로, 미국에서 출판된 단편집 『장님 버드나무와 잠자는 여자』 ⓟ480를 통해 발표됐다. 『회전목마의 데드히트』 ⓟ625 수록.

야레야레

やれやれ | Just great, Oh, brother

어딘지 모르게 시큰둥한 하루키 소설의 주인공들이 입에
자주 올리는 말. 감동하거나 안도하거나 실망했을 때 '아이
고, 맙소사', '이런, 이런', '제기랄' 등 문맥에 맞게 다양한
의미로 쓰인다. 우리 세계의 부조리와 체념을 표현한다.
『1973년의 핀볼』ⓟ632에 '야레야레'가 등장한 후 『기사단
장 죽이기』ⓟ102까지 '야레야레'는 무수히 쓰였다. 영어로는
'Just Great'나 'Oh, brother'로 번역된다.

야미쿠로

やみくろ | INKlings

『세계의 끝과 하드보일드 원더랜드』ⓓ319에 등장하는, 도쿄 지하의 어둠 속에 사는 수수께끼의 괴물. 지성과 종교를 가졌지만, 지상의 인간들은 아무도 그 존재를 모른다. 지하철의 궤도를 지배한다.

'야레야레'를 말할 때
우리가 이야기하는 것

'야레야레'라는 탄식 섞인 중얼거림은 '꿈'이나 '희망'의 대극으로서가 아니라 그 일부로 존재한다. 하루키 작품에서는 주인공 '나'나 여자 친구들이 마음을 놓을 때, 혹은 실망했을 때 자주 입에 담는다. 그러나 빈정거림이나 낙담도 표현하는 이 감탄사는 정말로 절망했을 때가 아니라 세상을 살짝 비틀어서 바라볼 때 쓰인다.

'야레야레'는 일종의 리듬을 만들어내는 마법 같은 말이기도  하다. 역사적으로는 나쓰메 소세키도 썼지만, 가장 큰 영향을 준 것은 역시 스누피의 '야레야레'가 아닐까. 찰스 먼로 슐츠Charles Monroe Schulz의 만화 『피너츠The Peanuts』의 주인공인 스누피가 한숨을 쉴 때 "Good grief"라

고 하는데, 다니카와 슌타로谷川俊太郎가 이 말을 '야레야레'로 일역한 것이다.

실제로 '야레야레'가 많이 쓰인 하루키의 『양을 쫓는 모험』에는 "스누피가 서핑 보드를 들고 있는 프린팅 티셔츠에다가 새하얘질 때까지 빨아 입어 낡은 리바이스 바지를 걸치고 더러운 테니스 슈즈를 신었다"라는 문장이 나온다. '야레야레'와 '스누피'는 그야말로 한 쌍인 셈이다.

알프레드 번바움의 영역판 『양을 쫓는 모험』에서는 '야레야레'가 'Just great'로 옮겨졌다. "'야레야레(이런, 이런)'라고 나는 말했다. '야레야레'라는 말은 점점 내 입버릇처럼 굳어져간다"라는 상징적 문장은 "'Just great,' said I. This 'just great' business was becoming a habit"이라고 영역됐다.

언젠가 하루키와 친하게 지내는 번역가 제이 루빈에게 '야레야레'를 영어로 어떻게 번역하느냐고 물어본 적이 있다. 그는 『노르웨이의 숲』에서는 '야레야레'를 앞뒤 상황에 따라 "Oh, brother", "Damn", "Oh, great", "Oh, no", "Oh, man" 등으로 번역했다.

그러면 과연 하루키는 언제부터 '야레야레'를 많이 사용하게 됐을까? 실은 '야레야레'의 데뷔는 그의 데뷔작 『바람의 노래를 들어라』가 아니고 『1973년의 핀볼』이었다. 제이스 바에 온 핀볼 회사의 수금원 겸 수리공이 '야레야레(아, 드디어 끝났다)' 같은 표정을 지은 것이 하루키 최초의 '야레야레'였다. 그 후 「중국행 슬로 보트」에서 '내'가 실수로 중국인 아가씨를 반대 방향의 전철에 태워 보내고, '야레야레(아이고, 맙소사)'라고 속으로 중얼거린 것이 '내' 대사로는 처음 등장한 '야레야레'다 (그렇다고 생각한다).

하지만 '야레야레'가 입버릇처럼 쏟아지는 책은 단연 『양을 쫓는 모험』이다. 술에 취해 아파트로 돌아왔을 때 주인공인 '내'가 중얼거린다(혹은 한숨을 내쉰다). "야레야레(제기랄). 문을 3분의 1쯤만 열고, 그 틈으로 몸을 미끄러뜨리듯 들어가서 문을 닫았다. 현관은 쥐 죽은 듯 고요했다. 필요 이상으로 고요했다." '나'는 『홋카이도의 산北海道の山』이라는 책을 산 후에 양을 찾기가 힘들 것 같다고 알아챘을 때도 '야레야레(아아, 이런)'라는 말을 입에 담는다. 귀가 아름다운 여자 친구도 '나'와 함께 '야레야레'라며 한숨을 내쉬고, 양을 찾으면서도 계속 '야레야레'를 되풀이한다.

『세계의 끝과 하드보일드 원더랜드』의 '나'도 '야레야레'를 자주 쓴다. 도서관의 레퍼런스 담당 여성도 같이 '야레야레' 라고 말한다. 세계가 끝난다는 말을 들을 때까지 '나'는 '야레야레'를 되풀이한다. 그 무렵부터 갑자기 '하루키 작품=야레

dictionary of Haru

야레'라는 인상이 강해졌다.

『노르웨이의 숲』에서는 시작 장면부터 보잉 747기의 좌석에 앉은 주인공 와타나베가 "야레야레(아), 다시 독일이구나"라고 중얼거리면서 하루키 문학의 대명사인 것처럼 보급됐다. 이후 '야레야레'는 『댄스 댄스 댄스』, 『태엽 감는 새 연대기』, 『1Q84』에서도 계속해서 등장한다. '야레야레'를 좋아하는 사람에게는 「패밀리 어페어」를 추천하고 싶다. 훌리오 이글레시아스Julio Iglesias의 레코드를 듣고서 '야레야레(맙소사)'라고 말하기도 하며, 여하튼 '야레야레 대잔치'다.

흥미롭게도 수필에서도 '야레야레'가 곳곳에 등장한다. 『달리기를 말할 때 내가 하고 싶은 이야기』에서 난생처음 마라톤을 세 시간 오십일 분 만에 완주했을 때 하루키는 '야레야레(아아), 이젠 더 안 달려도 돼' 하고 안도감을 느낀다. 『나는 여행기를 이렇게 쓴다』에서도 체했을 때 '야레야레(아이고), 이런 변변찮은 멕시코 호텔의 변변찮은 침대 위에서 새우튀김인지 마카로니 샐러드인지를 먹은 탓에 죽고 싶지는 않은데 말이야'라고 생각한다.

그렇다, '야레야레'는 실은 하루키 자신의 말버릇이며 '마음속 외침'이었던 것이다. '야레야레'는 역시 '하루키의 레종데트르(존재 증명)'라고 불러도 좋을지 모르겠다.

Murakami Words

약속된 장소에서—언더그라운드 2

約束された場所で underground 2 | At the Promised Land Underground 2 (논)

지하철 사린 사건을 일으킨 옴진리교 신자 여덟 명을 인터뷰한 논픽션 『언더그라운드』ⓟ404의 제2탄. "이곳은 내가 잠들었을 때 / 약속된 장소다. / 깨어 있는 동안 빼앗겼던 장소다. / 이곳은 누구에게도 알려지지 않은 장소다"라는 마크 스트랜드ⓟ228의 시가 서두에 인용됐고, '약속된 장소에서'라는 제목은 이 시에서 따왔다.

문게이슌주, 1998년

양

羊 | sheep

양 사나이Ⓟ398가 하루키의 분신 역할을 하는 존재이듯이 양은 하루키 월드를 대표하는 동물이라고 말할 수 있다. 『양을 쫓는 모험』Ⓟ400을 집필할 때 홋카이도를 여행했다는 하루키는 양에 관해 매우 상세하게 조사했다. 그때 취재에 응해준 양 연구의 일인자 히라야마 슈스케平山秀介는 도쿄에서 온 히피풍 부부가 몹시도 열심히 질문해서 의심 없이 양을 키우려나 보다 생각했는데, 나중에 하루키가 사인한 『양을 쫓는 모험』이 도착했다는 에피소드를 들려줬다.

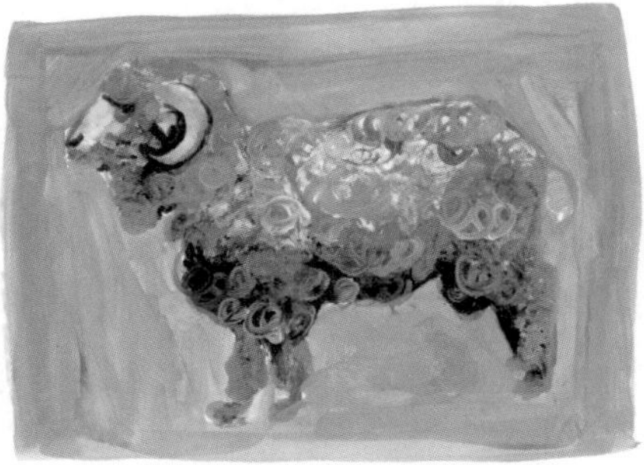

양 사나이

羊男 | The Sheep Man (등)

『양을 쫓는 모험』ⓟ400과 『댄스 댄스 댄스』ⓟ158에 양의 모습으로 등장하는 인간. 양의 모피를 머리부터 푹 뒤집어썼다. 주인공 내면의 어린아이inner child 같은, 이계의 은둔자. 하루키가 "나의 영원한 히어로"라고 말하는 분신적 캐릭터로 그림책 『양 사나이의 크리스마스』ⓟ399와 『이상한 도서관』ⓟ466, 단편소설 「시드니의 그린 스트리트」ⓟ344, 수필 「스파게티 공장의 비밀」(『코끼리 공장의 해피엔드』ⓟ534 수록) 등 여러 작품에 등장한다.

양 사나이의 크리스마스

羊男のクリスマス | Christmas of Sheep-man (그)

캐럴을 작곡해달라는 부탁을 받은 양 사나이ⓟ398. 그러나 구멍 뚫린 도넛을 먹어버린 탓에 곡을 쓸 수 없는 저주에 걸리고 만다. 저주를 풀기 위해서는 구멍에 빠져야 하는데……. 사사키 마키ⓟ305의 환상적인 그림이 즐거운 크리스마스 그림책.

고단샤, 1985년

양을 쫓는 모험

羊をめぐる冒険 | A Wild Sheep Chase (장)

하루키가 재즈 카페 '피터 캣ⓟ598'을 그만두고, 전업 작가로
처음 쓴 장편소설이다. 수수께끼에 가려진 조직이 등에 별
모양의 반점이 난 양을 쫓는 이야기. '나'는 행방을 알 수 없
어진 친구 '쥐ⓟ506'가 관계되어 있다는, 사람들 속에 정착
해서 살게 되어버린 이상한 양을 찾는 모험을 떠난다. 홋카
이도를 무대로 돌고래 호텔ⓟ179의 양 박사, 양 사나이ⓟ398,
귀가 아름다운 여자 친구같이 기묘한 기호들을 곳곳에 심어
둔 하루키 월드가 펼쳐진다. 원제는 '양을 둘러싼 모험'이다.

고단샤, 1982년

어디가 됐든 그것이 발견될 것 같은 장소에

どこであれそれが見つかりそうな場所で | Where I'm Likely to Find It (단)

어느 날, 남편이 갑자기 맨션 건물 24층과 26층 사이의 계단에서 종적을 감췄다. 아내로부터 그런 내용으로 의뢰받은 주인공 '나'는 매일같이 그 계단을 조사하지만, 아무리 찾아봐도 남편의 행방은 알아낼 수 없다. 하루키가 자주 사용하는 키워드인 엘리베이터, 팬케이크, 계단, 도넛ⓟ165 등이 곳곳에 배치되어 있는, 참으로 기묘한 이야기.『도쿄 기담집』ⓟ175 수록.

어떤 크리스마스

あるクリスマス | One Christmas (번)

트루먼 커포티ⓟ560가 어린 시절 크리스마스의 추억을 쓴
자전적 작품. 1956년작『크리스마스의 추억』ⓟ541과는 떼려
야 뗄 수 없는 이야기로, 소년 버디Buddy가 떨어져 살던 아빠
와 크리스마스를 함께 보내는 내용이다. 1982년, 아버지가
세상을 떠난 직후에 쓰였고, 커포티 인생의 마지막 작품이
되었다. 표지 그림은 야마모토 요코山本容子의 동판화.

분게이슌주, 1989년

어슐러 K. 르 귄

Ursula K. Le Guin (인)

'어스시 연대기'로 유명한 미국의 SF, 판타지 작가. 날개 달린 고양이들을 그린 그림책 『날고양이들』[120] 시리즈(속편으로 『돌아온 날고양이들』, 『멋진 알렉산더와 날고양이 친구들』, 『날고양이 제인의 모험』)를 하루키 번역으로 즐길 수 있다. 그녀의 팬인 하루키는 "표지를 처음 본 순간부터 이 책을 번역하기로 결심했습니다"라고 말했다. 2018년 별세.

언더그라운드

アンダーグラウンド | Underground (논)

하루키가 지하철 사린 사건의 피해자 및 관계자 62명을 인터뷰하고 정리한 논픽션 작품. 하루키는 "어느 유족과 세 시간가량 인터뷰하고 돌아오는 길에 한 시간이나 울었다. 이 책을 쓴 것은 내게는 큰 체험이며 (그 기억이) 소설을 쓸 때 떠오른다"라고 2013년에 교토 대학 100주년 기념홀에서 열린 공개 인터뷰에서 말했다.

고단샤, 1997년

얼음 사나이

氷男 | Ice Man (단)

'나'는 스키장 호텔에서 만난 얼음 사나이와 결혼했다. 어느
날, 일상을 바꿔보려고 남극 여행을 제안했는데 다정했던
남자는 완전히 변해버리고 '나'는 날이 갈수록 힘을 잃어간
다. 『렉싱턴의 유령』ⓓ204 수록.

엘비스 프레슬리

Elvis Presley (인)

아메리칸드림의 상징적 존재.『바람의 노래를 들어라』ⓟ257
의 '내'가 처음 데이트한 아가씨와 본 것이 엘비스 프레슬리
가 주연한 영화다.『색채가 없는 다자키 쓰쿠루와 그가 순례
를 떠난 해』ⓟ311에는 쓰쿠루ⓟ154가 휴대폰 벨 소리로 설정
된 노래를 떠올리며 엘비스 프레슬리의 〈Viva Las Vegas〉
야!, 라고 생각하는 장면도 있다.

여자 없는 남자들

女のいない男たち | Men Without Women (집)

갖가지 사정으로 여성이 떠나버린 남자들을 그린 단편집. 「드라이브 마이 카」 ⓟ188, 「예스터데이」 ⓟ418, 「독립기관」 ⓟ178, 「셰에라자드」 ⓟ324, 「기노」 ⓟ101, 그리고 옛 애인 엠이 자살한 소식을 그녀의 남편 전화로 알게 되는, 새로 쓴 「여자 없는 남자들」까지 6편이 수록되어 있다. 보기 드물게 긴 서문을 썼다. 단행본에 수록하면서 「드라이브 마이 카」의 지명 '나카톤베쓰초 ⓟ119'를 '가미주니타키초'로 변경했고, 「예스터데이」에서는 비틀스 ⓟ291 가사의 간사이 사투리 번역을 거의 삭제했다.

분게이슌주, 2014년

女のいない男たち

村上春樹

역

駅 | station

하루키 작품에서 도시의 미궁으로 중요한 역할을 하는 역.
『색채가 없는 다자키 쓰쿠루와 그가 순례를 떠난 해』ⓟ311의
주인공 쓰쿠루ⓟ154는 역을 매우 좋아해서 철도 회사에서 역
을 설계하는 일을 한다. 특히 좋아하는 곳은 JR 신주쿠 역이
다. 이 장편소설의 마지막 장에는 "신주쿠 역은 거대하다. 하
루에 350만 명에 가까운 사람들이 이 역을 통과해 간다. (…)
그야말로 미궁이다"라고 썼다.

영웅을 칭송하지 마라

英雄を謳うまい | No Heroics, Please (번)

레이먼드 카버ⓟ199 전집 제7권으로, 초기 단편부터 시, 수
필, 서평, 마지막 산문까지 정리했다. 카버가 자기 작품에 관
해 언급한 내용도 실려 있어서 카버의 작품을 처음부터 끝
까지 음미하고 싶은 사람에게 적합한 책이다.

THE COMPLETE WORKS OF RAYMOND CARVER 7

英雄を謳うまい
No Heroics, Please
レイモンド・カーヴァー
村上春樹 訳

영화

映画 | movies

1980년대 초에 하루키는 잡지《태양太陽》에 영화평을 썼다. 예전에 와세다 대학 연극과에 재학할 때는 시간이 나면 학교에 있는 연극 박물관에서 영화 시나리오를 읽었던 듯하다. 몇 번을 봐도 질리지 않는 영화로 〈조용한 사나이The Quiet Man〉와 〈하이 눈High Noon〉을 꼽으면서 "'나도 열심히 해야겠다'는 마음이 듭니다"라고 말했다. 또한 〈지옥의 묵시록 Apocalypse Now〉도 매우 좋아하는 작품이며 스무 번 넘게 봤다고 한다.

영화를 둘러싼 모험

映画をめぐる冒険 | A Wild Movie Chase (수)

하루키와 가와모토 사부로川本三郎가 함께 쓴 영화 수필집.
264편의 영화 해설이 연대별로 정리되어 있는데, 하루키가
154편에 관해 썼고, 가와모토는 110편에 관해 썼다.

村上春樹
川本三郎
映画を
めぐる
冒険

고단샤, 1985년

사사롭지만 영화로 번역된
무라카미 하루키

하루키 월드는 영상화하기가 어렵다고 여겨진다. 1980년대에는 『바람의 노래를 들어라』를 비롯해 단편소설 「땅속 그녀의 작은 개」, 「4월의 어느 맑은 아침에 100퍼센트의 여자를 만나는 것에 대하여」, 「빵가게 습격」이 영화로 만들어졌지만, 그 후에는 몇 년이나 영상화되지 않았다. 그러다가 2005년에 잇세 오가타와 미야자와 리에가 주연한 영화 〈토니 다키타니〉가 해외에서 좋은 평가를 받으며 스위스 로카르노국제영화제에서 심사위원특별상을 비롯해 세 부문에서 수상했다. 나아가 2010년에는 영화 〈노르웨이의 숲〉이 개봉되어 큰 화제를 모았다. 그 후로 「신의 아이들은 모두 춤춘다」, 「빵가게 재습격」 등이 외국에서 영화로 만들어져 일본으로 수입되고 있다. 2018년에는 일본에서 「하날레이 해변」, 한국에서 「헛간을 태우다」의 영화 제작이 결정되어 앞으로는 하루키의 영상화가 더욱 활발해질 전망이다.

dictionary of Haru

참고로 하루키가 번역한 소설도 여러 편 영상화되어 있다. 유명한 작품으로는 스콧 피츠제럴드의 『위대한 개츠비』(로버트 레드퍼드 주연의 1974년작, 레오나르도 디카프리오 주연의 2013년작 등), 트루먼 커포티의 『티파니에서 아침을』(오드리 헵번 주연의 1961년작), 그 밖에도 레이먼드 카버의 단편소설 9편과 시(를 바탕으로 한 1993년작 영화 〈숏 컷Short Cuts〉), 레이먼드 챈들러의 『빅 슬립』(험프리 보가트 주연의 1946년작), 『안녕 내 사랑』(로버트 미첨 주연의 1975년작), 『기나긴 이별』(엘리엇 굴드 주연의 1973년작) 등이 영화화되어 있으니 원작과 비교하며 읽어보는 것도 추천한다.

킹레코드

바람의 노래를 들어라
1981년작 | 일본 | 원작 『바람의 노래를 들어라』 | 오모리 가즈키 감독 | 고바야시 가오루, 신교지 기미에, 마키가미 고이치, 무로이 시게루 외 출연

반다이뮤직
엔터테인먼트

숲의 저편

1988년작 | 일본 | 원작「땅속 그녀의 작은 개」| 노무라 게이이치 감독 | 기타야
마 오사무, 잇시키 사이코 출연

JVD

100퍼센트의 여자, 빵가게 습격

1982년작 | 일본 | 원작「4월의 어느 맑은 아침에 100퍼센트의 여자를 만나는
것에 대하여」,「빵가게 습격」| 야마카와 나오토 감독 | 무로이 시게루 외 출연

제네온 엔터테인먼트

토니 다키타니

2005년작 | 일본 | 이치카와 준 감독 | 잇세 오가타, 미야자와 리에 외 출연

dictionary of Haru

소니픽처스 엔터테인먼트

노르웨이의 숲

2010년작 | 일본 | 트란 안 훙 감독 | 마쓰야마 겐이치, 기쿠치 린코, 미즈하라 기코 출연

BN Films

빵가게 재습격

2010년작 | 멕시코, 미국 | 카를로스 쿠아론 감독 | 커스틴 던스트, 브라이언 게러티 출연

Happinet

신의 아이들은 모두 춤춘다

2010년작 | 미국 | 로버트 로지볼 감독 | 조앤 첸, 제이슨 루 출연

Murakami Words

예기치 못한 전화

予期せぬ電話 | unexpected phone

『태엽 감는 새 연대기』Ⓟ551의 첫머리에서는 주인공이 로시니의 《도둑 까치》를 들으면서 스파게티를 삶고 있을 때 낯선 여자에게서 전화가 걸려 온다. 단편소설 「여자 없는 남자들」Ⓟ407에서는 새벽 1시가 넘어 전화가 오고, 옛 연인의 남편이 비보를 알린다. 『댄스 댄스 댄스』Ⓟ158에는 "선이 잘려 버린 전화기처럼 완벽한 침묵"이라는 비유Ⓟ285가 나오는데, '전화'가 커뮤니케이션의 상징임을 내비친다.

예루살렘상

Jerusalem Prize

예루살렘 국제도서전에서 표창하는 문학상. 정식 명칭은 '사회 속 개인의 자유를 위한 예루살렘상Jerusalem Prize for the Freedom of the Individual in Society'이다. 하루키는 2009년에 수상했고, 그 연설에서 '벽과 알ⓟ276' 메타포를 이용해 이스라엘의 전쟁과 폭력 행위를 비판했다. 수상을 거절하지 않은 이유에 관해서는 "옛날과 다르게 내 안에 책임감 같은 것이 생겨났기 때문이라고 생각합니다. 그렇게 느끼게 된 것은 역시『언더그라운드』ⓟ404를 쓴 후부터죠"라고 말했다.

예스터데이

イエスタデイ | Yesterday (단)

주인공의 친구인 기타루 아키요시木樽明義가 간사이 사투리로 비틀스의 〈Yesterday〉를 부르는 장면이 화제가 되었다. "샐린저의 『프래니와 주이』ⓟ594 간사이어 번역본 같은 건 안 나오잖아요?"라는 말이 나오는데, 하루키는 '주이가 간사이 말투를 쓰는' 번역을 줄곧 하고 싶었고, 그럴 수 없는 욕구 불만 때문에 이 작품을 썼다고 말했다. 그러나 단행본으로 출판할 때 〈Yesterday〉의 간사이 사투리 가사도 대부분 삭제되고 말았다. 『여자 없는 남자들』ⓟ407 수록.

오다와라

小田原 | Odawara (지)

『기사단장 죽이기』⑨102는 가나가와 현 오다와라 시의 산속에 있는 일본 화가의 아틀리에를 주요 무대로 이야기가 전개된다. 고노에 후미마로近衛文麿(일본 정치인)의 별장, 스코틀랜드 민요인 〈애니 로리Annie Laurie〉를 틀고 다니는 쓰레기 수거차 등 이 지역의 사정에 밝게 묘사되어 있다.『댄스 댄스 댄스』⑨158에서도 주인공 '나'와 유키⑨458가 오다와라로 놀러 가는 장면이 있다.

오시마 씨

大島さん | Mx. Oshima (등)

『해변의 카프카』ⓟ615에 등장하는 고무라기념도서관ⓟ071
의 사서로 스물한 살이다. 혈우병 환자이며 성 소수자. 법률
상으로는 여성이지만 의식은 완전히 남성이고, "레즈비언
이 아니야. 성적 기호를 말한다면 나는 남자가 좋아요"라고
말한다. 주인공인 소년 다무라 카프카ⓟ152를 도서관이나 숲
속 오두막에서 살게 해주는 등 잘 보살핀다. "세계는 메타포
야, 다무라 카프카 군"이라는 명언으로 알려졌다.

오자와 세이지 씨와 음악을 이야기하다

小澤征爾さんと、音楽について話をする

Haruki Murakami Absolutely on Music Conversations with Seiji Ozawa (대)

하루키가 오자와 세이지小澤征爾에게 질문하고 녹음한 테이프를 받아 적어 원고로 정리한 긴 인터뷰. 도쿄, 하와이, 스위스로 장소를 바꿔가며 일 년에 걸쳐 대담했다. 오자와의 후기에 따르면, 딸인 오자와 세이라와 무라카미 요코가 친구가 된 인연으로 알게 됐다고 한다. 이 책을 바탕으로 3장짜리 CD 세트 〈『오자와 세이지 씨와 음악을 이야기하다』에서 들은 클래식〉(유니버설뮤직)도 발매됐고, 하루키는 라이너 노트를 새로 썼다.

신초샤, 2011년

오하시 아유미

大橋歩 | Ayumi Ohashi (인)

일러스트레이터. 잡지 《아르네》ⓟ362 등을 제작하는 '이오 그래픽ィォグラフィック' 대표. 1960년대, 일본 최초의 청년 잡지 《평범 펀치平凡パンチ》의 표지 일러스트를 창간호부터 담당한 것으로 알려졌다. '무라카미 라디오' 시리즈ⓟ486에 섬세한 선의 독특한 동판화 삽화를 200점 넘게 그렸다.

오후의 마지막 잔디밭

午後の最後の芝生 | The Last Lawn of the Afternoon (단)

'나'는 그녀에게 편지로 이별 통보를 받고 어찌할 바를 몰라 잔디 깎는 아르바이트를 하러 간다. 여름이 산뜻하게 묘사되어 있는 초기 걸작으로 유명하다. 무라카미 요코도 가장 좋아하는 단편소설이라고 말했다. 『중국행 슬로 보트』ⓟ504 수록.

옴브레

オンブレ | Hombre (번)

미국 작가 엘모어 레너드Elmore Leonard가 쓴 초기 서부 소설 2편을 수록했다. 『옴브레』는 〈옴브레Hombre〉(1967년)로, 「3시 10분발 유마행 Three-Ten to Yuma」은 〈3:10 투유마3:10 to Yuma〉(1957년, 리메이크판2007년)로 영화화됐다.

신조분코, 2018년

와다 마코토

和田誠 | Makoto Wada (인)

일러스트레이터이자 수필가. 하루키와는 재즈 카페 '피터
캣ⓟ598' 시절부터 친구였다. 첫 만남은 카페에서 마르크스
형제ⓟ220의 영화 상영회를 개최한 날이었다. 『포트레이트
인 재즈』ⓟ574는 역시나 재즈 애호가인 와다가 그린 재즈 뮤
지션의 초상화에 하루키가 글을 덧붙인 시리즈다. 『애프터
다크』ⓟ387와 『무라카미 하루키 전집』의 표지 작업도 했다.

와세다 대학교

早稲田大学 | Waseda University

하루키는 1968년에 와세다 대학 제1문학부에 입학했다. 당시는 학원 분쟁이 한창 과열된 시기라 대학이 장기간에 걸쳐 봉쇄됐다. 학생 신분으로 결혼해서 아르바이트를 하며 칠 년 만에 졸업했다. 졸업논문의 주제는 '미국 영화에 나타나는 여행의 사상思想'이다. 2010년에 개봉한 영화 〈노르웨이의 숲〉도 와세다 대학에서 촬영했다.

와인

ワイン | wine

하루키는 유럽에 삼 년가량 산 적이 있어서 작품에도 와인
이 자주 나온다. 『스푸트니크의 연인』Ⓟ341에서 뮤Ⓟ250는 와
인 수입상이어서 스미레Ⓟ333와 함께 이탈리아로 와인을 사
러 간다. 뮤는 "와인이라는 건 말이죠, 많이 남기면 남길수록
그 식당에서 일하는 더 많은 사람이 맛볼 수 있어. (…) 그렇
게 해서 모두가 와인 맛을 알게 되는 거지. 그러니까 고급 와
인을 주문해서 남기는 건 쓸모없는 일이 아니야"라고 말하
기도 한다.

와케이주쿠

和敬塾 | Wakei-Juku

도쿄 도 분쿄 구 메지로다이에 있는 남자 대학생 기숙사. 하
루키는 1968년에 서관에서 살았다. 『노르웨이의 숲』®126에
서 와타나베®429가 살았던 곳은 동관이지만, 그곳은 실재
하지 않는 가공의 기숙사다. 가즈오 이시구로®058 원작의
일본 TBS 드라마 〈나를 보내지 마〉를 촬영할 때도 쓰였다.

와타나베 도루

ワタナベトオル | Toru Watanabe (등)

『노르웨이의 숲』ⓟ126의 주인공인 '나'. 장편소설 중에서는 처음으로 주인공에게 이름이 주어졌다. 나오코ⓟ117와 미도리ⓟ251라는 두 여자 사이에서 마음이 흔들린다. 고베에 있는 고등학교를 졸업한 후 도쿄의 사립대학 문학부에 진학했으며 졸업 후에는 저술가가 되고 싶어 한다는 설정이 하루키 자체로, 와타나베는 반半자전적인 존재다. 영화에서는 마쓰야마 겐이치가 열연했다.

와타야 노보루

ワタヤノボル | Noboru Wataya (등)

와타야 노보루綿谷ノボル는 『태엽 감는 새 연대기』ⓟ551에 등장하는 '나'의 아내 구미코ⓟ085의 오빠다. 도쿄 대학과 예일 대학원을 졸업한 후 저명한 경제학자가 되었고, 훗날 정계에 진출한다. '와타야 노보루ワタヤ・ノボル'는 나와 구미코가 키우다가 행방불명된 고양이의 이름인데, 나중에 '사와라 サワラ'로 이름이 바뀐다. 하루키 작품에는 일러스트레이터 안자이 미즈마루ⓟ381의 본명인 '와타나베 노보루渡辺昇'가 자주 등장하는데, 이 소설의 와타야 노보루는 만만치 않은 악인이라 하루키가 배려하는 마음에서 개명했다고 한다.

요리

料理 | cuisine

하루키 작품에는 요리하는 장면이 많고, 주인공들은 정성을
다해 음식을 만든다. 하루키도 요리를 좋아해서 재즈 카페
'피터 캣ⓟ598' 시절에는 샌드위치를 비롯해 롤드 캐비지나
포테이토 샐러드 등을 자신 있는 메뉴로 내놓았다. 『양을 쫓
는 모험』ⓟ400 속 쥐ⓟ506의 아버지 별장에서 만든 '명란젓
버터 스파게티'나, 『세계의 끝과 하드보일드 원더랜드』ⓟ319
속 도서관 여성의 부엌에서 만든 '스트라스부르 소시지 토
마토소스 스튜'처럼 따라 만들고 싶은 요리가 많다.

하루키 식당의 요리는 어떻게
독자의 위와 마음을 채우는가?

하루키 작품은 '읽는 레스토랑'이다. 언제나 먹음직스러운 레
시피의 보고寶庫다. 그의 소설 속 주인공들은 냉장고에 마침
들어 있던 적당한 재료들로 스파게티나 샌드위치를 뚝딱 만
들어낸다. 그래서 독자들은 책을 다 읽은 후에는 예외 없이
먹어보고 싶어진다. 하루키 요리는 독자의 위胃와 마음의 빈
틈을 채워주는 중요한 기호인 셈이다.

제대로 만든 햄버거
『댄스 댄스 댄스』

하와이 바닷가에서 수영한 후에
'나'와 유키가 먹으러 간다. "잠
깐 산책하고, 제대로 만든 햄버
거를 먹으러 가자. 겉은 바삭바
삭하면서도 속에는 육즙이 주르
룩 흐르는 고기에, 토마토케첩을 무반성적으로 듬뿍 뿌리고, 싱
싱한 양파를 맛있게 구워서 끼워 넣은 진짜 햄버거."

dictionary of Haru

명란젓 버터 스파게티
『양을 쫓는 모험』

쥐를 따라 도착한 홋카이도 별장에서 '내'가 만든 스파게티. "왁스 칠을 하는 데 썼던 걸레 여섯 장을 빨아서 밖에 넌 후, 냄비에 물을 끓여 스파게티를 삶았다. 명란젓과 버터를 듬뿍 넣고, 화이트 와인과 간장으로 맛을 내고. 오랜만에 느긋하게 즐기는 기분 좋은 점심 식사였다."

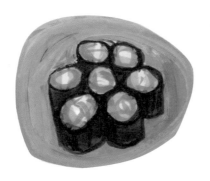

오이김말이
『노르웨이의 숲』

입원 중인 미도리의 아버지를 방문했을 때 '내'가 창작한 요리.
"나는 세면대에서 오이 세 개를 씻었다. 그리고 접시에 간장을
조금 따르고, 김에 싼 오이를 찍어서 아작아작 씹어 먹었다. "맛
있는데요"라고 나는 말했다. "간단하고, 신선하고, 생명의 향기
가 나요. 싱싱한 오이네요. 키위 같은 것보다야 훨씬 나은 먹을거
리죠."

콘비프 샌드위치
『바람의 노래를 들어라』

어느 무더운 여름밤, '내'가 쥐를 기다리며 제이스 바에서 주문한다. "나는 맥주와 콘비프 샌드위치를 주문한 후 책을 꺼내 들고 느긋하게 쥐를 기다리기로 했다." 흔할 것 같으면서도 의외로 먹어본 적이 없는 '콘비프 샌드위치'는 하루키 팬이라면 한 번쯤 만들어보고 싶은 메뉴 중 하나다.

완벽한 오믈렛
『기사단장 죽이기』

"괜찮은 바는 맛있는 오믈렛과 샌드위치를 내놓는 법이거든"이
라는 말이 『양을 쫓는 모험』에 나오듯이, 하루키는 오믈렛 전용
프라이팬까지 갖고 있으며, 임페리얼 호텔의 총주방장이었던
'무슈 무라카미(무라카미 노부오)'를 마음속 은사로 여길 정도
로 오믈렛을 좋아한다. 『노르웨이의 숲』에서 '나'는 '버섯 오믈
렛'을 먹고, 『해변의 카프카』에서 나카타 씨는 '피망 넣은 오믈
렛'을 만든다. 『기사단장 죽이기』에서는 멘시키가 달걀 네 알을
이용해 작은 프라이팬으로 '완벽한 오믈렛'을 만들어 보인다.

스트라스부르 소시지 토마토소스 스튜
『세계의 끝과 하드보일드 원더랜드』

'나'와 도서관의 레퍼런스 담당 여성이 함께 먹은 아침 식사. "나
는 냄비에 물을 끓여서 냉장고 안에 있던 토마토를 데쳐 껍질을
벗기고, 마늘과 마침 집에 있던 야채들을 다져서 토마토소스를
만든 뒤 토마토퓌레를 곁들이고, 거기에 스트라스부르 소시지를
넣어 보글보글 끓였다." 이 소시지는 좀처럼 파는 곳이 없겠지
했는데, 뜻밖에도 아오야마의 슈퍼마켓 기노쿠니야에서 살 수
있었다.

요쓰야

四谷 | Yotsuya (지)

『노르웨이의 숲』®126에는 주오센 전철에서 우연히 재회한 '나'와 나오코®117가 요쓰야 역에 내려서 이치가야 방향으로 선로 변의 둑을 따라 걸어가는 장면이 나온다. 이 장면에서 그들은 이다바시에서 진보초, 오차노미즈, 혼고, 고마고메까지 해가 지도록 하염없이 걸어간다.

요한 제바스티안 바흐

Johann Sebastian Bach (인)

18세기 독일에서 활약한 바로크 음악의 거장. 서양음악의 기초를 구축했고, '음악의 아버지'라 불린다. 『1Q84』[P]633에는 바흐의 《평균율 클라비어 곡집》[P]572이 언급되고, 소설 구조에도 큰 영향을 미쳤다. 후카에리[P]627가 《마태수난곡Matthäuspassion》을 암송하는 장면도 나온다. 하루키는 손으로 원고를 쓰던 시절, 오른손을 과도하게 쓰기 쉬운 신체 균형을 맞추기 위해 양손을 균등하게 움직이도록 해주는 바흐의 《2성 인벤션Zweistimmige Inventionen》을 피아노로 연주했다고 『무라카미 하루키 잡문집』[P]243에 썼다.

우게쓰 이야기

雨月物語 | Tales of Moonlight and Rain

에도시대의 국학자 우에다 아키나리上田秋成의 괴담집.『해변의 카프카』ⓟ615에는「국화의 언약菊花の約」과「빈복론貧福論」이 언급된다. 현실과 비현실의 경계가 서로 뒤섞이는 하루키 문학에 영향을 주었다.『기사단장 죽이기』ⓟ102에서는 우에다 아키나리의『하루사메 모노가타리春雨物語』가 인용됐다.

「신판 우게쓰 이야기 주석본」
아오키 마사쓰구 역주
고단샤학술문고, 2017년

우리 이웃, 레이먼드 카버

私たちの隣人、レイモンド・カーヴァー (번)

레이먼드 카버ⓟ199라는 인간과 그의 작품을 사랑해 마지않
았던 J. 매키너니, T. 울프, G. 피스켓존 등 아홉 사람이 그에
대해 추억하는 수필집. 카버와 관련된 증언을 하루키가 직
접 모아서 정리했다.

주오코론신샤, 2009년

우리가 레이먼드 카버에 관해 이야기하는 것

私たちがレイモンド・カーヴァーについて語ること

Raymond Carver: an Oral Biography (번)

레이먼드 카버ⓟ199의 동료 작가와 전 부인 등 그의 지인 열여섯 명에게 물어본 직격 인터뷰 모음집. 그의 빈곤과 음주에 대해, 그리고 일도 없는 일상을 그는 어떻게 보냈는지, 무슨 생각을 했는지 카버와 가까운 사람들이 그에 관해 들려준 이야기를 하루키가 새롭게 번역했다.

생활펀드 엮음
주오코론신샤, 2011년

우리들 시대의 포크로어—고도자본주의 전사

我らの時代のフォークロア—高度資本主義前史 | The Folklore of Our Times (단)

'내'가 이탈리아의 로마에 살았던 무렵, 루카라는 고장에서
고등학교 동창생을 우연히 만난다. 그리고 와인을 마시며
그의 옛 여자 친구에 관한 이야기를 주고받는다. 기행문집
『라오스에 대체 뭐가 있는데요?』ⓟ192에서는 루카를 여행한
추억을 풀어놓는다.『TV 피플』ⓟ647 수록.

우물

井戸 | well

하루키 작품에서는 '우물로 내려간다'는 표현이 자주 쓰인다. 우물은 마음속 깊은 곳으로 통하는 창문 같은 것이며, 집합적 무의식으로 이어지는 입구이기도 하다.『바람의 노래를 들어라』⑰257에서는 화성의 우물,『1973년의 핀볼』⑰632에서는 우물 파기 달인,『양을 쫓는 모험』⑰400·『노르웨이의 숲』⑰126·『스푸트니크의 연인』⑰341에서도 우물은 계속 등장하며,『태엽 감는 새 연대기』⑰551의 마른 우물은 이야기의 수수께끼를 푸는 중요한 열쇠가 되었다.

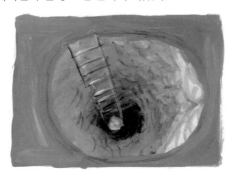

우시카와

牛河 | Ushikawa (등)

『1Q84』⒫633에 등장하는, 정수리가 납작한 전직 변호사 우
시카와 도시하루牛河利治. 표면에는 나서지 않은 채 뒷거래로
일을 맡아 처리한다. 종교 단체 '선구⒫317'의 명령으로 덴고
⒫164에게 접근한다. 『태엽 감는 새 연대기』⒫551에서도 주인
공의 의형제인 와타야 노보루⒫430의 비서로 등장한다.

우연 여행자

偶然の旅人 | Chance Traveler (단)

게이인 피아노 조율사가 주인공이다. 매주 화요일, 아울렛 몰의 카페에서 독서를 하며 시간을 보내는데, 어느 날 우연히 옆에서 똑같이 찰스 디킨스Charles Dickens의 『황폐한 집Bleak House』을 읽고 있던 여성이 말을 건넨다. 곧 친해지지만, 조율사는 자기가 게이라는 사실을 밝힌다. 『도쿄 기담집』ⓟ175 수록.

우치다 다쓰루

内田樹 | Tatsuru Uchida (인)

고베에서 무도武道와 철학 연구를 위한 배움터 '가이후칸凱風館'을 주관하는 철학 연구가, 사상가, 무도가. 데뷔작『바람의 노래를 들어라』ⓟ257가 나왔을 때부터 하루키 팬으로 알려졌고, 하루키 문학의 매력을 알기 쉽게 풀어낸 문예평론『하루키 씨를 조심하세요村上春樹にご用心』와『다시 한 번 하루키 씨를 조심하세요もういちど村上春樹にご用心』를 썼다.

워크, 돈 런

ウォーク・ドント・ラン | Walk, Don't Run (대)

무라카미 류 ⓟ238가 스물여섯 살, 무라카미 하루키가 스물 아홉 살 때의 대담집. 정식 제목은 『워크, 돈 런—무라카미 류 vs 무라카미 하루키ウォーク・ドント・ラン―村上龍vs村上春樹』다. 당시에 하루키는 재즈 카페를 경영하며 소설을 썼다. 일본을 대표하는 두 소설가가 신인 시절에 나눈 대담이라 지금에 와서 더욱 귀중해진 이야기가 가득하다. 제목을 번역하면 '걸어, 뛰지 마'인데 "급할수록 돌아가라"는 일본 속담과 그 의미가 비슷하다. 록밴드 벤처스The Ventures의 곡에서 따왔다.

고단샤, 1981년

원숭이 우리가 있는 공원

猿の檻のある公園

『바람의 노래를 들어라』ⓟ257에서 '나'와 쥐ⓟ506가 엉망으로 취해서 검은색 피아트 600ⓟ597을 몰고 원숭이 우리가 있는 공원으로 쳐들어간다. 하루키가 자주 다녔던 구舊 아시야 시립도서관(현재는 아시야시립도서관 우치데 분실) 옆에 있는 '우치데 공원打出公園'이 그 모델인 듯하다.

원점 회귀

プレイバック | Playback (번)

"강하지 않으면 살아갈 수 없다. 친절하지 않으면 살아갈 자격이 없다"는 필립 말로의 명대사로 널리 알려진 레이먼드 챈들러ⓡ198의 작품이다. 하루키의 번역으로 새롭게 태어났다. 일역본의 제목으로 하루키는 영어 그대로 '플레이백'을 선택했다.

월간 《강치 문예》

月刊「あしか文芸」(단)

이토이 시게사토ⓟ469의 《헨타이요이코신문ヘンタイよいこ新
聞》(파르코출판, 1982년)에 게재된 엽편소설. 의인화된 '강치'
의 기묘한 일상을 그린 작품이다. 참고로 이 엽편에 나오는
월간 《강치 문예》는 월간지도 문예지도 아닌 잡지다. 『무라
카미 하루키 전집 1979~1989 ⑤』수록.

월요일은 최악이라고 다들 말하지만

月曜日は最悪だとみんなは言うけれど | They Call It Stormy Monday (번)

하루키가 미국 잡지나 신문에 발표된 문학 관련 기사와 수
필을 번역했다. 레이먼드 카버ⓟ199 작품의 편집에 얽힌
사정, 팀 오브라이언ⓟ562의 베트남 방문기, 존 어빙ⓟ496
의 회견기 등을 수록했다. 제목은 블루스 명곡 〈Stormy
Monday〉의 가사 "They call it stormy Monday, but,
Tuesday's just as bad"를 하루키가 "월요일은 최악이라
고 다들 말하지만, 화요일도 못지않게 끔찍해"라고 번역한
구절에서 따왔다.

中央公論新社, 2000년

452

위대한 개츠비

グレート·ギャツビー | The Great Gatsby (번)

하루키가 생애에서 가장 큰 영향을 받은 소설. 스콧 피츠제
럴드ⓟ595가 1925년에 쓴 작품이다. 하루키는 이 작품에 애
착이 깊어서 60세가 되면 번역하겠다고 선언했는데, 그보
다 삼 년 앞서 실천했다. 정경 묘사와 심리묘사와 대화, 그 세
요소의 조합이 완벽해서 "나의 교과서"였다고『무라카미
씨의 거처』ⓟ241에서도 언급한다.『노르웨이의 숲』ⓟ126의 주
인공 와타나베ⓟ429의 애독서이기도 한데, "단 한 페이지도
재미없는 페이지가 없었다"라고 찬미했다.

위대한 데스리프

偉大なるデスリフ | The Great Dethriffe (번)

미국 작가 C. D. B. 브라이언Courtlandt Dixon Barnes Bryan이 쓴『위대한 개츠비』ⓟ453의 패러디 소설. 스콧 피츠제럴드ⓟ595에게 바치는 오마주로 넘쳐나서 번역자인 하루키는 물론이고 개츠비 팬에게도 더할 나위 없이 매력적인 작품이다.

신초샤, 1987년

위스키

ウィスキー | whisky

하루키 작품에서는 이쪽과 저쪽 세계를 연결해주는 음료. 이계로 가기 위한 비밀 도구로 자주 묘사된다. 『세계의 끝과 하드보일드 원더랜드』Ⓟ319의 주인공 '나'는 "위스키란 처음에는 그저 지그시 바라봐야만 한다. 그러다 지치면 비로소 마시는 것이다. 아름다운 여자와 같다"라고 말한다. 재즈 카페를 경영한 하루키에게는 매우 친숙한 존재이며, 위스키 성지순례를 한 기행문집 『무라카미 하루키의 위스키 성지 여행』Ⓟ246이 있다.

유미요시 씨

ユミヨシさん | Ms. Yumiyoshi (등)

『댄스 댄스 댄스』ⓟ158에 등장하는 돌고래 호텔ⓟ179의 프런트에서 일한다. '호텔의 요정' 같은 여성. 안경을 썼다. 스물세 살이고, 본가는 아사히카와ⓟ367 부근에서 여관을 경영한다.

유즈

柚 | Yuzu (등)

『기사단장 죽이기』ⓟ102에 등장하는 주인공의 이혼한 아내.
애칭은 '유즈ュズ'. 『색채가 없는 다자키 쓰쿠루와 그가 순례
를 떠난 해』ⓟ311에서도 시로ⓟ345의 본명이 '시라네 유즈키'
로 '유즈'라는 애칭으로도 불리지만, 다른 사람이다.

유키

ユキ | Yuki (등)

『댄스 댄스 댄스』ⓟ158에 등장하는 중요 인물. 주인공 '내'가 삿포로의 돌고래 호텔에서 만난 열세 살 미소녀로 본명은 '마키무라 유키牧村雪'다. 자유분방한 엄마가 버리고 떠난 유키를 '내'가 도쿄까지 데려다주면서 친해진다. 아빠는 소설가 마키무라 히라쿠ⓟ229. 관성적인 청춘 소설 작가에서 돌연 실험적 전위 작가로 전향했다는 점에서 하루키 자신을 떠올리게 한다.

음악

音楽 | music

하루키는 문장에 관한 거의 모든 것을 음악에서 배웠다고
한다. 『무라카미 하루키 잡문집』ⓟ243에서 "음악이든 소설
이든 가장 기초에 자리 잡고 있는 것은 리듬이다. 자연스럽
고 기분 좋은, 그리고 확실한 리듬이 없다면 사람들은 그 글
을 계속 읽어주지 않겠지. 나는 리듬의 중요성을 음악에서
(주로 재즈에서) 배웠다"라고 말했다.

의미가 없다면 스윙은 없다

意味がなければスイングはない | If It Ain't Got That Swing, It Don't Mean a Thing (수)

하루키의 본격적인 첫 번째 음악 수필집. 슈베르트 ⓟ591부터 재즈의 거성 스탠 게츠 ⓟ337, J팝의 스가 시카오 ⓟ330까지 폭넓게 언급했다. 제목은 듀크 엘링턴 ⓟ181의 명곡 〈It Don't Mean a Thing If It Ain't Got That Swing(스윙이 없다면 의미는 없다)〉에서 유래했다.

분게이슌주, 2005년

'이것만은 무라카미 씨에게 말해두자'며
세상 사람들이 일단 던진 330개 질문에
무라카미 하루키는 과연 제대로 답할 수 있을까?

「これだけは、村上さんに言っておこう」と世間の人々が村上春樹に
とりあえずぶっつける330の質問に果たして村上さんはちゃんと答えられるのか? (Q)

'무라카미 아사히도 홈페이지'를 통해 독자들과 주고받은 메일을 새롭게 편집하고, 타이완과 한국 독자들의 질문에 답한 미발표 내용도 수록했다. 『'그래, 무라카미 씨한테 물어보자'며 세상 사람들이 일단 던진 282개의 큰 의문에 무라카미 하루키는 과연 제대로 답할 수 있을까?』ⓟ094의 후속편으로 질문 330개를 실었다. 인생의 번민, 사랑의 파국, 작품론 등에 관해 일문일답 형식으로 정리해서 하루키의 가치관이 잘 드러나는 책이다.

아사히신문사 2006년

이데아

イデア | idea

그리스어로 '보이는 것, 모습, 형태'라는 의미. 플라톤 철학에서는 이성으로 인식할 수 있는 '진정한 실재'를 뜻한다. 『기사단장 죽이기』Ⓟ102의 제1부 『현현하는 이데아』에서 키가 60센티미터 정도인 '기사단장'의 모습으로 나타난다. 한 명뿐인 상대에게도 '제군'이라 부르고, '아타시あたし(1인칭 대명사 '와타시わたし'의 변용)'나 '~데와아라나이ではあらない('~가 아니다~ではない'의 변용)'Ⓟ361와 같은 이상한 말투를 쓴다.

이렇게 작지만 확실한 행복

うずまき猫のみつけかた | Uzumaki-Neko no Mitsukekata (수)

하루키가 미국 케임브리지에 살았던 1993~1995년에 걸친
체류기. 안자이 미즈마루 ⓟ381와 하루키의 아내인 무라카미
요코가 그림과 사진으로 참여한 그림일기풍 수필집이다. 보
스턴 마라톤 대회를 앞두고 차츰 달아오르는 도시의 표정,
'고양이가 좋아하는 비디오'의 놀라운 효과, 연말에 차를 도
난당해 곤경에 처한 이야기 등 잔잔하고 훈훈한 일화가 많
다. 원제는 '소용돌이 고양이의 발견법'이다.

이마누엘 칸트
Immanuel Kant (인)

『1973년의 핀볼』ⓟ632의 '배전반 장례식ⓟ267' 장면에서
주인공은 기도 문구로 칸트의 『순수이성비판Kritik der reinen
Vernuft』에서 한 구절을 인용한다. "철학의 의무는 오해에서
생겨난 환영을 제거하는 것이다"라고 읽고, 배전반을 저수
지에 빠뜨린다.

이상한 나라의 앨리스

不思議の国のアリス | Alice's Adventures in Wonderland

영국 작가 루이스 캐럴ⓟ208이 쓴 걸작 아동문학. 하루키가
무척 좋아해서 재즈 카페 '피터 캣ⓟ598'의 성냥에 이 작품
의 체서 고양이를 인쇄했다. 『세계의 끝과 하드보일드 원
더랜드』ⓟ319는 『이상한 나라의 앨리스』의 원형인 『땅속 나
라의 앨리스Alice's Adventure Under Ground』의 제목을 강하게 의식
했다. 『기사단장 죽이기』ⓟ102에서는 주인공의 죽은 여동생
고미치ⓟ072가 앨리스의 열광적인 팬이었다.

루이스 캐럴 지음, 와키 아키코脇 明子 옮김
이와나미쇼텐, 2000년

465

이상한 도서관

ふしぎな図書館 | The Strange Library (그)

주인공 '나'는 도서관으로 책을 찾으러 갔다. 접수처 직원의 안내를 받아 지하실로 내려가자 섬뜩한 노인과 양 사나이ⓟ398가 나타난다. 단편소설 「도서관 기담」ⓟ167에 사사키 마키ⓟ305의 삽화를 곁들여 그림책으로 만들었다. 나아가 독일의 뒤몽 출판사에서 카트 멘시크의 일러스트레이션을 넣어 아트북 『도서관 기담Die unheimliche Bibliothek』ⓟ167을 발간했다.

일본어, 2005년

466

이야기

物語 | story

"소설가란, 가장 기본적인 정의에 따르면 이야기를 들려주는 인간이다." 하루키는 작가인 자신을 인간이 동굴에 살았던 시대의 '모닥불 앞 이야기꾼'의 후손이라고 표현했다. "이야기에는 수수께끼가 있고, 공포가 있고, 기쁨이 있다. 메타포ⓟ235의 통로가 있고, 상징의 창이 있고, 우의寓意의 비밀 책장이 있다. 내가 소설을 통해 묘사하고 싶은 것은 그런 생생하고도 한없는 가능성을 가진 세계의 풍경이다"라고 『무라카미 하루키 잡문집』ⓟ243에서 말했다. 또한 "양질의 이야기를 많이 읽으세요. (…) 양질의 이야기는 잘못된 이야기를 구분하는 능력을 키워줍니다"라고 『이것만은 무라카미 씨에게 말해두자』ⓟ461에서 조언했다.

이윽고 슬픈 외국어

やがて哀しき外国語 (수)

하루키가 미국 프린스턴 대학ⓟ596에 객원 연구원으로 체류했던 이 년여 동안에 경험한 이런저런 일을 정리했다. '스티븐 킹'적인 미국 교외의 기묘한 사건, 일본과 미국 옷의 차이, '바나나 리퍼블릭'에서 옷을 사는 일상 등 소소한 에피소드가 가득하다.

고단샤, 1994년

이토이 시게사토

糸井重里 | Shigesato Itoi (인)

《거의 일간 이토이 신문ほぼ日刊イトイ新聞》(통칭 '호보니치ほぼ日')
을 주관하는 카피라이터. 『꿈에서 만나요』ⓟ107는 하루키와
이토이가 가타카나 문자로 표기되는 외래어를 주제로 경쟁
하며 쓴 엽편집. 두 사람은 같은 나이로 이토이가 하루키보
다 두 달쯤 연상이다. 영화 〈노르웨이의 숲〉에 대학교수 역
할로 출연했다.

인생의 사소한 근심

人生のちょっとした煩い | The Little Disturbances of Man (번)

평생 동안 단편집 3권밖에 발표하지 않았던 미국 문학계의
카리스마 작가 그레이스 페일리ⓒ096가 1959년에 발표한
데뷔작. 단편소설 10편이 수록되어 있다. 일상생활의 단면
을 유머러스하게 포착하거나, 다소 신비로운 일들을 독특한
문체로 묘사한다. 살림과 육아를 하는 짬짬이 부엌에서 쓴
작품이니만큼 하루키가 부엌에서 썼다는 초기 작품과도 통
하는 매력이 있다.

문게이(춘추, 2005년

일각수

一角獸 | unicorn

말처럼 생겼지만, 이름 그대로 머리에 뿔이 하나 있는 전설 속 동물. 『세계의 끝과 하드보일드 원더랜드』ⓟ319에서는 두 평행 세계를 이어주는 중요한 상징으로 일각수나 일각수의 두개골이 등장한다. 하루키가 경영한 재즈 카페 '피터 캣ⓟ598' 근처에 있는 메이지진구가이엔의 성덕기념회화관 앞에 일각수 동상이 있다.

일곱 번째 남자

七番目の男 | The Seventh Man (단)

일곱 명이 둘러앉아 한 사람씩 이야기를 한다. 일곱 번째 남자가 기묘한 이야기를 하기 시작했는데, 그것은 거대한 파도에 휩쓸린 친구 이야기였다. 그러나 해소 불가능한 트라우마에 시달리던 그는 어떤 일을 계기로 구원받는다. 하루키가 서핑에 푹 빠져 지내던 시절에 파도를 바라보다가 떠올렸다는 작품이다.『렉싱턴의 유령』ⓟ204 수록.

잊다

忘れる | forget

『노르웨이의 숲』ⓟ126에서 "나를 언제까지나 잊지 마"라는 나오코ⓟ117의 말처럼 하루키 작품에는 '잊다'라는 키워드가 자주 나온다. 『해변의 카프카』ⓟ615에서는 "나를 기억해주면 좋겠어. 너만 나를 기억해준다면 다른 모든 사람이 다나를 잊어도 괜찮아"라고 사에키 씨ⓟ307가 말한다.

자동차

車 | car

데뷔작부터 최신작까지 자동차는 하루키 작품에서 중요한 '기호'로 등장한다. 하루키는 1986년부터 삼 년 동안 유럽에 체류하면서 차가 불가피하게 필요해져 면허를 취득했다. 란치아 델타ⓟ194를 매입하고 운전 재미에 눈을 떴다고 한다. 『해변의 카프카』ⓟ615에서는 오시마 씨ⓟ420가 초록색 마쓰다 로드스타를 운전하는 등 자동차가 등장하는 장면이 빈번하게 나오기 시작한다.

잠

ねむり | Sleep (그)

계속 깨어 있는 여자의 일상을 그린 단편소설 「잠眠り」 ⓟ478 을 '잠ねむり'으로 제목을 바꾸고 원고를 손본 '독일어판 그림책'을 역수입했다. 카트 멘시크의 일러스트레이션으로 기묘한 이야기가 더더욱 강화됐다.

잠

眠り | Sleep (단)

주인공은 잠을 잘 수 없게 된 서른 살 주부. '나'는 십칠 일
간 한숨도 못 잤다. 게다가 단순한 '불면'이 아니다. 어쩔 수
없이 남편에게 숨긴 채 밤새 브랜디를 마시고 초콜릿을 먹
으면서 레프 톨스토이Lev Tolstoy의 소설 『안나 카레니나Анна
Каренина』에 푹 빠진다. 그리고 '인생을 확대하고 있는 거야'
라고 생각한다. 『TV 피플』 ⓟ647 수록.

장님 버드나무와 잠자는 여자

めくらやなぎと眠る女 | Blind Willow, Sleeping Woman (단)

사촌의 아픈 귀를 치료하기 위해 버스를 함께 타고 병원으로 간 '나'의 기묘한 이야기. 긴 버전은 『반딧불이』ⓟ263에, 짧은 버전은 『렉싱턴의 유령』ⓟ204과 미국에서 편집된 『장님 버드나무와 잠자는 여자』ⓟ480에 수록됐다.

장님 버드나무와 잠자는 여자

めくらやなぎと眠る女 | Blind Willow, Sleeping Woman (집)

미국 크노프 출판사의 하루키 자선自選 단편집. 「장님 버드나무와 잠자는 여자」ⓟ479, 「버스데이 걸」ⓟ269, 「뉴욕 탄광의 비극」ⓟ131, 「비행기—혹은 그는 어떻게 시를 읽듯 혼잣말을 했는가」ⓟ292, 「거울」ⓟ066, 「우리들 시대의 포크로어—고도 자본주의 전사」ⓟ443, 「헌팅 나이프」ⓟ616, 「캥거루 구경하기 좋은 날」ⓟ526, 「논병아리」ⓟ129, 「식인 고양이」ⓟ349, 「가난한 아주머니 이야기」ⓟ052, 「구토 1979」ⓟ086, 「일곱 번째 남자」ⓟ472, 「스파게티의 해에」ⓟ340, 「토니 다키타니」ⓟ557, 「고깔구이의 성쇠」ⓟ070, 「얼음 사나이」ⓟ405, 「게」ⓟ067, 「반딧불이」ⓟ262, 「우연 여행자」ⓟ446, 「하날레이 해변」ⓟ604, 「어디가 됐든 그것이 발견될 것 같은 장소에」ⓟ401, 「날마다 이동하는 콩팥 모양의 돌」ⓟ121, 「시나가와 원숭이」ⓟ342 24편 수록.

신초샤, 2009년

장뤼크 고다르

Jean-Luc Godard (인)

누벨바그Nouvelle Vague(새로운 물결New Wave)를 대표하는 프랑스 영화감독. 하루키는 고등학교 시절에 고베의 아트 시어터art theater에서 고다르의 작품을 닥치는 대로 봤다고 한다. 이메일로 교류할 수 있는 기간 한정 사이트 '무라카미 씨의 거처'에서 하루키는 "고다르 영화 중에서 3편만 꼽는다면?" 이라는 독자의 질문에 〈자기만의 인생Vivre Sa Vie〉,〈결혼한 여자Une femme mariée〉,〈알파빌Alphaville〉이라고 대답했다.「치즈케이크 모양을 한 나의 가난」ⓟ517에서는 '나'와 아내가 '삼각지대'에 사는 것에 관해 "커뮤니케이션의 분단이라고 해야 할까, 상당히 장뤼크 고다르풍이다"라고 말한다.

장수 고양이의 비밀

村上朝日堂はいかにして鍛えられたか (수)

《주간 아사히》에 실린 칼럼 '주간 무라카미 아사히도'를 묶은 두 번째 수필집. '알몸 집안일 주부 클럽全裸家事主婦クラブ'이나 '러브호텔 이름 대상ラブホテルの名前大賞' 등 긴장을 느슨하게 풀어주는 이야기가 가득하다. 참고로 안자이 미즈마루ⓟ381가 세상을 떠난 2014년,《주간 아사히》에 '무라카미 아사히도'를 단 1회만 부활시켜 하루키가 기고한 수필「다 그리지 못한 그림 한 장—안자이 미즈마루描かれずに終わった一枚の絵—安西水丸さんのこと」가 특별편으로 게재됐다. 원제는 '무라카미 아사히도는 어떻게 단련됐는가'다.

아사히신문사, 1997년

재규어

ジャガー | Jaguar

기품 있으면서도 섹시하고 스포티한 영국의 고급 자동차 메이커. 『스푸트니크의 연인』ⓟ341에서는 스미레ⓟ333가 사랑에 빠진 세련된 한국인 여성 뮤ⓟ250가 12기통의 짙은 남색 재규어를 타고 다닌다. 『기사단장 죽이기』ⓟ102에서는 부자인 멘시키ⓟ236가 재규어 두 대를 소유하고 있다.

재즈

ジャズ | Jazz

하루키 작품에는 재즈가 많이 나온다. 하루키는 데뷔하기 전에 재즈 잡지에 원고를 쓰기도 했다. 1974년, 무라카미 요코와 함께 재즈 카페 '피터 캣⑨598'을 개업하기 전에는 스이도바시에 있는 재즈 카페 '스윙ゥィング'에서 부부가 함께 아르바이트를 한 적도 있다. 군조신인문학상⑨088을 수상했을 당시의 잡지 기사에서 하루키는 이색 신인이 등장했다며 '레코드 3,000장을 보유한 재즈 카페 주인'으로 소개됐다.

재즈 우화

ジャズ・アネクドーツ | Jazz Anecdotes (번)

1950년대에 뉴욕에서 활약한 재즈 베이시스트이자 재즈 평론가인 빌 크로가 재즈계의 뒷이야기를 엮어낸 책. 루이 암스트롱Louis Armstrong이 경쟁자를 녹아웃시키고, 빌리 홀리데이Billie Holiday가 버스 안에서도 돈을 많이 번 이야기 등 재즈계에서 일어난 일화가 가득하다. 하루키는 이 책을 읽으며 몇 번이나 크게 웃었다고 한다.

저녁 무렵에 면도하기

村上ラヂオ | Murakami Radio (수)

《an·an》에 연재한 에세이를 묶은 수필집. 표지 그림과 삽화로 들어간 동판화는 오하시 아유미ⓟ422의 작품이다. 와인, 파스타, 도넛, 장어, 고양이 등 하루키다운 이야깃거리의 보고寶庫다. 특히 「도넛ドーナッツの穴はいつ誰が発明したかご存じですか?」은 읽어봤으면 한다. '무라카미 라디오' 첫 책으로, 원제는 시리즈 제목 그대로다. 같은 시리즈로 『채소의 기분, 바다표범의 키스』ⓟ512, 『샐러드를 좋아하는 사자』ⓟ313가 있다. 주목해야 할 부분은 「버드나무여, 나를 위해 울어주렴柳よ泣いておくれ」에서 얘기하는 '의인화하고 싶어지는 버드나무의

생명력'이다. 「기노」ⓟ101나, 『색채가 없는 다자키 쓰쿠루ⓟ154와 그가 순례를 떠난 해』ⓟ311에서 버드나무는 쓰쿠루가 나고야에서 아오ⓟ369를 만나는 장면에 등장하여 섬뜩한 존재감을 뿜어낸다.

젊은 독자를 위한 단편소설 안내

若い読者のための短編小説案内 | Guidance of Short Stories for Young Readers (수)

마흔이 지나고 나서야 일본 소설을 계통적으로 읽기 시작한 하루키는 전후 문단에 '제3의 신인'으로 등장한 세대에게 가장 끌렸다고 한다. 그중에서 요시유키 준노스케吉行淳之介, 고지마 노부오小島信夫, 야스오카 쇼타로安岡章太郎, 쇼노 준조庄野潤三, 마루야 사이이치丸谷才一, 하세가와 시로長谷川四郎 여섯 작가의 단편소설을 새로운 시점으로 풀어 읽는 독서 안내서다. 하루키가 프린스턴 대학ⓟ596과 터프츠 대학Tufts University에서 그들에 관해 강의한 문학 수업을 추체험하는 듯하다.

若い読者のための短編小説案内

村上春樹

文藝春秋

문예춘추, 1997년

제발 조용히 좀 해요

頼むから静かにしてくれ | Will You Please be Quiet, Please? (번)

레이먼드 카버 ⓟ199 의 대표작으로 데뷔 단편집이다. 「뚱보 で
ぶ | Fat」, 「좋은 생각 人の考えつくこと | The Idea」, 「당신, 의사세요? あ
なたお医者さま? | Are You A Doctor?」 등 22편이 수록되어 있다. 「알래
스카에 뭐가 있지? アラスカに何があるというのか? | What's In Alaska?」는
하루키의 기행문집 『라오스에 대체 뭐가 있는데요?』ⓟ192의
제목에 영향을 주었다.

주오코론신샤, 2006년

제이

ジェイ | J (등)

『바람의 노래를 들어라』ⓟ257에 등장하는 제이스 바ⓟ491의
중국인 바텐더.『1973년의 핀볼』ⓟ632,『양을 쫓는 모험』
ⓟ400에서도 주인공인 '내'가 상담을 하는 상대로 등장한다.

제이 루빈

Jay Rubin (인)

하버드 대학 명예교수, 일본 문학 연구가, 특히 하루키 작품의 번역가. 「코끼리의 소멸」ⓟ536을 비롯해 『노르웨이의 숲』ⓟ126, 『태엽 감는 새 연대기』ⓟ551, 『애프터 다크』ⓟ387, 『1Q84』ⓟ633를 번역했다. 저서로는 『무라카미 하루키와 언어의 음악ハルキ・ムラカミと言葉の音楽 | Haruki Murakami and the Music of Words』(신초샤), 『무라카미 하루키와 나村上春樹と私』(동양경제신문사) 등이 있다. 하루키는 예루살렘상ⓟ417 수상 연설 원고의 번역을 루빈에게 부탁하는 등 친분이 매우 두텁다.

제이스 바

ジェイズ·バー | J's Bar

중국인 바텐더 제이ⓟ489가 경영하는 가게. 『바람의 노래를 들어라』ⓟ257에서 주인공 '나'와 쥐ⓟ506가 25미터짜리 수영장을 가득 채울 만큼의 맥주ⓟ634를 마시고, 가게 바닥에 껍데기가 5센티미터나 쌓일 정도로 땅콩을 먹어댔던 곳이다. 오모리 가즈키 감독의 영화 〈바람의 노래를 들어라〉에서는 촬영지로 사용한 고베ⓟ073의 바 '하프 타임ⓟ611' 바닥에 실제로 땅콩 껍데기를 잔뜩 깔았다고 한다.

조니 워커

ジョニー・ウォーカー | Johnnie Walker (등)

『해변의 카프카』ⓟ615에 등장하는, 위스키 라벨에 그려진 신사로 분장한 남자. 이웃에 사는 고양이를 납치해서 죽인다. 주인공 다무라 카프카ⓟ152의 아버지로 여겨진다. 원래는 세계적으로 유명한 스카치위스키 브랜드다.

조련을 마친 양상추

調教済みのレタス | torture lettuce

『댄스 댄스 댄스』ⓟ158에서 주인공이 아오야마의 고급 슈퍼마켓인 기노쿠니야에서 판매하는 양상추를 이렇게 부른다. 싱싱함이 오래 유지되는 걸 보면 폐점 후에 몰래 집합해서 '조련'을 받는 게 아니냐는 의미가 담겨 있다. 하루키 작품 중에서도 가장 유명한 비유다. 신선하고 아삭아삭해서 샌드위치ⓟ312 재료로는 최고다.

조아치노 안토니오 로시니

Gioacchino Antonio Rossini (인)

《윌리엄 텔Guillaume Tell》,《세빌리아의 이발사Barbiere di Siviglia》
등으로 유명한 이탈리아 작곡가. 미식가로도 알려졌다. 『태
엽 감는 새 연대기』ⓟ551의 주인공이 FM에서 흘러나오는 로
시니의《도둑 까치La gazza ladra》를 들으면서 스파게티를 삶는
장면이 유명하다.

조지 오웰

George Orwell (인)

지도자인 돼지가 독재자가 되는 『동물 농장』과 디스토피아를 그린 『1984』로 알려진 영국의 작가이자 저널리스트. 『1Q84』ⓟ633는 『1984』에 대한 오마주 작품이라고도 일컬어진다.

존 어빙

John Irving (인)

『가아프의 세계The World According to Garp』, 『호텔 뉴햄프셔The Hotel New Hampshire』, 『사이더 하우스The Cider House Rules』 등으로 알려진 미국 소설가. 데뷔작 『곰 풀어주기』ⓟ079를 하루키가 번역했다. 『호텔 뉴햄프셔』에 등장하는, 곰 모피를 뒤집어 쓴 은둔형 외톨이 소녀 수지Susie는 어쩌면 '양 사나이ⓟ398' 의 모델일지도 모른다.

존 콜트레인

John Coltrane (인)

미국 모던재즈의 거장으로 알려진 색소폰 연주자. 뮤지컬 〈사운드 오브 뮤직The Sound Of Music〉에 나오는 곡이자 JR 도카이 '그래, 교토에 가자' 광고 음악으로도 알려진 〈My Favorite Things〉 연주가 유명하다. 『해변의 카프카』ⓟ615의 소년 카프카ⓟ152가 숲속 깊이 들어가는 장면에서 흘러나온다. 콜트레인은 『노르웨이의 숲』ⓟ126이나 『댄스 댄스 댄스』ⓟ158에도 자주 등장한다.

497

졸음

眠い (단)

연인의 고등학교 친구 결혼식에 참석한 주인공인 '내'가
콘포타주corn potage 수프를 먹으면서 쏟아지는 졸음과 필사
적으로 싸운다는 싱거운 이야기.『4월의 어느 맑은 아침에
100퍼센트의 여자를 만나는 것에 대하여』ⓟ636 수록.

498

좀비

ゾンビ | Zombie (단)

어떤 남자와 여자가 한밤중에 묘지 옆길을 걸어가고 있었다. 그런데 남자가 별안간 여자에게 '안짱다리'라는 둥, '귓속에 사마귀가 세 개 있다'는 둥 이유를 붙이며 욕설을 퍼붓기 시작한다. 엄청나게 유행한 마이클 잭슨의 〈스릴러Thriller〉 영상에서 영감을 받은 오마주 작품. 『TV 피플』ⓟ647 수록.

종합 소설

總合小説 | general fiction

이야기의 모든 요소가 담긴 종합적 소설을 의미한다. 하루
키는 도스토옙스키ⓟ577의 『카라마조프가의 형제들』ⓟ523
처럼 종교, 가족애, 증오, 질투 등 모든 요소가 골고루 뒤섞인
작품을 지향한다고 말했다.

주니타키초

十二滝町 | Jyunitaki-cho

『양을 쫓는 모험』[P]400에 나오는 가공의 마을. 삿포로에서 북쪽으로 260킬로미터, 일본의 적자 운행 노선 제3위, 열두 개의 폭포 등이 묘사된 점으로 보아 아사히카와[P]367 북쪽에 있는 비후카초[P]293의 니우푸仁宇布 지구가 그 모델이었을 것으로 보인다. 양을 사육하는 마쓰야마 농장의 민박 '팜 인 톤투Farm inn Tonttu'에서는 매년 하루키 낭독회를 개최한다. 세계의 하루키 팬들이 찾아오는 명소가 되었다.

죽음

死 | death

『노르웨이의 숲』⒫126에 "죽음은 삶의 대극對極으로서가 아니라 그 일부로서 존재한다"는 유명한 문장이 있듯이, 하루키 작품에는 '죽음'과 관련된 말이 많다. 『태엽 감는 새 연대기』⒫551에서는 가사하라 메이⒫055가 "사람이 죽는 건 멋진 일이네"라고 말하기도 하고, 『1Q84』⒫633에서는 다마루⒫151가 "죽을 때라는 것은 인간에게 아주 중요한 거야. 어떻게 태어날지는 선택할 수 없지만, 어떻게 죽을지는 선택할 수 있어"라고 얘기한다.

중국행 슬로 보트

中國行きのスロウ・ボート | A Slow Boat to China (단)

"나는 항구도시에 있는 고등학교에 다녀서 주위에 중국인이 제법 많았다"라고 썼듯이 하루키의 자전적 요소가 강한 작품이다. '내'가 초등학생, 대학생, 사회인이 되어서 만난 세 중국인을 회상하는 이야기.

중국행 슬로 보트

中国行きのスロウ・ボート | A Slow Boat to China (집)

1983년에 출간된 하루키의 첫 단편집으로 기념할 만하다. 안자이 미즈마루®381가 표지 일러스트레이션과 디자인을 담당했는데 그와 함께한 첫 작업이기도 했다. 소니 롤린스 Sonny Rollins의 연주로 유명한 〈On A Slow Boat to China〉에서 제목을 따왔고, 그로부터 영감을 받은 표제작「중국행 슬로 보트」®503와 「가난한 아주머니 이야기」®052, 「뉴욕 탄광의 비극」®131, 「캥거루 통신」®527, 「오후의 마지막 잔디밭」®423, 「땅속 그녀의 작은 개」®190, 「시드니의 그린 스트리트」®344 7편을 수록했다.

中国行きのスロウ・ボート

村上春樹

주오코론신사, 1983년

중단된 스팀다리미의 손잡이

中断されたスチーム・アイロンの把手 (단)

안자이 미즈마루⑨381의 저서 『POST CARD』(1986년)에 수록된 연작 단편. 『무라카미 하루키 전집』에도 포함되지 않아서 읽기 힘든 작품이 되었다. 안자이의 본명인 '와타나베 노보루'가 '벽화 예술가'로 등장하는 농담 같은 이야기. 그때 『노르웨이의 숲』⑨126이 크게 유행하고 있었는데 당시의 하루키 자신도 패러디했다.

쥐

鼠 | Rat (등)

『바람의 노래를 들어라』ⓟ257, 『1973년의 핀볼』ⓟ632, 『양을 쫓는 모험』ⓟ400에 등장하는 '나'의 친구. 아시야의 부유한 집안에서 태어났다. 소설가 지망생으로 대학을 그만두고 여러 지역을 방랑한다. 이들 작품과 속편인 『댄스 댄스 댄스』ⓟ158까지를 '나와 쥐' 4부작이라고도 부른다. 주인공인 '나'의 분신 같은 존재다.

지금은 죽은 왕녀를 위한

今は亡き王女のための | Now for the Deceased Princess (단)

타인의 마음에 상처를 입히는 데는 천재적으로 뛰어났던 소녀의 이야기. 제목은 모리스 라벨의 피아노곡 〈죽은 왕녀亡き王女를 위한 파반Pavane pour une infante défunte〉에서 따왔다. 『노르웨이의 숲』ⓟ126 끝부분에 레이코 씨ⓟ200가 기타로 이 곡을 연주하는 장면이 나오는데, 하루키는 그때는 '죽은 왕녀死せる王女를 위한 파반'이라고 표기했다. 『회전목마의 데드히트』ⓟ625 수록.

직업으로서의 소설가

職業としての小說家 | A Novelist as a Profession (수)

소설가로 데뷔한 후부터 현재까지의 기록을 정리해서 엮은 자전적 수필. 문학상에 관해, 독창성에 관해, 장편소설을 쓰는 방법이나 문장을 계속 써나가는 자세 등에 관해 지금까지 언급하지 않았던 내용이 담긴 책. 자작自作과 관련해서는 '자기 치유' 측면이 강했다고 말하는 등 흥미로운 발언도 많다. 표지 사진은 '아라키アラーキー'라는 애칭으로 불리는 아라키 노부요시荒木経惟가 촬영했다.

스위치퍼블리싱, 2015년

진구 구장

神宮球場 | Jingu Stadium

1978년, 하루키가 스물아홉 살에 소설을 써야겠다는 생각을 불현듯 떠올린 기념할 만한 장소. 진구 구장 외야석의 잔디밭에 누워 야쿠르트 대 히로시마 경기를 관전하던 중, 야쿠르트의 선두 타자 데이브 힐턴Dave Hilton이 좌중간 2루타를 친 순간이었다고 한다.

六

채소의 기분, 바다표범의 키스
—무라카미 라디오 2

おおきなかぶ、むずかしいアボカド：村上ラヂオ2 | Murakami Radio 2 (수)

하루키와 오하시 아유미ⓟ422가 공동으로 작업한, 어깨 힘을 쭉 빼고 즐길 수 있는 일상 수필 '무라카미 라디오' 시리즈ⓟ486의 제2탄. 원제는 '커다란 순무, 까다로운 아보카도'다. 커다란 순무에 얽힌 러시아와 일본 옛날이야기의 차이점, 숙성 시기를 가늠하기 까다로운 아보카도에 관한 단상 등 52편을 수록했다.

매거진하우스, 2011년

첫 문학 무라카미 하루키

はじめての文学 村上春樹 (집)

분게이슌주에서 간행하는 '첫 문학' 시리즈로 청소년 독자를 위한 자선自選 단편집. 양 사나이ⓟ398가 등장하는 「시드니의 그린 스트리트」ⓟ344, 「개구리 군, 도쿄를 구하다」ⓟ062를 포함해서 단편소설 17편을 수록했다. 판타지나 동화 같은 이야기가 많아서 하루키 작품을 처음 접하는 초심자에게 추천할 만한 책이다.

문게이슌주, 2006년

はじめての文学　村上春樹

청소

クリーニング | cleaning

하루키의 클리닝은 진지하고 섬세한 일상생활을 상징한다. 주인공은 청소, 세탁, 다림질ⓟ150을 척척 해낸다. 『양을 쫓는 모험』ⓟ400의 주인공은 산속 오두막에 걸레를 여섯 장이나 써가며 꼼꼼히 왁스 칠을 하고, 『노르웨이의 숲』ⓟ126의 주인공은 대학 기숙사에 살면서 '매일 바닥을 쓸고, 사흘에 한 번 창을 닦고, 일주일에 한 번 이불을 말리는' 청결한 생활을 한다. 『태엽 감는 새 연대기』ⓟ551 제2부는 역 앞 세탁소에서 시작되며, 주인공의 다림질 과정은 총 12단계나 된다.

초콜릿과 소금 전병

チョコレートと塩せんべい | chocolate and salt cracker

하루키와 시바타 모토유키ⓟ347가 번역에 관해 대담한 『번역야화』ⓟ273에서 하루키는 소설 창작과 번역의 관계를 "비 오는 날의 노천탕 시스템"이라고 표현했다. 비를 맞아 몸을 식히고 노천탕에서 다시 몸을 데우는 식으로 온종일 번갈아 가며 할 수 있다는 비유인 듯하다. "혹은 초콜릿과 소금 전병"이라고도 표현했다.

춤추는 난쟁이

踊る小人 | The Dancing Dwarf (단)

"꿈속에 난쟁이가 나타나서 나에게 춤을 추자고 말했다"는 첫 문장에서 발전시켰다는 소품. 주인공 '나'는 코끼리를 만드는 코끼리 공장에서 일한다. 어느 날, 아름다운 아가씨를 얻기 위해 난쟁이를 몸속에 넣고 무도회장에서 춤을 추는데⋯⋯『반딧불이』ⓟ263 수록.

치즈 케이크 모양을 한 나의 가난

チーズ・ケーキのような形をした僕の貧乏 | My Poor Shape Like a Cheesecake (단)

도쿄 도 고쿠분지 시 니시코이가쿠보에 있는, JR주오혼센과 세이부코쿠분지센 사이에 끼어 있는 '삼각지대'에서 펼쳐지는 짧은 이야기로, 자전적 수필 같다. 실제로 하루키 부부가 1970년대 전반에 살았던 곳이며 그 집은 현재도 남아 있다. 『4월의 어느 맑은 아침에 100퍼센트의 여자를 만나는 것에 대하여』ⓟ636 수록.

침묵

沈默 | The Silence (단)

눈에 드러나지 않는 '이지메'의 본질을 파헤친 단편소설. 오 사와^{大沢} 씨는 '나'에게 딱 한 번 남을 때린 적이 있다는 말을 꺼낸다. 권투를 시작한 중학교 2학년 때 같은 반 친구가 거 짓 소문을 퍼뜨려서 화를 못 참아 때리고 만다. 고등학교에 들어간 후, 그 남학생의 복수로 학교에서 고립된다. 침묵하 는 집단 심리의 공포를 다뤘다. 『렉싱턴의 유령』ⓟ204 수록. 나중에 전국학교도서관협의회의 집단 독서 텍스트로 채택 됐고, 『첫 문학 무라카미 하루키』ⓟ513에도 실렸다.

칩 키드

Chip Kidd (인)

세계적으로 유명한 미국의 그래픽디자이너. 하루키의 표지를 여러 차례 작업했다. 하루키는 미국에서 단편집 『코끼리의 소멸』Ⓟ537이 출판됐을 때 "19세기의 증기기관차 같은" 코끼리 일러스트레이션을 이용한 디자인이 참신하여 가벼운 충격을 받았다고 『무라카미 하루키 잡문집』Ⓟ243에 썼다.

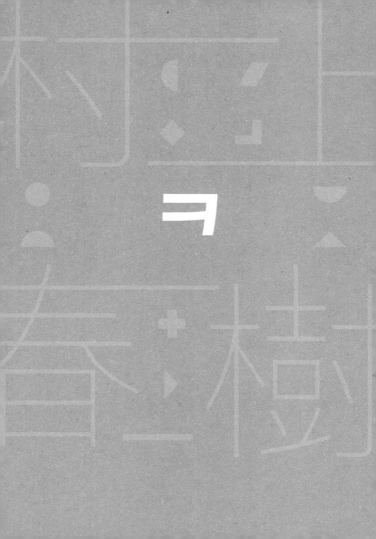

카를 구스타프 융

Carl Gustav Jung (인)

스위스의 정신의학자이자 심리학자. 하루키는 융 학파 심리학자인 가와이 하야오ⓟ056와도 친하고 융 철학에도 조예가 깊다. 『1Q84』ⓟ633에서는 '선구ⓟ317'의 리더가 "그림자는 우리 인간이 전향적인 존재인 것과 똑같이 비뚤어진 존재다"라고 융의 말을 인용한다. 또한 다마루ⓟ151가 살인을 저지르기 직전에도 융이 사색을 위해 스스로 돌을 쌓아 올려 지은 '탑'의 입구에 새겼다는 말 "차가워도 차갑지 않아도 신은 여기에 있다"를 인용한다.

카라마조프가의 형제들

Братья Карамазовы

『죄와 벌Преступление и наказание』과 어깨를 나란히 하는 도스토옙스키Ⓟ577의 최고 걸작. 하루키 작품에 가장 많이 등장하는 소설이다. 신앙, 죽음, 국가, 빈곤, 가족 관계 등 다양한 주제를 포함하여 하루키가 지향하는 종합 소설이라 말할 수 있다. 『바람의 노래를 들어라』Ⓟ257에서는 쥐Ⓟ506가 『카라마조프가의 형제들』을 본보기로 삼아 소설을 쓰고, 『세계의 끝과 하드보일드 원더랜드』Ⓟ319에서는 주인공인 '내'가 "형제의 이름을 다 말할 수 있는 인간이 세상에 과연 몇 명이나 있을까"라며 이 소설을 떠올린다.

신초분코, 1978년

카버 컨트리

カーヴァー・カントリー | Carver Country: The World of Raymond Carver (번)

레이먼드 카버®199가 소년 시절에 친숙했던 워싱턴 주의 자연 풍경이나 작품의 무대가 된 바와 모텔, 등장인물들의 사진 80여 점을 모아서 엮은 사진집. 발표되지 않은 개인적 편지도 실려 있다.

주오코론샤, 1994년

카버의 열두 편—레이먼드 카버 걸작선

Carver's Dozen—レイモンド・カーヴァー傑作選 (번)

"가능하다면 '이 한 권만 있으면 레이먼드 카버의 세계가 대략적으로 그려지는' 책으로 만들고 싶었다. (…) '입문자용'이라고 해도 크게 무리는 없을지도 모른다"라고 후기에서 하루키가 썼듯이, 카버의 대표적 단편들이 담긴 책이다. '레이먼드 카버 연보'도 이해하기 쉽도록 실려 있어서 공부가 된다.

주오코론샤, 1997년

캥거루 구경하기 좋은 날

カンガルー日和 | A Perfect Day for Kangaroos (단)

주인공 '나'와 '여자 친구'는 어느 지방지에서 캥거루 새끼가 태어났다는 기사를 읽는다. 어느 날 아침, 6시에 눈을 뜬 후 캥거루를 구경하기 좋은 날씨임을 확인하고 동물원으로 향한다. 영역판 제목인 'A Perfect Day for Kangaroos'는 J. D. 샐린저ⓟ642의 단편소설 「바나나피시를 위한 완벽한 날 A Perfect Day for Bananafish」에서 따왔다.

캥거루 통신

カンガルー通信 | The Kangaroo Communiqué (단)

주인공 '나'는 백화점 상품관리과에서 근무하는 스물여섯 살 직원이다. 동물원의 캥거루 우리 앞에서 어떤 계시를 받고, 고객의 불만에 대한 답변을 카세트테이프에 녹음한다. "나는 이 편지에 '캥거루 통신'이라는 이름을 붙였습니다"라고 테이프의 목소리가 이어진다. 『중국행 슬로 보트』ⓟ504 수록.

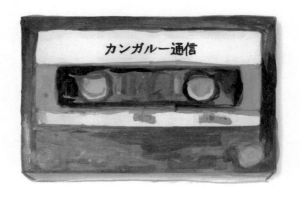

커널 샌더스

カーネル・サンダーズ | Colonel Sanders (인)(등)

켄터키프라이드치킨KFC의 창업자. 『해변의 카프카』ⓟ615에서 그와 똑같이 분장한 수수께끼 인물이 등장해서 호시노군ⓟ620에게 '입구의 돌'이 있는 곳을 알려준다. 하루키는 "내가 독자에게 전하고 싶었던 것은 커널 샌더스 같은 사람이 실재한다는 겁니다"라고 『꿈꾸기 위해 매일 아침 나는 눈을 뜹니다』ⓟ106에서 말했다.

커미트먼트

コミットメント | commitment

『바람의 노래를 들어라』ⓟ257를 통해 소설가로 데뷔한 무렵에는 '커미트먼트의 부재不在'를 묘사하는 '디태치먼트 detachment(무관계)'가 작품의 주제였다. 그 후, 팔 년 정도 외국 (유럽과 미국)에서 살면서 하루키는 '더 이상 개인으로 도망칠 필요가 없다'는 것을 깨닫고, 작품의 주제도 세계와 '커미트먼트(관계 맺기)'하는 쪽으로 전환한다.

커트 보니것

Kurt Vonnegut Jr. (인)

초기 하루키에게 큰 영향을 미친 미국 소설가. 특히『바람의 노래를 들어라』ⓟ257는 짧은 장章 등 문장의 구성 방식이 그의 『제5도살장Slaughterhouse-five』과 매우 비슷하다. 대표작으로는『타이탄의 미녀The Sirens of Titan』,『고양이 요람Cat's Cradle』, 『챔피언들의 아침 식사Breakfast of Champions』 등이 있다. 하루키는 "사랑은 사라져도 친절은 남는다고 말한 사람이 커트 보니것이었나?"라고『비 내리는 그리스에서 불볕 천지 터키까지』ⓟ282에도 썼다.

커티 삭

カティサーク | Cutty Sark

범선이 심벌마크인 스코틀랜드 위스키. 하루키 작품에 가장 자주 등장하는 위스키ⓟ455다.『코끼리 공장의 해피엔드』ⓟ534에는「커티 삭 자신을 위한 광고カティーサーク自身のための広告」라는 시,『태엽 감는 새 연대기』ⓟ551에는 속이 텅 빈 '커티 삭 선물용 상자',『1Q84』ⓟ633에는 바에서 남자가 커티 삭을 마시는 장면이 나온다. 라벨에 그려진 '커티 삭'호의 뱃머리 이미지는 '짧은Cutty' '슈미즈Sark'를 입은 마녀다.

커피

コーヒー | coffee

커피는 하루키 작품에서는 빼놓을 수 없는 음료다. 『스푸트니크의 연인』ⓟ341에 나오는 "악마의 땀처럼 진한 에스프레소 커피"라는 구절이 특히 인상적이다. 엽편집 『꿈에서 만나요』ⓟ107에는 '커피'라는 간판을 내건 가게가 나오는 작품「커피」가 있다. 참고로 하루키가 사용하는 커피 머그컵은 스위스의 선물 가게에서 사 온 것이다.

코끼리

象 | elephant

코끼리는 세계적으로 신성한 동물로 여겨진다. 하루키 작품에서는 '코끼리 공장'이나 '사라진 코끼리' 같은 표현이 자주 나온다. 코끼리는 지혜, 인내, 충성, 행운, 지위, 힘, 거대함등을 상징할 때가 많아서 소설에 깊이를 더한다.

코끼리 공장의 해피엔드

象工場のハッピーエンド | Happy-end of Elephant Factory (수)

안자이 미즈마루Ⓟ381와 공동으로 작업한 첫 번째 책. 컬러풀한 삽화와 어우러져 더욱 즐거운 13편의 엽편집. 「커티 삭 자신을 위한 광고」, 「커피를 마시는 어떤 방법에 대하여ある種のコーヒーの飲み方について」, 「쌍둥이 마을의 쌍둥이 축제双子町の双子まつり」 등 하루키 문학을 해독하는 실마리가 될 글이 많다.

구판: CBS소니출판, 1983년
신판: 고단샤, 1999년

코끼리 · 폭포로 가는 새 오솔길

象 · 滝への新しい小径 | Elephant · A New Path to the Waterfall (번)

레이먼드 카버ⓟ199 최후의 단편집 『코끼리』와 유작이 된 시
집 『폭포로 가는 새 오솔길』을 한 권으로 엮었다. 알코올중
독을 극복하고 평온하게 살았던 마지막 십 년 동안이 담겨
있다. 카버가 마지막 단편 「심부름Errand」을 쓸 때는 이미
암 선고를 받은 상태라 죽음을 의식하며 집필했다고 한다.

주오코론샤, 1994년

THE COMPLETE WORKS OF RAYMOND CARVER 6

象 / 滝への新しい小径

Elephant / A New Path To The Waterfall

レイモンド・カーヴァー
村上春樹 訳

코끼리의 소멸

象の消滅 | The Elephant Vanishes (단)

어느 날, 코끼리와 사육사 남자가 사라진다. 단지 그뿐인데도 압도적인 인기를 자랑하는 단편소설이다. 1991년, 제이 루빈⑨490이 「The Elephant Vanishes」로 영역해서 《뉴요커》에 실으면서 미국에서도 하루키가 사랑받기 시작했다. NHK라디오 제2어학 프로그램 〈영어로 읽는 무라카미 하루키〉의 첫 교재로 채택되어 텍스트 단행본 『무라카미 하루키 「코끼리의 소멸」 영역완전독해村上春樹「象の消滅」英訳完全読解』 (NHK출판)도 간행했다. 『빵가게 재습격』⑨299 수록.

코끼리의 소멸

象の消滅 | The Elephant Vanishes (집)

미국에서 처음 출판된 하루키 단편집. 초기 단편부터 크노프 출판사에서 다음 17편을 선택했다. 「태엽 감는 새와 화요일의 여자들」ⓟ552, 「빵가게 재습격」ⓟ298, 「캥거루 통신」ⓟ527, 「4월의 어느 맑은 아침에 100퍼센트의 여자를 만나는 것에 대하여」ⓟ635, 「잠」ⓟ478, 「로마제국의 붕괴·1881년의 인디언 봉기·히틀러의 폴란드 침입, 그리고 강풍 세계」ⓟ205, 「레더호젠」ⓟ196, 「헛간을 태우다」ⓟ617, 「녹색 짐승」ⓟ128, 「패밀리 어페어」ⓟ569, 「창」ⓟ271, 「TV 피플」ⓟ646, 「중국행 슬로 보트」ⓟ503, 「춤추는 난쟁이」ⓟ516, 「오후의 마지막 잔디밭」ⓟ423, 「침묵」ⓟ518, 「코끼리의 소멸」ⓟ536.

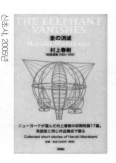

코카콜라를 부은 핫케이크

ホットケーキのコカ・コーラがけ | Pancake and Coca-Cola

『바람의 노래를 들어라』ⓟ257에 나오는 명물 메뉴. "쥐가 좋아하는 음식은 갓 구워낸 핫케이크다. 그는 그것을 오목한 접시에 겹겹이 쌓고, 칼로 정확하게 사 등분으로 자른 다음, 그 위에다 코카콜라 한 병을 붓는다." 그리고 "이 음식이 뛰어난 점은……"이라고 쥐ⓟ506는 '나'에게 말했다. "먹을 것과 마실 것이 일체화됐다는 점이야." 의외로 맛있다는 평판을 듣는 하루키 요리.

쿨하고 와일드한 백일몽

村上朝日堂はいほー! (수)

패션 잡지《하이패션high fashion》에 연재한 에세이를 묶은 수
필집. 지바 현에 살았을 무렵, 손님의 신원을 궁금해하는
「지바 현 택시 기사千葉県タクシー・ドライヴァー」를 비롯해 하루키
주변의 이야기가 많다. 「찰스턴의 유령チャールストンの幽靈」은
사우스캐롤라이나 남동부에 위치한 도시 찰스턴에서는 유
령이 없는 옛집을 찾기가 어렵다는 이야기인데, 단편소설
「렉싱턴의 유령」ⓟ203의 원형 같아서 흥미롭다. '하이호hi-
ho'는 감탄사다.

분카출판국, 1989년

크리스 반 알스버그

Chris Van Allsburg (인)

영화로도 만들어진 그림책 『주만지Jumanji』로 널리 알려진 미
국의 그림책 작가. 미국에서 가장 뛰어난 그림책에 수여하
는 콜더콧상Caldecott Medal을 세 번이나 수상했다. 환상적인 그
림에는 바라보기만 해도 이야기가 저절로 생겨나는 힘이 있
다. 하루키는 열두 작품의 번역을 맡았는데, 번역하기 전부
터 그의 그림을 좋아했다고 한다.

크리스마스의 추억

クリスマスの思い出 | A Christmas Memory (번)

트루먼 커포티ⓟ560가 소년 시절 경험을 바탕으로 써 내려
간, '나'와 예순 넘은 먼 사촌 숙Sook과 개 퀴니Queenie가 함께
보낸 잔잔하고 따뜻한 크리스마스 이야기. 『할아버지의 추
억』ⓟ612, 『어떤 크리스마스』ⓟ402에 이어서 야마모토 요코
의 동판화가 곁들여진 '이노센트 스토리ィノセント・ストーリー'
시리즈의 세 번째 작품.

문게이슌주, 1999년

무라카미 하루키가 번역한
크리스 반 알스버그의 그림책

하늘을 나는 배, 제퍼
西風号の遭難 | The Wreck of the Zephyr
가와데쇼보신샤, 1985년

밤바다에 떠 있는, 하늘을 나는 요트가 르네 마그리트René Magritte의 명화처럼 아름다운 그림책. 하루키는 '서풍호의 조난'으로 번역했다.

급행 북극호
急行「北極号」 | Polar Express
가와데쇼보신샤, 1987년

크리스마스이브, 소년은 신비로운 기차를 타고 여행을 떠난다. 콜더컷상 수상작.

나그네의 선물
名前のない人 | The Stranger
가와데쇼보신샤, 1989년

말도 기억도 없는 정체불명의 남자가 베일리씨의 농장으로 찾아오는데……? 하루키는 '이름 없는 사람'으로 일역했다.

해리스 버딕의 미스터리
ハリス・バーディック謎
The Mysteries of Harris Burdick
가와데쇼보신샤, 1990년

수수께끼 인물인 해리스 버딕이 남긴 그림 열네 장을 둘러싼 이야기 모음집.

빗자루의 보은
魔法のホウキ | The Widow's Broom
가와데쇼보신샤, 1993년

갑자기 날지 못하게 된 빗자루가 마녀에게 버림받고 새로운 인생을 살아가기 시작한다. 하루키는 '마법의 빗자루'로 번역했다.

세상에서 가장 맛있는 무화과
まさ夢いちじく | The Sweetest Fig
가와데쇼보신샤, 1994년

치과 의사 비보 씨가 손에 넣은 것은 무슨 꿈이든 이뤄주는 마법의 무화과였다. 하루키는 '꿈을 맞히는 무화과'로 번역했다.

Murakami Words

벤의 꿈
ベンの見た夢 | Ben's Dream
가와데쇼보신샤, 1996년

공부를 하던 벤은 졸음을 참지 못하고 꿈속으로
빠져든다. 그림으로 꿈을 풀어낸 흑백 그림책.

진절머리 나는 돌
いまいましい石 | The Wretched Stone
가와데쇼보신샤, 2003년

선원들이 섬에서 발견한 어떤 돌에 점점 빠져들
면서 변화하는 모습이 항해 일지 형식으로 담겨
있다.

장난꾸러기 개미 두 마리
2ひきのいけないアリ | Two Bad Ants
아스나로쇼보, 2004년

수정(설탕)을 찾아 사람이 사는 곳으로 향하는
위험한 여행을 개미의 시점으로 묘사한다. 하루
키는 '못된 개미 두 마리'로 번역했다.

압둘 가사지의 정원

魔術師アブドゥル・ガサツィの庭園

The Garden of Abdul Gasazi

아스나로쇼보, 2005년

은퇴한 마법사 압둘 가사지의 정원에서 길을 잃어버린 소년이 겪는 기묘한 이야기.

캘빈의 마술쇼

さあ、犬になるんだ！| Probuditi!

가와데쇼보신샤, 2006년

최면술사를 본 소년이 "얍, 개가 되어라!"하고 여동생에게 최면술을 걸었더니? 하루키는 '얍, 개가 되어라!'로 번역했다.

백조의 호수

白鳥湖 | Swan Lake

마크 헬프린Mark Helprin 지음

가와데쇼보신샤, 1991년

유명한 발레 작품 〈백조의 호수〉를 각색한 동화. 알스버그의 삽화가 아름답다.

클래식 음악

クラシック音楽 | Classical Music

하루키 작품에는 클래식 음악이 많이 언급되고 이야기와도 깊게 연관된다. 대표적인 클래식으로는 『태엽 감는 새 연대기』ⓟ551에 나오는 로시니ⓟ494의 오페라 《도둑 까치》 서곡이 있다. 『스푸트니크의 연인』ⓟ341에서는 모차르트ⓟ279의 가곡 〈제비꽃〉, 『해변의 카프카』ⓟ615에서는 베토벤ⓟ210의 《대공 트리오》, 『1Q84』ⓟ633에서는 주제곡이라 할 만한 야나체크ⓟ197의 《신포니에타》, 『색채가 없는 다자키 쓰쿠루와 그가 순례를 떠난 해』ⓟ311에서는 리스트ⓟ590의 작품집 《순례의 해》 중 〈르 말 뒤 페이〉ⓟ212가 인상적이다.

키키

キキ | Kiki (등)

『양을 쫓는 모험』ⓟ400과 『댄스 댄스 댄스』ⓟ158에 등장하는, '나'의 여자 친구로 귀에 특별한 힘이 있다. 마력적일 만큼 완벽한 모양의 아름다운 귀를 가지고 귀 전문 모델, 출판사의 아르바이트 교정원, 고급 콜걸 등 다양한 일을 한다.

E

타일랜드

タイランド | Thailand (단)

세계갑상샘회의에 참석하기 위해 태국을 방문한 중년 여의
사 사쓰키^{さつき}는 산속에 있는 리조트 호텔에서 일주일 동안
휴가를 보낸다. 어느 날, 사람들의 마음을 치료한다는 늙은
여인에게 "당신의 몸속에 돌이 들어 있어요. (…) 그 돌을 어
딘가에 버려야 해요"라는 말을 듣고, 자기 과거를 떠올리며
홀로 흐느낀다.『신의 아이들은 모두 춤춘다』ⓟ351 수록.

태엽 감는 새 연대기

ねじまき鳥クロニクル | The Wind-Up Bird Chronicle (장)

법률사무소를 그만두고 전업주부처럼 생활하던 '나' 오카
다 도오루의 일상에서 고양이가 사라지고, 아내가 실종된
다. 그리고 기묘한 사람들이 찾아온다. '나'는 빈집의 우물
ⓟ444로 들어가서 아내를 찾기로 결심한다. 사 년 반에 걸쳐
완성한 초대작. 제1부 '도둑 까치泥棒かささぎ'편, 제2부 '예언
하는 새予言する鳥'편, 제3부 '새 잡이 사내鳥刺し男'편 3권이 있
다. 물 없는 우물, 출구 없는 골목(아마도 땅속 배수로), 해파리,
물을 매체로 사용하는 점술가 가노 몰타ⓟ053 등 '물'의 이
미지가 소설 전체를 관통하는 일종의 판타지.

신초사, 제1부·제2부 1994년, 제3부 1995년

태엽 감는 새와 화요일의 여자들

ねじまき鳥と火曜日の女たち | The Wind-Up Bird and Tuesday's Women (단)

장편『태엽 감는 새 연대기』ⓟ551로 발전한 단편소설. '가사
하라 메이 ⓟ055', '와타야 노보루 ⓟ430' 같은 인물의 원형도
등장해서 어떻게 장편으로 변화해갔는지를 비교하며 읽어
볼 수 있다.『빵가게 재습격』ⓟ299 수록.

택시를 탄 남자

タクシーに乗った男 | A Man on a Taxi (단)

일 때문에 화랑을 탐방하던 '내'가 들은, 기이한 체코 화가
의 그림 〈택시를 탄 남자〉에 얽힌 이야기. '그림과 모델'을
주제로 한 작품으로, 『기사단장 죽이기』ⓟ102의 주인공이
그리는 초상화와도 연결된다. 『회전목마의 데드히트』ⓟ625
수록.

택시를 탄 흡혈귀

タクシーに乗った吸血鬼 | A Vampire on a Taxi (단)

택시 운전기사가 "흡혈귀가 정말 있다고 생각하세요?"라고 질문하고 사실은 "내가 흡혈귀"라는 고백까지 하는 기이한 엽편소설. 정체된 도로 위의 택시 안에서 운전기사와 나누는 대화는 『1Q84』®633의 시작 장면을 비롯해 하루키 작품에 자주 나온다. 『4월의 어느 맑은 아침에 100퍼센트의 여자를 만나는 것에 대하여』®636 수록.

텔로니어스 멍크가 있었던 풍경

セロニアス・モンクのいた風景 | Landscape Had of Thelonius Monk (번)

재즈 피아니스트 텔로니어스 멍크Thelonius Monk에 관한 글들을 하루키가 엮어낸 번역·수필집. 표지는 원래 안자이 미즈마루ⓟ381가 그리기로 했는데 2014년 3월 19일에 갑자기 별세하여 와다 마코토ⓟ425가 대신 그렸다. 표지 그림에서 멍크에게 하이라이트 담배(일본 담배 브랜드)를 건네는 사람은 젊은 날의 미즈마루다.

토끼 맛있는 프랑스인—무라카미 가루타

うさぎおいしーフランス人―村上かるた (집)

안자이 미즈마루ⓟ381와 함께 만든, '아이우에오(히라가나 50음도의 첫 행)' 순서의 가루타 방식 엽편집. 참신한 개그 같기도 하고 시시한 익살 같기도 한 말장난이 연발되는데, 하루키는 가끔 이런 '뇌가 닳는 상脳減る賞(노벨상ノーベル賞과 발음이 같음)'의 방향으로 치닫는 묘한 뭔가가 멋대로 샘솟듯 떠오른다고 말했다. "율무 밭에서 잡을 수 있는 건 하늘가재 정도", "팬케이크 추가도 세 번까지"라는 식의 하루키다운 키워드도 많이 나온다.

토니 다키타니

トニー滝谷 | Tony Takitani (단)

일러스트레이터로 성공한 토니 다키타니와 옷에 강하게 집
착하는 아름다운 아내의 이야기. 어느 날, 아내가 갑자기 교
통사고로 죽어서 토니 다키타니는 그녀의 많은 옷을 입어줄
여성을 고용하려 한다. 2005년, 이시카와 준市川準 감독이 잇
세 오가타와 미야자와 리에 주연으로 영화화했다. 『렉싱턴
의 유령』ⓟ204 수록.

통과하다

抜ける | to exit

'벽을 통과한다'는 하루키가 자주 쓰는 '우물ⓟ444로 내려간다'는 표현과 마찬가지로 중요한 키워드다. "『태엽 감는 새 연대기』ⓟ551에서 가장 중요한 부분은 '벽을 통과하는' 이야기입니다. 견고한 돌벽을 통과해 지금 존재하는 장소에서 다른 공간으로 가버릴 수 있다는 것…… 그 이야기를 가장 쓰고 싶었습니다"라고 말했다. 어떻게 벽을 '통과하는' 게 가능할까? 하루키가 창작 과정에서 실제로 우물 깊숙이 들어가, 스스로를 보편화함으로써 시공을 초월해 다른 장

소로 갈 수 있다는 확신을 얻었기 때문이다. 무의식 속에서 일어나는 '워프 현상'이 모든 작품의 공통 주제이기도 하다.

트란 안 훙

Tran Anh Hung (인)

첫 번째 장편영화 〈그린 파파야 향기The Scent Of Green Papaya〉가
칸영화제 황금카메라상 외에 다수의 상을 수상하며 유명
해진 베트남 출신의 프랑스인 영화감독. 그 밖의 작품으로
는 〈시클로Cyclo〉, 〈여름의 수직선에서A La Verticale De L'Ete〉 등
이 있다. 마쓰야마 겐이치, 기쿠치 린코, 미즈하라 기코의 연
기로 『노르웨이의 숲』ⓓ126을 영화화했다.

트루먼 커포티

Truman Capote (인)

『티파니에서 아침을』(P)561로 유명한 미국 소설가. 그의 열혈 팬인 하루키는 고등학교 시절에 처음 커포티의 단편소설 「머리 없는 매The Headless Hawk」를 읽고 '이렇게 훌륭한 문장은 아무리 애를 써도 못 쓰겠다'는 생각이 들어서 스물아홉 살까지 소설을 쓸 엄두를 내지 못했다고 한다. 『바람의 노래를 들어라』(P)257의 제목은 「머리 없는 매」가 수록된 단편집 『밤의 나무A Tree of Night and Other Stories』에 수록된 「마지막 문을 닫아라Shut a Final Door」의 마지막 문장 "아무것도 생각하지 마. 바람만 생각해"에서 따왔다.

티파니에서 아침을

ティファニーで朝食を | Breakfast at Tiffany's (번)

오드리 헵번이 주연한 영화로 널리 알려진 트루먼 커포티
ⓟ560의 소설. 뉴욕 사교계를 자유분방하게 살아가는 신인
여배우 홀리 골라이틀리Holly Golightly 이야기. "코끼리를 씻길
수도 있을 만한 양의 와인을 마셨단 말이야"라는 말 등이 어
딘지 모르게 하루키 문학의 뿌리를 느끼게 해준다.

신조사, 2008년

팀 오브라이언

William Timothy "Tim" O'Brien (인)

미국 소설가로, 베트남전쟁에서 귀환한 후 하버드 대학원
에 진학하고 신문기자로 일하면서 계속 작품을 썼다. 베트
남전쟁을 주제로 한 논픽션 같은 단편집 『그들이 가지고 다
닌 것들』ⓟ093이나 『뉴클리어 에이지』ⓟ144, 『세상의 모든
7월』ⓟ321 등이 하루키의 번역으로 알려졌다.

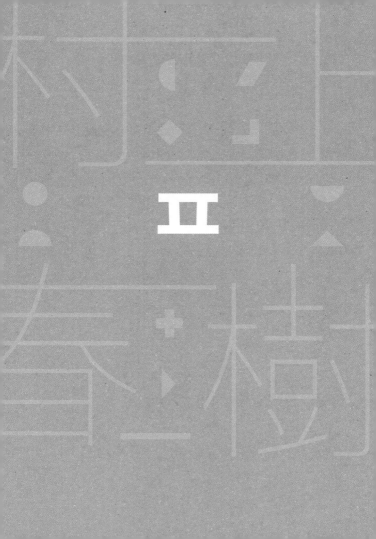

II

파도의 그림, 파도의 이야기

波の絵、波の話 | Pictures of Wave, Tales of Wave (수)

사진작가 이나코시 고이치와 공동으로 작업한 포토 에세이집. 「나는 1973년의 핀볼에게 야, 하고 불러봤다僕は、1973年のピンボールに、やあ、と言った」, 「1980년의 슈퍼마켓적 생활1980年におけるスーパー・マーケット的生活」 등 장편소설에서 익숙한 모티브가 나온다. 하루키는 「한 장의 LP—枚のLP」에서 처음 재즈를 접한 때는 열네 살이었다며 그 강렬한 체험을 회고한다.

파란 포도

青いぶどう | Blue grapes

하루키가 열두 살 때 편집위원으로 참가한 니시노미야 시립
고로엔초등학교의 졸업 문집에 수록된 작문. 하루키는 서두
에서 자신들을 아직 익지 않은 '한 알의 파란 포도'에 비유
하는데 그의 예사롭지 않은 재능이 엿보인다.

파랑이 사라지다

青が消える | Losing Blue (단)

『무라카미 하루키 전집』에서만 읽을 수 있는 진귀한 단편 소설. 다림질을 하는 도중에 셔츠의 파란색이 사라지더니, 정신을 차려보니까 세상에서 파랑이 모두 사라져버렸다는 이야기. 그 후에도 하루키 작품에는 '파랑'과 '사라지다'라는 키워드가 여러 번 나오는데, 이 단편에는 둘 다 등장하는 만큼 중요한 작품이라 할 수 있다. 밀레니엄을 하루 앞

둔 마지막 날을 무대로 써달라는 의뢰를 받고, 1992년에 집필했다. 『무라카미 하루키 전집 1990~2000 ①』수록.

파이어즈 (불)

ファイアズ (炎) | Fires (번)

레이먼드 카버 ⓟ199의 자전적 수필과 시와 소설이 수록된 작품집. 카버의 소설 쓰는 계기가 되어준 대학의 소설 강좌에서 스승인 소설가 존 가드너는 이렇게 말했다. "너희 중 누구도 거기에 필요한 '불'을 가지고 있지 않아." 이 책은 하루키가 창작에 관해 얘기한 『직업으로서의 소설가』 ⓟ508에 영향을 준 것으로 보인다.

주오코론신샤, 1992년

THE COMPLETE WORKS OF RAYMOND CARVER 4

ファイアズ (炎)
Fires

レイモンド・カーヴァー
村上春樹 訳

패럴렐 월드

パラレルワールド | parallel world

우리 눈에 보이는 세계와 또 다른 하나의 평행 세계.『세계의 끝과 하드보일드 원더랜드』ⓟ319의 '세계의 끝'과 '하드보일드 원더랜드',『1Q84』ⓟ633의 '1984년'과 '1Q84년' 등이 대표적이며, 두 세계는 하루키 문학의 특징 중 하나다.

패밀리 어페어

ファミリー・アフェア | Family Affair (단)

주인공인 '나'와 여동생은 도쿄에서 둘이 산다. 그런 여동생에게 '와타나베 노보루渡辺昇'라는 컴퓨터 엔지니어 약혼자가 생기지만, '나'는 그가 전혀 좋아지지 않는다. 제목은 '가족 문제'라는 의미로, 1960년대에 미국에서 인기를 끌었던 TV 드라마의 명칭이다. 일본에서도 〈뉴욕 파파ニューヨーク・パパ〉로 방송됐다. 하루키 작품 중에는 드물게 인간관계를 사실적으로 그려서 『노르웨이의 숲』ⓟ126에도 영향을 주었다. 『빵가게 재습격』ⓟ299 수록.

패티 스미스

Patti Smith (인)

'뉴욕 펑크의 여왕'이라 불리며 시인으로도 활약하는 뮤지션.『색채가 없는 다자키 쓰쿠루와 그가 순례를 떠난 해』ⓟ311의 영어판이 발간됐을 때는《뉴욕 타임스The New York Times》에 서평을 기고했다. 현대음악의 거장 필립 글래스Philip Glass와 협연한 음악과 낭독의 내일來日 공연 'THE POET SPEAKS—긴즈버그Allen Ginsberg에게 바치는 오마주'에서 하루키와 시바타 모토유키ⓟ347가 개작한 번역 시를 낭독했다.

570

펫 사운즈

ペット・サウンズ | The Beach Boys' Pet Sounds (번)

미국 밴드 비치 보이스ⓟ290의 최고 걸작이라 일컬어지는
전설의 앨범《Pet Sounds》가 발매되기까지의 기록. 밴드
의 리더인 브라이언 윌슨Brian Wilson의 고뇌와 비극을 다룬 짐
푸실리Jim Fusilli의 논픽션을 하루키가 번역했다.

신조사, 2008년

평균율 클라비어 곡집

平均律クラヴィーア曲集

Das wohltemperierte Klavier | The Well-Tempered Clavier

바흐ⓟ439가 작곡한 피아니스트의 성곡聖曲으로 '피아노의
구약성서'라 불린다. 『1Q84』ⓟ633에서 덴고ⓟ164와 후카에
리ⓟ627가 처음 대화를 나눌 때 언급된다. 덴고는 "수학자
에게는 그야말로 천상의 음악"이라 말하고, 그 후에도 후카
에리가 좋아하는 음악으로 나온다. 『1Q84』의 BOOK 1과
BOOK 2의 구성인 '각 24장, 총 48장'은 《평균율 클라비어
곡집》의 형식에 맞췄고, 장조와 단조처럼 아오마메ⓟ370와
덴고의 이야기
를 교대로 썼다
고 하루키는 말
했다.

포르쉐

ポルシェ | Porsche

고급 스포츠카로 알려진 독일의 자동차 메이커.『태엽 감는
새 연대기』ⓟ551의 아카사카 시나몬ⓟ374이 탔던 차는 중고
포르쉐 '911 카레라'.『색채가 없는 다자키 쓰쿠루와 그가
순례를 떠난 해』ⓟ311의 등장인물 아카ⓟ372가 타는 포르쉐
는 '카레라4'다.

포트레이트 인 재즈 1, 2

ポートレイト・イン・ジャズ 1, 2 | Portrait in Jazz 1, 2 (수)

일러스트레이터 와다 마코토®425가 그린 재즈 뮤지션의 초상화에 하루키가 수필을 덧붙인 재즈 도감. 이 책의 제목은 1959년에 발매된 빌 에번스Bill Evans의 트리오 앨범 제목에서 따왔다.

신초사, 1권 1997년, 2권 2001년

폭스바겐

フォルクスワーゲン | Volkswagen

독일의 자동차 메이커. 『1973년의 핀볼』®632에서는 배전
반 장례식®267을 하러 가는 주인공들이 하늘색 폭스바겐을
탄다. 단편소설 「렉싱턴의 유령」®203에서는 주인공이 초록
색 폭스바겐을 탄다. 『색채가 없는 다자키 쓰쿠루와 그가 순
례를 떠난 해』®311에서는 핀란드를 방문한 쓰쿠루®154가
'짙은 남색의 폭스바겐 골프'를 빌린다.

폴 서루

Paul Theroux (인)

세계를 여행하는 미국 작가로, 영화로도 만들어진『모스키토 코스트The Mosquito Coast』가 유명하다. 단편집『세상의 끝』 ⓟ320을 하루키가 번역했다. 그의 아들인 작가 마르셀 서루 ⓟ219의『먼 북쪽』ⓟ233도 하루키가 맡아서 부자 이 대의 번역을 담당하게 됐다. 아시아 여행기『유령 열차는 동쪽 별로 Ghost Train to the Eastern Star』에는 하루키가 폴 서루에게 도쿄를 안내해주며 메이드 찻집에 데려간 이야기가 나온다.

표도르 도스토옙스키

Фёдор Достоевский | Fyodor Dostoevskii (인)

『죄와 벌』, 『백치Идиот』, 『악령Бесы』, 『카라마조프가의 형제들』Ⓟ523 등으로 널리 알려진 러시아 소설가. 하루키는 "위대한 작가예요. 도스토옙스키 앞에 서면 내가 작가라는 것이 공허하게 느껴집니다"라고 『스메르자코프 대 오다 노부나가 가신단』Ⓟ332에서 고백했다. "세상에는 두 종류의 인간이 있다. 『카라마조프가의 형제들』을 독파한 사람과 독파한 적이 없는 사람이다"라는 말도 했다.

표지

裝丁 | binding

하루키는 책 표지에 유독 신경을 쓴다. 신초샤 표지 디자인실에서 하루키 작품을 오랜 시간 담당해온 다카하시 지히로高橋千裕는 『태엽 감는 새 연대기』ⓟ551 표지를 디자인할 때 하루키에게 좀처럼 오케이를 받지 못해서 신비로운 새 이미지를 찾아 발리까지 갔다. 빨강과 초록의 크리스마스 색깔로 생生과 사死를 선명하게 대비시킨 디자인으로 화제가 된 『노르웨이의 숲』ⓟ126은 하루키가 표지 작업에 직접 참여했다.

푸조 205

プジョー 205 | Peugeot 205

『기사단장 죽이기』ⓟ102에서 주인공이 타고 다니는 빨간색 프랑스 자동차. 이 오래된 수동 변속장치 자동차로 도호쿠와 홋카이도를 방랑했다.

표지를 둘러싼 모험,
세계의 무라카미 하루키와 번역 원더랜드

현재 하루키 작품은 세계 50개국 이상의 국가와 지역 언어로 번역, 출판됐다. 그 매력 중 하나가 책의 '외형'이다. 각국의 문화에 맞춘 이미지로 판매되기 때문에 하루키가 일본 작가라는 것을 많은 독자는 별로 염두에 두지 않는다. 유럽에서는 사진을 사용한 표지, 미국에서는 감각적인 디자인, 아시아에서는 독자적인 일러스트레이션을 활용한 표지가 많은 듯하다. 『노르웨이의 숲』에는 원작과 전혀 다른 제목이 붙기도 했는데, 프랑스어판은 '불가능의 발라드La ballade de l'impossible', 독일어판은 '나오코의 미소Naokos Lächeln', 스페인어판과 이탈리아어판은 '도쿄 블루스Tokio Blues'라는 제목으로 출간됐다. 한국어판도 첫 번역본에는 '상실의 시대'라는 제목이 지어졌다. 표지 디자인뿐만 아니라 제목까지 각각의 문화권에 자연스럽게 녹아들 수 있도록 설계되고 판매되는 상황이 흥미롭다.

dictionary of Haru

노르웨이의 숲

영어(USA)판

프랑스어판

독일어판

이탈리아어판

스페인어판

카탈루냐어판

아라비아어판

덴마크어판

세르비아어판

중국어판

한국어판

인도네시아어판

Murakami Words

양을 쫓는 모험

프랑스어판

이탈리아어판

크로아티아어판

1Q84

영어(USA)판

프랑스어판

이탈리아어판

핀란드어판

조지아어판

불가리아어판

몽골어판

타이어판

해변의 카프카

영어(USA)판

영어(UK)판

프랑스어판

네덜란드어판

독일어판

터키어판

아라비아어판

중국어판

타이어판

댄스 댄스 댄스

프랑스어판

독일어판

스페인어판

덴마크어판

중국어판

Murakami Words

태엽 감는 새 연대기

영어(USA)판

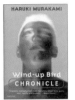

영어(UK)판

프랑스어판

독일어판

스페인어판

포르투갈어판

불가리아어판

덴마크어판

터키어판

세계의 끝과 하드보일드 원더랜드

영어(USA)판

영어(UK)판

프랑스어판

이탈리아어판

스페인어판

터키어판

러시아어판

중국어판

스푸트니크의 연인

영어(USA)판

프랑스어판

불가리아어판

타이어판

Murakami Words

색채가 없는 다자키 쓰쿠루와 그가 순례를 떠난 해

영어(USA)판

프랑스어판

독일어판

스페인어판

카탈루냐어판

핀란드어판

세르비아어판

베트남어판

기사단장 죽이기

영어(UK)판

중국어판

중국어(타이완)판

dictionary of Haru

여자 없는 남자들

영어(USA)판

독일어판

이탈리아어판

중국어판

베트남어판

코끼리의 소멸

영어(USA)판

독일어판

스페인어판

히브리어판

바람의 노래를 들어라 · 1973년의 핀볼(합본)

영어(USA)판

러시아어 구판

러시아어 신판

i Murakami Words

풀사이드

プールサイド (단)

수영 선수 출신인 '그'는 서른다섯이 되는 날 아침, 거울 앞에서 자기 몸을 찬찬히 살펴보고는 '나는 늙었다' 하고 이미 인생의 반환점을 돌아버린 것을 확인한다. '내'가 풀사이드에서 수영 동료인 '그'에게 들은 '소소한 상실감'에 관한 이야기. 『회전목마의 데드히트』ⓒ625 수록.

풋내기들

ビギナーズ | Beginners (번)

레이먼드 카버ⓟ199의『사랑을 말할 때 우리가 이야기하는 것』ⓟ303을 오리지널에 가까운 형태로 복원하여 재편집한 단편집이다. 이 작품집은 출간 당시에 담당 편집자가 대폭 '편집'했다고 한다. 하루키는 일본어판의 제목을 일역하지 않고, '비기너스'로 영어 발음 그대로 썼다.

주오코론신샤, 2010년

ビギナーズ

レイモンド・カーヴァー

村上春樹 訳

프란츠 리스트

Franz Liszt (인)

19세기를 대표하는 헝가리의 피아니스트이자 작곡가. 출중한 피아노 기교와 외모로 유명하다. 『색채가 없는 다자키 쓰쿠루와 그가 순례를 떠난 해』ⓟ311는 리스트의 피아노곡집 《순례의 해Années de Pèlerinage》가 제목이 되었다. 《순례의 해》 제1권 〈첫 번째 해, 스위스Première année, Swiss〉에 있는 〈르 말 뒤 페이〉ⓟ212는 주인공의 친구 '시로ⓟ345'가 자주 연주한 추억의 곡으로, 이 소설의 주제가처럼 여러 번 등장한다.

프란츠 슈베르트

Franz Schubert (인)

『의미가 없다면 스윙은 없다』ⓟ460에 따르면, 하루키가 슈베르트의 많은 피아노소나타 중에서도 가장 좋아하는 작품은 '피아노소나타 제17번 D장조 D850'이다. 길고 꽤 지루하다면서도 "심오한 정신의 용솟음이 있다"라고 말했다.『해변의 카프카』ⓟ615에는 오시마 씨ⓟ420가 "슈베르트의 피아노소나타를 완벽하게 연주하는 것은 세상에서 가장 어려운 일 중 하나야. (…) 특히 이 D장조 소나타가 그래. 엄청나게 다루기 힘든 곡이거든"이라고 말하는 장면이 있다.

프란츠 카프카

Franz Kafka (인)

남자가 어느 날 침대에서 눈을 뜨자 거대한 벌레가 되어 있었다는 『변신Die Verwandlung』으로 널리 알려진 체코 소설가. 하루키는 카프카를 향한 오마주로 『해변의 카프카』[P]615를 썼다. 『기사단장 죽이기』[P]102에서는 기사단장이 "프란츠 카프카는 비탈길을 사랑했지. 온갖 종류의 비탈길에 마음을 빼겼어"라고 얘기한다.

프란츠 카프카 문학상

Franz Kafka Prize

체코 출신의 소설가 카프카®592를 기리기 위해 만든 문학상. 제1회 수상자는 미국 소설가 필립 로스Philip Roth다. 2006년에 하루키가 일본 작가로서는 처음으로 수상했다. 수상 연설에서 "카프카의 작품을 만난 것은 열다섯 살 때였고, 그것은 『성Das Schloss』이었다. 카프카는 아주 좋아하는 작가 중 한 사람"이라고 말했다.

프래니와 주이

フラニーとズーイ | Franny and Zooey (번)

『호밀밭의 파수꾼』ⓟ619과 어깨를 나란히 하는 J. D. 샐린저
ⓟ642의 또 다른 대표작. '프래니'와 '주이' 두 연작을 하나로
엮었다. 글래스 가족의 여대생 프래니Franny Glass와 배우인 오
빠 주이Zooey Glass를 둘러싼 이야기다. 유명한 노자키 다카
시野崎孝의 번역본에서는 '조이ゾーイ'였는데 하루키는 '주
이ズーイ'로 번역했다.

프랜시스 스콧 피츠제럴드

Francis Scott Fitzgerald (인)

하루키가 가장 강력한 영향을 받은 미국 작가. 소설가로서의 자기 위치를 점검하는 데 '하나의 규범'이 되는 특별한 존재라고 『더 스콧 피츠제럴드 북』ⓟ159에서 말했다. "지금까지 인생에서 만난 가장 중요한 책 3권"은 단연 『위대한 개츠비』ⓟ453가 첫 번째이고, 그다음은 도스토옙스키의 『카라마조프가의 형제들』ⓟ523과 역시 『마이 로스트 시티』ⓟ223라고 한다. 『마이 로스트 시티』, 『더 스콧 피츠제럴드 북』, 『다시 찾은 바빌론』ⓟ153, 『겨울 꿈』ⓟ068을 하루키 번역으로 읽을 수 있다.

프린스턴 대학교
Princeton University

스콧 피츠제럴드⑨595의 모교로도 유명한 뉴저지 주의 대학. 1991년에 하루키는 이 대학의 객원 연구원이 되어 이 년간 미국에 체류하며 집필했다. 당시에 있었던 일들을 수필집 『이윽고 슬픈 외국어』⑨468에 자세하게 썼다.

피아트 600

フィアット 600 | FIAT 600

『바람의 노래를 들어라』ⓟ257에 나오는 이탈리아 차. '나'의
친구인 쥐ⓟ506가 검은색 피아트 600을 소유하고 있었는데,
새벽 4시가 넘어서 원숭이 우리가 있는 공원ⓟ449으로 돌격
해서 폐차 신세가 된다. 영화로 만들 때는 피아트 500을
썼다.

피터 캣

ピーターキャット | Peter-Cat

1974년 봄, 하루키가 무라카미 요코와 함께 고쿠분지ⓟ077
남쪽 출입구에 있는 빌딩 지하 1층에 개업한 재즈 카페. 스
탠 게츠ⓟ337나 빌 에번스 같은 백인의 재즈가 흘러나오고,
주말에는 라이브 연주도 했다. 1977년에 센다가야ⓟ323로
이전하고, 작가로 데뷔했다. 와다 마코토ⓟ425, 안자이 미즈
마루ⓟ381, 무라카미 류ⓟ238 등도 카페에 드나들었다.

핀란드

フィンランド | Finland (지)

『색채가 없는 다자키 쓰쿠루와 그가 순례를 떠난 해』ⓟ311에 핀란드의 도시 '헤멘린나Hämeenlinna'가 나온다. 쓰쿠루ⓟ154의 고등학교 시절 친구로 도예가가 된 구로ⓟ083가 여름을 보내는 서머 하우스summer house가 그곳에 있다. 작곡가 잔 시벨리우스Jean Sibelius의 탄생지로도 알려졌다. 하루키는 소설을 쓴 후, 실제로 여행기 『라오스에 대체 뭐가 있는데요?』ⓟ192에서 시벨리우스와 카우리스메키ⓟ376를 찾아간다.

필립 가브리엘

Philip Gabriel (인)

일본 문학 연구가로 하루키 작품을 영역한 번역가 중 한 사람. 『국경의 남쪽, 태양의 서쪽』ⓟ087, 『스푸트니크의 연인』 ⓟ341, 『해변의 카프카』ⓟ615, 『1Q84』 BOOK 3 ⓟ633, 『색채 가 없는 다자키 쓰쿠루와 그가 순례를 떠난 해』ⓟ311 등을 번 역했다.

필립 말로가 알려주는 삶의 방법

フィリップ・マーロウの教える生き方 | Philip Marlowe's Guide to Life (번)

레이먼드 챈들러 ⓟ198가 창조한 사립 탐정 필립 말로의 명언
집. 사랑, 여자, 죽음, 술, 담배 등에 관한 문장들을 하루키가
멋진 냉소적 어조로 줄줄이 번역했다. 챈들러의 말에서는
하루키 문학의 뿌리를 느낄 수 있다.

하야카와쇼보 2018년

하날레이 해변

ハナレイ・ベイ | Hanalei Bay (단)

피아니스트인 사치サチ에게는 열아홉 살인 외동아들이 있었지만, 하와이 카우아이 섬의 하날레이 해변에서 서핑을 하다가 상어의 습격을 받아 죽는다. 그 후로 사치는 자기 가게에서 거의 쉬지 않고 피아노를 치다가, 아들의 기일이 가까워지면 삼 주간 휴가를 내서 하날레이 해변으로 간다. 그러고는 매일같이 해변에 앉아서 바다와 서퍼들의 모습을 하염없이 바라본다. 2018년, 요시다 요 주연의 영화로 만들어졌다. 『도쿄 기담집』ⓟ175 수록.

하루키스트

ハルキスト | Harukist

무라카미 하루키 팬의 통칭. 프랑스에서는 '무라카미언 Murakamian'이라고도 불린다. 마라톤과 수영, 다림질, 영화와 음악을 즐기고 요리와 술, 고양이와 동물을 좋아하는 등 하루키의 라이프스타일에도 영향을 받는 사람이 많다.

하루키의 여행법 사진편

辺境・近境 写真篇 | Frontier, Neighborhood (기)

『나는 여행기를 이렇게 쓴다』®114에서 여행했던 풍경을, 하루키와 동행한 사진작가 마쓰무라 에이조松村映三의 사진으로 만끽할 수 있는 사진 수필집. 하루키의 고향인 니시노미야에서 고베®073까지 걸었던 「걸어서 고베까지神戸まで歩く」만 하루키가 혼자 걷기를 원했기 때문에 마쓰무라가 나중에 똑같은 여정을 따르며 따로 촬영했다고 한다. 원제는 '변경·근경 사진편'이다.

신초샤, 1998년

하루키, 하야오를 만나러 가다

村上春樹, 河合隼雄に会いにいく(대)

가와이 하야오 ⓟ056와 하루키의 대담집으로, 교토에서 이틀 밤에 걸쳐 대화를 나누었다. 「첫째 날 밤, '이야기'로 인간은 무엇을 치유하는가第一夜 『物語』で人間はなにを癒すのか」와 「둘째 날 밤, 무의식을 캐내는 '몸'과 '마음'第二夜 無意識を掘る"からだ"と"こころ"」으로 구성되어 있다. 소설 창작은 '자기 치유적인 행위'라는 이야기, 디태치먼트에서 커미트먼트 ⓟ529로 변화하게 된 이야기, 결혼은 '우물 파기'라는 이야기, 그 밖에도 상자 정원 요법(환자에게 상자에 정원을 만들도록 하는 요법)부터 『겐지 이야기』까지 흥미로운 내용이 가득하다.

이와나미 쇼텐, 1996년

607

하와이

ハワイ | Hawaii (지)

『댄스 댄스 댄스』ⓟ158의 주인공인 '나'는 유키ⓟ458와 함께
그녀의 어머니 아메를 방문하러 하와이에 간다. 하필 하와
이였던 이유는 하루키가 집필 기간 중에 살았던 로마의 집
이 지독하게 추워서 하와이에 가고 싶어 견딜 수 없었다고
『먼 북소리』ⓟ232에서 회상했다. 참고로 『스푸트니크의 연
인』ⓟ341이나 『해변의 카프카』ⓟ615의 전반부는 하와이의 카
우아이 섬에서 집필했다. 하루키는 호놀룰루 마라톤에 출전
한 적이 있고, 하와이 대학에서 강연도 했다.

하이네켄 맥주 빈 깡통을 밟는
코끼리에 관한 단문

ハイネケン・ビールの空き缶を踏む象についての短文 (단)

폐원한 동물원의 코끼리ⓟ533를 마을에 받아들여서 빈 깡통을 밟는 역할을 맡긴다는 기이한 엽편소설. 단편 「코끼리의 소멸」ⓟ536과도 연결되는 실험적 작품이다. 『무라카미 하루키 전집 1979~1989 ⑧』 수록.

하이 윈도

高い窓 | The High Window (번)

사립 탐정 필립 말로를 주인공으로 한 레이먼드 챈들러ⓟ198
의 장편 시리즈 중 세 번째 작품. 부유한 노부인 엘리자베스
머독Elizabeth Murdock의 의뢰로 가보家寶인 옛 금화를 훔쳐 간
며느리의 행방을 찾는다. 하루키는 '높은 창'이라는 제목으
로 일역했다.

하프 타임

ハーフタイム | HALF TIME

영화로 만들어진 『바람의 노래를 들어라』ⓟ257에서 '제이스 바ⓟ491'로 등장하는 고베ⓟ073 산노미야 역 근처에 있는 바. 옛날 포스터가 걸려 있고 핀볼 머신도 놓여 있어서 소설 속 세계 자체다. 하루키 팬이라면 한번쯤 들르고 싶은 가게.

할아버지의 추억

おじいさんの思い出 | I remember Grandpa (번)

스물두 살의 젊은 트루먼 커포티ⓟ560가 어린 시절의 추억을 쓴 자전적 작품. 가장 초기의 단편소설인데, 원고는 커포티의 숙모에게 헌정된 채 사십 년간 묻혀 있었다. 야마모토 요코의 동판화 삽화가 풍부하게 들어가서 아름답다.

분게이(슌주), 1988년

할키 섬 ('하루키 섬')

ハルキ島 | Halki (지)

그리스ⓟ097의 로도스섬 근처에 있는 작은 섬. "만약 당신과 이름이 같은 작은 섬이 에게해에 있다면 한번쯤 그곳에 가 보고 싶은 생각이 들겠죠?"라는 말 그대로, 여행기 『먼 북소리』ⓟ232에는 하루키가 '하루키 섬('할키'의 일본어 발음이 '하루키'임)'을 찾아갔던 추억이 쓰여 있다. 『스푸트니크의 연인』ⓟ341의 무대인 '로도스섬 근처' 섬의 모델이었을 것으로 추정된다.

해 뜨는 나라의 공장

日出る国の工場 (수)

'무라카미 아사히도' 시리즈 『밸런타인데이의 무말랭이』
ⓟ268의 콤비인 안자이 미즈마루ⓟ381와 함께 작업한 공장
견학 수필집. 공장을 좋아한다고 자인하는 하루키가 호기심
을 억누를 수 없었다는 메타포적 인체 표본 공장, 공장으로
서의 결혼식장, 지우개 공장, 낙농 공장, 콤데가르송 공장 등
을 방문했다. 아데랑스(가발 및 헤어 용품 제조업체) 공장의 취
재는 훗날 『태엽 감는 새 연대기』ⓟ551에도 영향을 주었다.

해이본샤, 1987년

614

해변의 카프카

海辺のカフカ | Kafka on the Shore (장)

'세상에서 가장 터프한 열다섯 살 소년'이 되기로 결심한 '나' 다무라 카프카 ⓟ152와, 고양이와 대화할 수 있는 나카타 씨 ⓟ118는 뭔가에 이끌리듯 시코쿠로 향한다. 프란츠 카프카 ⓟ592의 사상적 영향 아래에 그리스 비극 오이디푸스 왕의 이야기와 『겐지 이야기源氏物語』(무라사키 시키부紫式部)나 『우게쓰 이야기』ⓟ440 같은 일본 고전을 교묘하게 혼합한 장편소설. 니나가와 유키오 ⓟ145가 연극으로 공연하기도 했다. 2005년 《뉴욕 타임스》 '올해의 책 10권'으로 채택되고, 2006년 '세계환상문학대상World Fantasy Award'을 수상하여 하루키 문학의 국제적 평가가 높아졌다.

신조사, 2002년

헌팅 나이프

ハンティング・ナイフ | Hunting Knife (단)

'나'와 아내가 체류하는 비치 리조트의 코티지 옆에는 오십
대 어머니와 휠체어를 탄 아들이 묵고 있다. 귀국하기 전날
밤, 잠이 오지 않았던 '나'는 산책을 하다가 휠체어에 탄 아
들과 우연히 마주친다. 그는 '나'에게 보여주고 싶은 것이
있다면서 접이식 소형 헌팅 나이프를 꺼낸다. 『회전목마의
데드히트』ⓒ625 수록.

헛간을 태우다

納屋を燒く | Barn Burning (단)

'나'는 지인의 결혼식 파티에서 알게 된 그녀의 '새 연인'에게 '헛간 태우기'가 취미라는 말을 듣는다. '나'는 실제로 불 탄 헛간을 찾아보지만 찾아내지 못하는데⋯⋯. 현실과 환상이 교차하는, 기묘한 뒷맛을 남기는 초기 대표작이다. 『반딧불이』ⓟ263 수록.

헤이케 이야기

平家物語 | The Tale of the Heike

『워크, 돈 런』⑨448에서 하루키는 "우리 집은 아버지와 어머니가 모두 국어 교사라 (…) 『쓰레즈레구사徒然草』(상하 2권으로 이루어진 가마쿠라 말기의 수필)나 『마쿠라노소시枕草子』(대표적인 고전문학으로 일본 수필 문학의 효시) 같은 걸 전부 머릿속에 암기하고 있었어요. 『헤이케 이야기』(헤이케 일족의 번영과 몰락을 그린 13세기의 일본 산문체 서사시)도 그렇고"라며 어린 시절에 식탁에서 나눈 대화를 추억했다. 『1Q84』⑨633에서는 후카에리⑨627가『헤이케 이야기』의「단노우라 전투壇ノ浦の合戰」를 암송한다.

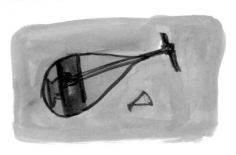

호밀밭의 파수꾼

キャッチャー・イン・ザ・ライ | The Catcher in the Rye (번)

J. D. 샐린저ⓟ642가 쓴 청춘 소설의 고전. 일본에서는 노자키 다카시野崎孝의 일역본『호밀밭에서 붙잡아ライ麦畑でつかまえて』가 유명하지만, 2003년에 하루키의 새로운 번역본이 '캐처 인 더 라이'로 출간됐다. 크리스마스 직전에 펜실베이니아의 고등학교에서 퇴학당한 열여섯 소년 홀든 콜필드Holden Caulfield가 집으로 돌아가지 않고 뉴욕 거리에서 사흘간 방황한 일들을 1인칭으로 풀어나간다.『노르웨이의 숲』ⓟ126에서 레이코 씨ⓟ200는 '나'를 처음 만났을 때 이런 말을 한다.

"당신은 왠지 이상한 말투를 쓰네. 설마 '호밀밭'의 그 남자아이를 흉내 내는 건 아닐 테지."

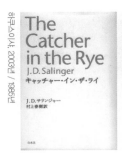

하쿠스이샤, 2003년 / 1986년

호시노 군

星野くん | Mr. Hoshino (등)

『해변의 카프카』ⓟ615에 등장하는 청년으로, 장거리 트럭 운전기사로 일한다. 통칭 '호시노 짱ホシノちゃん'. 히치하이크를 하던 나카타 씨ⓟ118를 태우고, 시코쿠로 가는 여행에 동행한다. 고등학교를 졸업한 후 삼 년간 자위대에 입대했다. 주니치 드래건스中日ドラゴンズ 팬.

혹은

あるいは | or

하루키 작품에 자주 나오는 접속사. 예를 들면 단편소설 「비행기—혹은 그는 어떻게 시를 읽듯 혼잣말을 했는가」Ⓟ292나 『무라카미 하루키 잡문집』Ⓟ243에 수록된 수필 「자기란 무엇인가, 혹은 맛있는 굴튀김 먹는 법自己とは何か (あるいはおいしい牡蠣フライの食べ方)」 등 작품의 제목에도 자주 나온다.

혼다

ホンダ | Honda

일본의 자동차 메이커. 『1Q84』ⓟ633에는 덴고ⓟ164에게 칭
찬을 들은 간호사 아다치 구미安達クミ가 "그렇게 말해주니까
어쩐지 혼다 시빅이라도 된 것 같은 느낌이야"라고 말한다.
그 밖에 단편소설에도 자주 등장한다.

혼다 씨

本田さん | Mr. Honda (등)

『태엽 감는 새 연대기』®551에 등장하는 점술가. 고초伍長(구일본 육군 계급 중 하나, 우리나라 하사에 해당함)로 종군했던 노몬한에서 부상을 입은 후로 귀가 잘 안 들린다. 와타야 가족이 신뢰하고 있으며, 혼다 씨의 조언에 따라 주인공인 '나' 오카다 도오루와 구미코®085가 결혼했다.

화성의 우물

火星の井戸 | Mars well

『바람의 노래를 들어라』⒫257의 주인공 '내'가 가장 큰 영향을 받은 가공의 작가 데렉 하트필드⒫162의 작품 중 하나다. 화성 지표에 무수하게 파인 '바닥없는 우물'에 숨은 청년의 이야기.

회전목마의 데드히트

回転木馬のデッド・ヒート | Dead Heat on a Merry-Go-Round (집)

모두 '듣고 쓰기'풍 단편집. 제목은 1966년 미국 영화 〈LA 현금 탈취 작전〉의 원제 'Dead Heat on a Merry-Go-Round'를 직역했다. '운동이나 경마에서 둘 이상이 같은 시각에 결승점에 닿아 우열을 가릴 수 없는 것'을 의미한다. 『세계의 끝과 하드보일드 원더랜드』ⓟ319에는 "그것은 마치 회전목마를 타고 데드 히트를 하는 것과 같다. 누구도 앞지를 수 없고 누구에게도 뒤처지지 않으며 똑같은 곳밖에 도달하지 못한다"는 구절이 나온다. 「글머리에—회전목마의 데드히트」, 「레더호젠」ⓟ196, 「택시를 탄 남자」ⓟ553, 「풀사이드」 ⓟ588, 「지금은 죽은 왕녀를 위한」 ⓟ507, 「구토 1979」ⓟ086, 「비를 피하다」ⓟ284, 「야구장」ⓟ389, 「헌팅 나이프」ⓟ616가 수록되어 있다.

고단샤, 1985년

回転木馬のデッド・ヒート
村上春樹

후와후와

ふわふわ | Fuwafuwa (그)

"나는 온 세상의 고양이를 거의 다 좋아하지만, 이 지상에 살아 있는 모든 종류의 고양이 중에서도 늙고 커다란 암고양이를 가장 좋아한다." 하루키가 어린 시절에 실제로 키운 고양이 이야기를 바탕으로 안자이 미즈마루[P]381와 함께 제작한 그림책.

고단샤, 1998년

후카에리

ふかえり | Huka-Eri (등)

『1Q84』ⓟ633에 등장하는 열일곱 살 미소녀. 본명은 '후카다 에리코深田絵里子'. 컬트 교단 '선구ⓟ317'의 리더 후카다 다모쓰의 딸이며, 소설『공기 번데기』ⓟ080의 작가이기도 하다. 난독증으로 읽고 쓰기가 곤란하지만, 긴 이야기를 통째로 암기하는 능력을 지녔다.

후타마타오

二俣尾 | Futamatao (지)

『1Q84』Ⓟ633에 나오는 JR오메센의 역. 덴고Ⓟ164가 후카에리Ⓟ627와 함께 후타마타오에 사는, 문화인류학자로 명성을 날렸던 에비스노 다카유키戎野隆之의 저택으로 향하는 장면이 나온다. 후카에리의 소설 『공기 번데기』Ⓟ080가 탄생한 장소이기도 하다.

기타

100퍼센트

100パーセント | 100%

「4월의 어느 맑은 아침에 100퍼센트의 여자를 만나는 것에 대하여」⑨635가 영화로 만들어졌을 때 제목은 '100퍼센트의 여자'였다. 당시 타이완에서는 '100퍼센트의 ○○'이라는 카피가 유행했다고 한다. 『노르웨이의 숲』⑨126의 띠지 문구 '100퍼센트의 연애소설'은 하루키가 직접 썼다.

1963/1982년의 이파네마 아가씨

1963/1982年のイバネマ娘 | The Girl from Ipanema, 1963/1982 (단)

보사노바Bossa Nova 명곡 〈The girl from Ipanema〉에서 영 감을 얻은 말들로 엮은 작품. 하루키는 「1963/1982년의 이파네마 아가씨」는 리처드 브라우티건ⓟ214과 비교하자면, 『미국의 송어 낚시』와 같은 위치에 있다. 내 작품을 예로 들 면 「가난한 아주머니 이야기」ⓟ052와 비슷하다고 생각한다" 라고 말했다. 『4월의 어느 맑은 아침에 100퍼센트의 여자를 만나는 것에 대하여』ⓟ636 수록.

1973년의 핀볼

1973年のピンボール | Pinball, 1973 (장)

환상의 핀볼 머신 '스페이스십'을 찾는 이야기. 어느 일요일, 혼자 사는 '내'가 잠에서 깼는데 양옆에 쌍둥이 자매ⓟ355가 누워 있었다는 전개로 유명하다. 『바람의 노래를 들어라』ⓟ257에 이어지는 '나와 쥐' 4부작 중 두 번째 작품으로, 도쿄에서 쌍둥이 자매와 사는 '나', 그리고 고향 고베에 남은 쥐ⓟ506의 일상이 교대로 엮여간다. 쌍둥이 '208'과 '209', 배전반 장례식ⓟ267 등 신비로운 기호들을 군데군데 심어놓아 하루키 월드의 매력이 작렬한다.

신초사, 1980년

1Q84
1Q84 (장)

조지 오웰의 근미래 소설 『1984』를 바탕으로 '근과거'를 묘사한 장편소설. 주인공 덴고⒫164와 아오마메⒫370는 그때까지의 1984년 세계와는 미묘하게 다른 1Q84년 세계로 들어가 다양한 사건을 조우하고, 마침내 이십 년 만의 재회를 이룬다. 산겐자야 근처에 있는 수도고속도로의 비상계단이 다른 세계 1Q84로 통하는 입구가 되었다. 하루키는 「4월의 어느 맑은 아침에 100퍼센트의 여자를 만나는 것에 대하여」⒫635를 바탕으로 쓴 작품이라고 말했다.

신초샤, BOOK 1, BOOK 2 2009년, BOOK 3 2010년

25미터짜리 수영장을
가득 채울 만한 분량의 맥주

25メートル・プール一杯分ばかりのビール

『바람의 노래를 들어라』ⓟ257에 나오는 유명한 비유다. 여름 동안 '나'와 쥐ⓟ506는 마치 무엇에 홀린 듯이 '25미터짜리 수영장을 가득 채울 만한 분량의 맥주'를 마셨다. 그리고 제이스 바ⓟ491의 바닥 가득히 5센티미터는 쌓일 만큼 땅콩 껍데기를 흩뿌려댔다.

4월의 어느 맑은 아침에
100퍼센트의 여자를 만나는 것에 대하여

4月のある晴れた朝に100パーセントの女の子に出会うことについて
On Seeing the 100% Perfect Girl One Beautiful April Morning 〈단〉

제목 그대로 '4월'의 어느 맑은 아침, 하라주쿠 뒷길에서
'내'가 100퍼센트의 여자와 스쳐 지나는, 사소하고 잔잔한
일상의 한 장면을 그린 이야기. 『1Q84』⑩633 는 이 단편에서
파생된 소설이라고 하루키가 《뉴욕 타임스》 인터뷰에서 말
했다. 1983년에는 무로이 시게루가 출연한 영화 〈100퍼센
트의 여자100%の女の子〉로 만들어졌다.

4월의 어느 맑은 아침에
100퍼센트의 여자를 만나는 것에 대하여

カンガルー日和 | A Perfect Day for Kangaroos (집)

초기 명작 단편집으로 유명하다. 표지와 삽화는 사사키 마키 ⓟ305가 그렸다. 「캥거루 구경하기 좋은 날」ⓟ526, 「4월의 어느 맑은 아침에 100퍼센트의 여자를 만나는 것에 대하여」ⓟ635, 「졸음」ⓟ498, 「택시를 탄 흡혈귀」ⓟ554, 「그녀의 마을과 그녀의 양」ⓟ092, 「강치 축제」ⓟ061, 「거울」ⓟ066, 「1963/1982년의 이파네마 아가씨」ⓟ631, 「버트 배커랙을 좋아하세요?」ⓟ271, 「5월의 해안선」ⓟ637, 「몰락한 왕국」ⓟ237, 「서른두 살의 데이 트리퍼」ⓟ315, 「고깔구이의 성쇠」ⓟ070, 「치즈 케이크 모양을 한 나의 가난」ⓟ517, 「스파게티의 해에」ⓟ340, 「논병아리」ⓟ129, 「사우스베이 스트릿—두비 브라더스의 '사우스베이 스트릿'을 위한 BGM」ⓟ308, 「도서관 기담」ⓟ167이 수록되어 있다. 하루키는 「캥거루 구경하기 좋은 날」을 표제작으로 삼았다.

헤이본샤 1983년

636

5월의 해안선

5月の海岸線 (단)

'나'는 십이 년 만에 내가 나고 자란 고장으로 돌아간다. 바다 냄새를 찾아 어린 시절에 자주 놀았던 해안에 들렀는데 바다가 사라지고 없었다. 콘크리트로 매립한 사이에 덩그러니 남겨진, 폭이 50센티미터쯤 되는 좁은 해안선을 '나'는 바라본다. 마음속 깊이 자리한 옛 풍경을 찾아가는 자전적 이야기로 『양을 쫓는 모험』_{ⓟ400}에 흡수됐다. 『4월의 어느 맑은 아침에 100퍼센트의 여자를 만나는 것에 대하여』_{ⓟ636} 수록.

and Other Stories
―소중히 간직해온 미국 소설 12편

and Other Stories―とっておきのアメリカ小説12篇 (번)

무라카미 하루키, 시바타 모토유키ⓟ347, 하타나카 요시키畑中佳樹, 사이토 에이지斎藤英治, 가와모토 사부로川本三郎가 각각 미국 단편소설을 번역한 앤솔로지. 하루키는 「모카신 전보モカシン電報 | The Moccasin Telegraph(입소문)」(W. P. 킨셀라), 「서른네 번째 겨울三十四回の冬 | Thirty-Four Seasons of Winter」(윌리엄 키트리지), 「너의 소설君の小説 | What's Your Story」(로널드 수케닉), 「새뮤얼サミュエル | Samuel」・「산다는 것生きること | Living」(그레이스 페일리)을 번역했다.

문게이순주, 1988년

638

BMW 차창 모양을 한
순수한 의미에서의 소모에 관한 고찰

BMWの窓ガラスの形をした純粋な意味での消耗についての考察 (단)

『무라카미 하루키 전집』에 수록되지 않아 접하기 힘든 단편 소설. 월간지 《IN★POCKET》 1984년 8월 호에 게재됐다. 유복한데도 돈을 갈취하는 친구에게 '나'는 3만 엔을 빌려 주고 만다. 팔 년 후에 연락해서 돈을 갚으라고 독촉해도 금색 롤렉스 시계를 차고 BMW를 타는 친구는 도무지 갚으려 하지 않는다는 이야기. 『국경의 남쪽, 태양의 서쪽』ⓟ087의 주인공인 하지메가 타고 다니는 독일 차도 BMW다.

DUG

DUG

『노르웨이의 숲』ⓟ126에 등장하는 신주쿠의 재즈 바. 여기에서 와타나베ⓟ429와 미도리ⓟ251가 대낮부터 보드카 토닉ⓟ278을 마시는 장면이 유명하다. 이 바의 로고는 일러스트레이터인 와다 마코토ⓟ425가 디자인했다. 현재는 신주쿠야스쿠니 거리로 이전했는데 여전히 당시 분위기를 음미할수 있다.

ICU

国際基督教大学 | International Christian University

도쿄 미타카에 있는 국제기독교대학. 하루키는 스무 살 무렵, 이 근처 아파트에서 이 년간 살았다. 그 명칭은 언급되지 않지만, 『1973년의 핀볼』®632에서 주인공과 쌍둥이®355가 자주 산책했던 곳은 ICU의 골프장(현재는 노가와野川 공원)이다. 『양을 쫓는 모험』®400에서도 주인공이 여자 친구와 아파트에서부터 ICU 교정까지 걸어가 식당에서 점심을 먹거나, 라운지에서 커피를 마시거나, 잔디밭에 드러눕는다.

J. D. 샐린저

Jerome David Salinger (인)

『호밀밭의 파수꾼』ⓟ619으로 널리 알려진 미국의 대표적 소설가. 하루키가 이 작품을 '캐처 인 더 라이'라는 제목으로 새롭게 번역하여 베스트셀러가 되었다. 『노르웨이의 숲』ⓟ126에서는 레이코 씨ⓟ200가 와타나베ⓟ429에게 "당신은 어딘지 모르게 이상한 말투를 쓰네. (…) 설마 '호밀밭'의 그 남자아이를 흉내 내는 건 아닐 테지"라고 말한다. 하루키는 『번역야화 2 샐린저 전기』ⓟ274에서 샐린저의 『프래니와 주이』ⓟ594를 간사이 사투리로 번역해보고 싶다고 말했다.

NHK

日本放送協會 | Nippon Hoso Kyokai

『1Q84』 ⓟ633 의 주인공 덴고 ⓟ164 의 아버지는 NHK의 시청료 수금원이다. 아이를 데려가면 요금 징수가 쉬워져서 아버지는 수금할 때마다 덴고를 데리고 다녔다. 아오마메 ⓟ370 가 숨어 사는 은신처에도 수금원이 나타나는데 거대한 권력이나 시스템의 상징으로 묘사된다. NHK 라디오 〈영어로 읽는 무라카미 하루키〉, E 텔레비전 〈세계가 읽는 무라카미 하루키~ 경계를 넘는 문학~〉 등을 제작하고 있다.

『영어로 읽는 무라카미 하루키
―세계 속의 일본 문학』 2017년 3월호
NHK출판, 2017년

Novel 11, Book 18

NOVEL 11, BOOK 18―ノヴェル・イレブン・ブック・エイティーン
Ellevte roman, bok atten | Novel 11, Book 18 (번)

하루키가 오슬로 공항에서 우연히 발견한 노르웨이 작가 다그 솔스타ⓟ148의 장편소설. 제목은 '열한 번째 소설, 열여덟 번째 책'이라는 의미다. 주인공은 쉰 살의 남자 비에른 한센 Bjørn Hansen이다. 아내와 헤어지고 투리드 램머스Turid Lammers 라는 여성과 살면서 연극 활동을 시작한다는, 기묘하고도 예측 불가능한 이야기.

Sudden Fiction 엽편소설 70

Sudden Fiction 超短編小説 70 | Sudden Fiction: American Short-Short Stories (번)

미국 작가들의 '엽편'을 모은 단편집. 여기에서는 '갑작스러운'이라는 의미의 'sudden' 스토리로 정리되어 있다. 어니스트 헤밍웨이부터 레이먼드 카버ⓟ199, 레이 브래드버리 Ray Bradbury, 그레이스 페일리ⓟ096까지 70편에 이르는 명작이 가득 실려 있다.

로버트 셰퍼드, 제임스 토머스 엮음
무라카미 하루키, 오가와 다카요시 옮김
분게이슌주, 1994년

TV 피플

TV ピープル | TV People (단)

일본 작가로서는 처음으로《뉴요커》에 번역되어 실린 기념
할 만한 단편소설. 일요일 저녁나절, TV 피플 세 명이 '나'의
방으로 찾아와서 TV를 들여놓는다. 플러그를 꽂고 스위치
를 켜자 화면은 하얘졌다. 기묘한 목소리가 귓가에 남는 난
센스 이야기.

TV 피플

TV ピープル | TV People (집)

사사키 마키⑨305가 그린 표지 그림처럼 초현실주의적인 단편집.『노르웨이의 숲』⑨126을 발표한 반향反響으로 말미암아 하루키가 일 년 정도 소설을 쓰지 못한 시기가 있었다. 그 회복의 계기가 된 것이 「TV 피플」⑨646과 「잠」⑨478 두 작품이며, 하루키의 마음에 꽤 드는 단편이라고 한다. 그 밖에 「비행기─혹은 그는 어떻게 시를 읽듯 혼잣말을 했는가」⑨292, 「우리들 시대의 포크로어─고도자본주의 전사」⑨443, 「가노 크레타」⑨054, 「좀비」⑨499 등 이후의 작품으로 이어지는 결작들이 모여 있다.

문게이(순주, 1990년

UFO가 구시로에 내리다

UFOが釧路に降りる | U. F. O in Kushiro (단)

TV로 한신 대지진 재해 뉴스를 보던 아내가 사라졌다. 주인공은 휴가를 내고 구시로에 가서 'UFO를 본 어느 부인이 아이 둘을 두고 집을 나가버린 이야기'를 듣게 된다. 하루키는 『랑게르한스섬의 오후』ⓟ195에 수록된 수필 「UFO에 대한 성찰UFOについての省察」에서 "어느 여자에게 '하루키 씨는 UFO도 못 보니 틀렸어요'라는 의미의 말을 들었다. (…) 소설가로 밥벌이를 하면서 살아가려면 UFO 하나쯤은 봐둬야 할지도 모르겠다. UFO나 유령 정도는 살짝 봐두면 예술가로서의 관록이 붙을 것도 같다"라고 말했다. 『신의 아이들은 모두 춤춘다』ⓟ351 수록.

서점에도 도서관에도 없는
무라카미 하루키

하루키 팬이라고 공언하면 다양한 정보가 모여든다. 예를 들면 1961년에 효고 현 니시노미야의 시립고로엔초등학교에서 만든 『움돋이』라는 졸업 문집이다. 당시 열두 살이었던 하루키는 편집위원으로서 이 문집의 속표지에 「파란 포도」를 썼다. 이 문집에는 수학여행을 추억하는 글도 실렸는데, 그때부터 이미 비범한 문학적 재능을 갖췄음을 엿볼 수 있다. 그리고 와세다 대학의 등사판 인쇄 명부는 오기쿠보에 사는 하루키의 옛 동창생이라는 분이 빌려줬다. 1975년의 잡지 《재즈 랜드》에는 하루키가 쓴 「재즈 카페 마스터가 되기 위한 Q&A 18」이 실렸고, 『댄스 댄스 댄스』의 등장인물 '마키무라 히라쿠'의 이름으로 쓴 글은 《바다》 1982년 10월 호에 게재됐다. 일본에서만 발간하고 절판된 알프레드 번바움의 영어판 『바람의 노래를 들어라』와 『1973년의 핀볼』도 현재 출판되어 있는 데드 구센의 새로운 번역판 『바람/핀볼Wind/Pinball』과 비교해서 읽어보면 재미있다.

**졸업 문집 『움돋이ひこばえ』,
니시노미야 시립고로엔초등학교, 1961년**

열두 살 하루키가 쓴 서문 「파란 포도」 수록

**등사판 인쇄,
'와세다 대학 연락 수첩', 1968년**

하루키가 표지 일러스트레이션과 편집을
담당함

**《재즈 랜드ジャズランド》
1975년 8월 창간 기념 특대호, 가이초샤**

「재즈 카페 마스터가 되기 위한 Q&A 18」

**《BRUTUS》
1980년 12월 1일 호, 헤이본슛판**

「브루투스가 생각하는 남자의 공간학」,
재즈 카페 '피터 캣' 내부를 사진으로 소
개함

《바다海》 1982년 10월 호, 주오코론샤

「비디오의 등장은 8밀리미터 필름을 밀어냈다. 테
이프 데크의 기술 혁신과 레코드 대여점이 레코드
산업을 뒤흔든다」
※필명 마키무라 히라쿠

《태양太陽》 1982년 5월 호 특집, 헤이본슛판

「지도로 놀자」, 하루키가 세 시간 동안 신주쿠 거
리를 걷고서 그 경험을 전한다.

《IN★POCKET》 1985년 10월 호, 고단샤

「무라카미 하루키 VS 무라카미 류 대담─작가만
큼 멋진 장사는 없다」

『POST CARD』, 안자이 미즈마루 지음, 가쿠세이엔
고카이, 1986년

『무라카미 하루키 전집』에 수록되지 않은 단편
「중단된 스팀다리미의 손잡이」 게재

dictionary of Haru

『바람의 형세風のなりゆき』, 무라카미 요코 지음, a-tempo 히라노 고가·도이 아키후미 기획, 리브로포트, 1991년

무라카미 요코가 직접 사진도 찍고 글도 쓴 그리스 기행

『여름 이야기―이야기 열두 달夏ものがたり―ものがたり12か月』, 노가미 아키라 엮음, 가이세이샤, 2008년

『무라카미 하루키 전집』에 수록되지 않은 단편「모기향蚊取線香」게재

『바람의 노래를 들어라Hear the Wind Sing』, 『1973년의 핀볼Pinball, 1973』
두 작품 모두 고단샤 영어 문고, 1987년

일본에서만 출간된 알프레드 번바움의 영역판

Murakami Words

【장편소설】

『바람의 노래를 들어라』(1979) • 257

『1973년의 핀볼』(1980) • 632

『양을 쫓는 모험』(1982) • 400

『세계의 끝과 하드보일드 원더랜드』(1985) • 319

『노르웨이의 숲』(1987) • 126

『댄스 댄스 댄스』(1988) • 158

『국경의 남쪽, 태양의 서쪽』(1992) • 087

『태엽 감는 새 연대기』 • 551

    제1부 『도둑 까치』(1994)

    제2부 『예언하는 새』(1994)

    제3부 『새 잡이 사내』(1995)

『스푸트니크의 연인』(1999) • 341

『해변의 카프카』(2002) • 615

『애프터 다크』(2004) • 387

『1Q84』 • 633

    『Book 1』(2009)

    『Book 2』(2009)

    『Book 3』(2010)

『색채가 없는 다자키 쓰쿠루와 그가 순례를 떠난 해』(2013) • 311

『기사단장 죽이기』 • 102

    제1부 『현현하는 이데아』(2017)

제2부 『전이하는 메타포』(2017)

【단편소설】

「중국행 슬로 보트」(1980) · 503

「거리와 그 불확실한 벽」(1980) · 065

「가난한 아주머니 이야기」(1980) · 052

「뉴욕 탄광의 비극」(1981) · 131

「5월의 해안선」(1981) · 637

「스파게티의 해에」(1981) · 340

「사슴과 신과 성 세실리아」(1981) · 306

「4월의 어느 맑은 아침에 100퍼센트의 여자를 만나는 것에 대하여」(1981) · 635

「졸음」(1981) · 498

「논병아리」(1981) · 129

「빵가게 습격」(1981) · 297

「캥거루 통신」(1981) · 527

「강치」(1981) · 060

「캥거루 구경하기 좋은 날」(1981) · 526

「서른두 살의 데이 트리퍼」(1981) · 315

「택시를 탄 흡혈귀」(1981) · 554

「그녀의 마을과 그녀의 양」(1982) · 092

「사우스베이 스트릿—두비브라더스의 '사우스베이 스트릿'을 위한 BGM」
   (1982) · 308

「강치 축제」(1982) · 061

「1963/1982년의 이파네마 아가씨」(1982) · 631

「버트 배커랙을 좋아하세요?」·「창」(1982) • 271

「도서관 기담」(1982) • 167

「서재 기담」(1982) • 316

「월간 《강치 문예》」(1982) • 451

「실꾸리고둥 술의 밤」(1982) • 354

「오후의 마지막 잔디밭」(1982) • 423

「땅속 그녀의 작은 개」(1982) • 190

「시드니의 그린 스트리트」(1982) • 344

「몰락한 왕국」(1982) • 237

「치즈 케이크 모양을 한 나의 가난」(1983) • 517

「반딧불이」(1983) • 262

「헛간을 태우다」(1983) • 617

「거울」(1983) • 066

「고깔구이의 성쇠」(1983) • 070

「풀사이드」(1983) • 588

「비를 피하다」(1983) • 284

「장님 버드나무와 잠자는 여자」(1983→1995) • 479

「춤추는 난쟁이」(1984) • 516

「택시를 탄 남자」(1984) • 553

「지금은 죽은 왕녀를 위한」(1984) • 507

「세 가지의 독일 환상」(1984) • 318

「야구장」(1984) • 389

「BMW 차창 모양을 한 순수한 의미에서의 소모에 관한 고찰」(1984) • 639

「구토 1979」(1984) • 086

「헌팅 나이프」(1984) • 616

「하이네켄 맥주 빈 깡통을 밟는 코끼리에 관한 단문」(1985) • 609

「빵가게 재습격」(1985) • 298

「코끼리의 소멸」(1985) • 536

「글머리에—회전목마의 데드히트」(1985) • 625

「레더호젠」(1985) • 196

「패밀리 어페어」(1985) • 569

「쌍둥이와 침몰한 대륙」(1985) • 356

「로마제국의 붕괴·1881년의 인디언 봉기·히틀러의 폴란드 침입, 그리고
    강풍 세계」(1986) • 205

「태엽 감는 새와 화요일의 여자들」(1986) • 552

「중단된 스팀다리미의 손잡이」(1986) • 505

「비 오는 날의 여자 #241, #242」(1987) • 283

「TV 피플」(1989) • 646

「비행기—혹은 그는 어떻게 시를 읽듯 혼잣말을 했는가」(1989) • 292

「우리들 시대의 포크로어—고도자본주의 전사」(1989) • 443

「잠」(1989) • 478

「가노 크레타」(1989) • 054

「좀비」(1989) • 499

「토니 다키타니」(1990) • 557

「침묵」(1991) • 518

「녹색 짐승」(1991) • 128

「얼음 사나이」(1991) • 405

「식인 고양이」(1991) • 349

「파랑이 사라지다」(1992) • 566

「일곱 번째 남자」(1996) • 472

「렉싱턴의 유령」(1996) • **203**

「UFO가 구시로에 내리다」(1999) • **648**

「다리미가 있는 풍경」(1999) • **149**

「신의 아이들은 모두 춤춘다」(1999) • **350**

「타일랜드」(1999) • **550**

「개구리 군, 도쿄를 구하다」(1999) • **062**

「벌꿀 파이」(2000) • **275**

「버스데이 걸」(2002) • **269**

「게」(2003) • **067**

「우연 여행자」(2005) • **446**

「하날레이 해변」(2005) • **604**

「어디가 됐든 그것이 발견될 것 같은 장소에」(2005) • **401**

「날마다 이동하는 콩팥 모양의 돌」(2005) • **121**

「시나가와 원숭이」(2005) • **342**

「사랑하는 잠자」(2013) • **304**

「드라이브 마이 카」(2013) • **188**

「예스터데이」(2014) • **418**

「기노」(2014) • **101**

「독립기관」(2014) • **178**

「셰에라자드」(2014) • **324**

「여자 없는 남자들」(2014) • **407**

「돌베개에石のまくらに」(2018)

「크림クリーム」(2018)

「찰리 파커 플레이즈 보사노바チャーリー・パーカー・プレイズ・ボサノヴァ」(2018)

【단편집】

『중국행 슬로 보트』(1983) • 504

『4월의 어느 맑은 아침에 100퍼센트의 여자를 만나는 것에 대하여』(1983) • 636

『반딧불이』(1984) • 263

『회전목마의 데드히트』(1985) • 625

『빵가게 재습격』(1986) • 299

『TV 피플』(1990) • 647

『렉싱턴의 유령』(1996) • 204

『신의 아이들은 모두 춤춘다』(2000) • 351

『코끼리의 소멸』(2005) • 537

『도쿄 기담집』(2005) • 175

『첫 문학 무라카미 하루키』(2006) • 513

『장님 버드나무와 잠자는 여자』(2009) • 480

『여자 없는 남자들』(2014) • 407

【엽편집】

『꿈에서 만나요』(1981) 이토이 시게사토와 공저 • 107

『코끼리 공장의 해피엔드』(1983) • 534

『밤의 거미원숭이』(1995) • 264

『개다래나무를 들쓴 나비』(2000) 도모자와 미미요 그림 • 063

『토끼 맛있는 프랑스인』(2007) 안자미 미즈마루 그림 • 556

【논픽션】
『언더그라운드』(1997) • 404
『약속된 장소에서―언더그라운드 2』(1998) • 396

【수필집】
『파도의 그림, 파도의 이야기』(1984) 이나코시 고이치 사진 • 564
『밸런타인데이의 무말랭이』(1984) • 268
『영화를 둘러싼 모험』(1985) 가와모토 사부로와 공저 • 411
『세일러복을 입은 연필』(1986) • 322
『랑게르한스섬의 오후』(1986) • 195
『더 스크랩』(1987) • 160
『해 뜨는 나라의 공장』(1987) 안자이 미즈마루와 공저 • 614
『쿨하고 와일드한 백일몽』(1989) • 539
『이윽고 슬픈 외국어』(1994) • 468
『쓸모없는 풍경』(1994) 이나코시 고이치 사진 • 357
『이렇게 작지만 확실한 행복』(1996) • 463
『장수 고양이의 비밀』(1997) • 482
『젊은 독자를 위한 단편소설 안내』(1997) • 487
『포트레이트 인 재즈』(1997) 와다 마코토와 공저 • 574
『포트레이트 인 재즈 2』(2001) 와다 마코토와 공저 • 574
『저녁 무렵에 면도하기』(2001) • 486
『의미가 없다면 스윙은 없다』(2005) • 460
『달리기를 말할 때 내가 하고 싶은 이야기』(2007) • 155
『무라카미 송』(2007) 와다 마코토와 공저 • 239

『꿈꾸기 위해 매일 아침 나는 눈을 뜹니다』(2010) • 106

『무라카미 하루키 잡문집』(2011) • 243

『채소의 기분, 바다표범의 키스』(2011) • 512

『직업으로서의 소설가』(2015) • 508

『무라카미 하루키 번역의 (거의) 모든 일』(2017) • 242

【기행문집】

『먼 북소리』(1990) • 232

『비 내리는 그리스에서 불볕 천지 터키까지』(1990) 마쓰무라 에이조 사진 • 282

『나는 여행기를 이렇게 쓴다』(1998) 마쓰무라 에이조 사진 • 114

『하루키의 여행법 사진편』(1998) 마쓰무라 에이조와 공저 • 606

『무라카미 하루키의 위스키 성지 여행』(1999) 무라카미 요코 사진 • 246

『시드니!』(2001) • 343

『도쿄 스루메 클럽의 지구를 방랑하는 법』(2004) 요시모토 유미, 쓰즈키
    교이치와 공저 • 176

『라오스에 대체 뭐가 있는데요?』(2015) • 192

【그림책】

『양 사나이의 크리스마스』(1985) 사사키 마키 그림 • 399

『후와후와』(1998) 안자이 미즈마루 그림 • 626

『이상한 도서관』(2005) 사사키 마키 그림 • 466

『잠』(2010) 카트 멘시크 그림 • 477

『빵가게를 습격하다』(2013) 카트 멘시크 그림 • 300

『도서관 기담』(2014) 카트 멘시크 그림 • **167**

『버스데이 걸』(2017) 카트 멘시크 그림 • **269**

【독자와의 Q&A】

CD—ROM판 무라카미 아사히도 『꿈의 서프시티』(1998) • **108**

『'그래, 무라카미 씨한테 물어보자'며 세상 사람들이 무라카미 하루키에게
    일단 던진 282개의 큰 의문에 무라카미 하루키는 과연 제대로 답할 수
    있을까?』(2000) • **094**

CD—ROM판 무라카미 아사히도 『스메르자코프 대 오다 노부나가 가신단』
    (2001) • **332**

『소년 카프카』(2003) • **326**

『'이것만은 무라카미 씨에게 말해두자'며 세상 사람들이 일단 던진 330개
    질문에 무라카미 하루키는 과연 제대로 답할 수 있을까?』(2006) • **461**

『'무라카미 씨에게 한번 맡겨볼까'라며 세상 사람들이 일단 던져본 490개
    질문에 무라카미 하루키는 과연 제대로 답할 수 있을까?』(2006) • **240**

『무라카미 씨의 거처』(2015) • **241**

【대담집】

『워크, 돈 런』(1981) 무라카미 류와 공저 • **448**

『하루키, 하야오를 만나러 가다』(1996) 가와이 하야오와 공저 • **607**

『번역야화』(2000) 시바타 모토유키와 공저 • **273**

『번역야화 2 샐린저 전기』(2003) 시바타 모토유키와 공저 • **274**

『오자와 세이지 씨와 음악을 이야기하다』(2011) 오자와 세이지와 공저 • **421**

『수리부엉이는 황혼에 날아오른다』(2017) 가와카미 미에코와 공저 • 328

【번역 작품】
● 프랜시스 스콧 피츠제럴드 • 595
『마이 로스트 시티』(1981) • 223
『더 스콧 피츠제럴드 북』(1988) • 159
『다시 찾은 바빌론』(1996) • 153
『위대한 개츠비』(2006) • 453
『겨울 꿈』(2009) • 068

● 레이먼드 카버 • 199
『내가 전화를 거는 곳』(1983) • 123
『밤이 되면 연어는…』(1985) • 265
『별것 아닌 것 같지만, 도움이 되는』(1989) • 277
『대성당』(1990) • 157
『사랑을 말할 때 우리가 이야기하는 것』(1990) • 303
『제발 조용히 좀 해요』(1991) • 488
『파이어즈 (불)』(1992) • 567
『코끼리·폭포로 가는 새 오솔길』(1994) • 535
『카버 컨트리』(1994) • 524
『카버의 열두 편』(1994) • 525
『물과 물이 만나는 곳·울트라마린』(1997) • 249
『내가 필요하면 전화해』(2000) • 124
『영웅을 칭송하지 마라』(2002) • 409

『풋내기들』(2010) • 589

●트루먼 커포티 • 560
『할아버지의 추억』(1988) • 612
『어떤 크리스마스』(1989) • 402
『크리스마스의 추억』(1990) • 541
『생일을 맞은 아이들』(2002) • 314
『티파니에서 아침을』(2008) • 561

●레이먼드 챈들러 • 198
『기나긴 이별』(2007) • 100
『안녕 내 사랑』(2009) • 378
『리틀 시스터』(2010) • 215
『빅 슬립』(2010) • 295
『하이 윈도』(2014) • 610
『원점 회귀』(2016) • 450
『물밑의 여자水底の女』(2017)

●J. D. 샐린저 • 642
『호밀밭의 파수꾼』(2003) • 619
『프래니와 주이』(2014) • 594

●존 어빙 • 496
『곰 풀어주기』(1986) • 079

● 크리스 반 알스버그 • 540
『하늘을 나는 배, 제퍼』(1985) • 542
『급행 북극호』(1987) • 542
『나그네의 선물』(1989) • 542
『해리스 버딕의 미스터리』(1990) • 543
『빗자루의 보은』(1993) • 543
『세상에서 가장 맛있는 무화과』(1994) • 543
『벤의 꿈』(1996) • 544
『진절머리 나는 돌』(2003) • 544
『장난꾸러기 개미 두 마리』(2004) • 544
『압둘 가사지의 정원』(2005) • 545
『캘빈의 마술쇼』(2006) • 545
『백조의 호수』(1991) 마크 헬프린 글 • 545

● 팀 오브라이언 • 562
『뉴클리어 에이지』(1989) • 144
『그들이 가지고 다닌 것들』(1990) • 093
『세상의 모든 7월』(2004) • 321

● 마이클 길모어 • 224
『내 심장을 향해 쏴라』(1996) • 122

● 빌 크로
『안녕, 버드랜드』(1996) • 379
『재즈 우화』(2000) • 485

● 셸 실버스타인 • 325
『아낌없이 주는 나무』(2010) • 360

● 마크 스트랜드 • 228
『개의 인생』(1998) • 064

● 폴 서루 • 576
『세상의 끝』(1987) • 320

● C. D. B. 브라이언
『위대한 데스리프』(1987) • 454

● 그레이스 페일리 • 096
『마지막 순간에 일어난 엄청난 변화들』(1999) • 226
『인생의 사소한 근심』(2005) • 470
『그날 이후』(2017) • 091

● 어슐러 K. 르 귄 • 403
『날고양이들』(1993) • 120
『돌아온 날고양이들』(1993) • 120
『멋진 알렉산더와 날고양이 친구들』(1997) • 120
『날고양이 제인의 모험』(2001) • 120

● 짐 푸실리
『펫 사운즈』(2008) • 571

●마르셀 서루 • 219
　『먼 북쪽』(2012) • 233

●제프 다이어
　『그러나 아름다운』(2011) • 095

●다그 솔스타 • 148
　『Novel 11, Book 18』(2015) • 644

●카슨 매컬러스
　『결혼식 멤버』(2016) • 069
　※무라카미 시바타 번역당

●존 니콜스
　『알을 못 낳는 뻐꾸기』(2017) • 383
　※무라카미 시바타 번역당

●엘모어 레너드
　『옴브레』(2018) • 424

●소설 셀렉션
　『and Other Stories』(1988) 시바타 모토유키, 하타나카 요시키, 사이토 에
　　이지, 가와모토 사부로와 공역 • 638
　『Sudden Fiction 엽편소설 70』(1994) 오가와 다카요시와 공역 • 645
　『월요일은 최악이라고 다들 말하지만』(2000) • 452

『버스데이 스토리즈』(2002) • **270**

『무라카미 하루키 하이브리드』(2008) 시바타 모토유키의 종합 감수, 영일
대역, CD 부록 • **244**

『그리워서』(2013) • **098**

● **수필 셀렉션**

『우리 이웃, 레이먼드 카버』(2009) • **441**

『우리가 레이먼드 카버에 관해 이야기하는 것』(2011) • **442**

『텔로니어스 멍크가 있었던 풍경』(2014) • **555**

무라카미 하루키 산책 MAP
WALKING OF HARUKI MURAKAMI

하루키 문학에서 '걷는' 행위는 작품을 해석하는 중
요한 '열쇠'다. 그의 소설을 읽은 후에 산책하면 거리
는 늘 오감으로 즐기는 입체적 이야기가 된다.

센다가야

SENDAGAYA

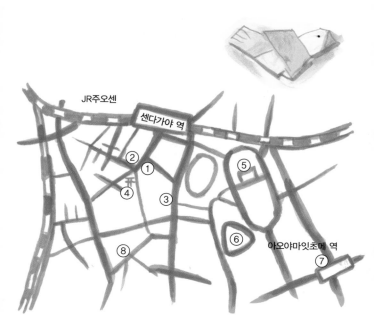

JR주오센

센다가야 역

② ① ⑤ ④ ③ ⑥ ⑧

야오야마잇초메 역

⑦

① 하루키가 경영한 재즈 카페 '피터 캣' 자리(현재는 '비스트로 술집 GAYA')

② 하루키가 오랫동안 다닌 '나카 이발소'. 늘 머리를 잘라준 오우치大内 씨가 독립해서 개업한 이발소 'BARBER 3'도 바로 근처에 있다.

③ 『세계의 끝과 하드보일드 원더랜드』에서 '내'가 지하에서 상상한 '가와데쇼보신샤河出書房新社'와 '호프켄ホープ軒(라면 가게)'이 있다.

④ 하루키가 센다가야에서 가장 좋아하는 장소인 하토모리하치만 신사. 『밸런타인데이의 무말랭이』에 하쓰모데(정월 초하루의 참배)의 추억을 썼다.

⑤ 성덕기념회화관, 「가난한 아주머니 이야기」에는 이곳 앞의 광장에 있는 일각수 동상이 등장한다.

⑥ 1978년 4월, 하루키가 '소설을 쓰기'로 결심한 진구 구장

⑦ 『세계의 끝과 하드보일드 원더랜드』에서 '내'가 지하에서 탈출한 아오야마잇초메 역

⑧ 「4월의 어느 맑은 아침에 100퍼센트의 여자를 만나는 것에 대하여」에 등장하는 우체국

시부야

SHIBUYA

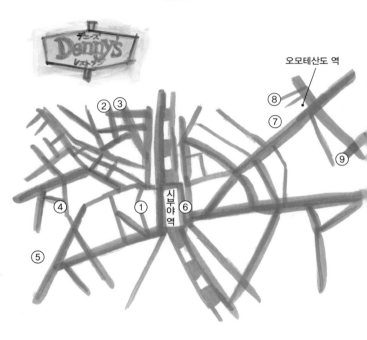

오모테산도 역

① 『1Q84』에서 아오마메가 짐을 보관한 시부야 역의 코인 로커

② 『1Q84』에서 아오마메가 남자를 암살한 호텔, 시부야의 언덕 길 끝에 있다.

③ 『애프터 다크』에서 다카하시 데쓰야가 아사이 마리를 만나 치킨 샐러드를 먹는 '데니스'

④ 『애프터 다크』에 나오는 '알파빌'이 있는 러브호텔 거리

⑤ 『1973년의 핀볼』에서 '내'가 친구와 함께 개업한 번역 사무 실이 있는 언덕

⑥ 『국경의 남쪽, 태양의 서쪽』에서 '내'가 시마모토 씨와 재회 하는 혼잡한 시부야 거리

⑦ 『댄스 댄스 댄스』에서 '내'가 '조련을 마친 양상추'를 구입하 는 슈퍼마켓 '기노쿠니야'

⑧ 『색채가 없는 다자키 쓰쿠루와 그가 순례를 떠난 해』의 주인 공 쓰쿠루가 그림책을 샀을지 도 모르는 그림책 전문점

⑨ 네즈 미술관根津美術館, 「기노」 에서 '내'가 경영하는 재즈 바 는 그 뒤편에 있다.

와세다

WASEDA

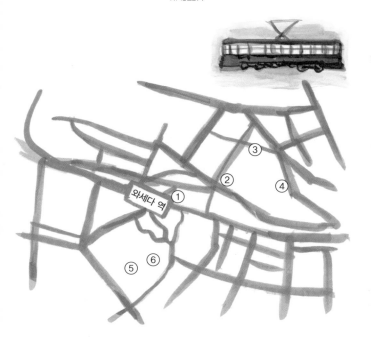

와세다 역 ①

② ③ ④ ⑤ ⑥

① 『노르웨이의 숲』에서 와타나베가 미도리의 집이 있는 오쓰 카에 갈 때 타는 도덴都電(도쿄 도에서 운영하는 노면전차) 와세 다 역

② 『밸런타인데이의 무말랭이』에서 하루키가 취해서 들것에 실 려 간 적이 있다고 쓴 '무나쓰키자카胸突坂'

③ 하루키가 1968년 4월부터 반년 동안 살았던 남자 대학생 기 숙사 '와케이주쿠'

④ 『노르웨이의 숲』의 원형이 된 「반딧불이」에서 반딧불이를 키 우는 호텔 '진잔소椿山莊'

⑤ 『노르웨이의 숲』에서 와타나베가 다니는 와세다 대학

⑥ 영화 〈노르웨이의 숲〉에서 미도리가 벤치에 누워 있는 장면 을 촬영한 와세다 대학의 오쿠마 정원大隈庭園

신주쿠

SHINJUKU

① 『세계의 끝과 하드보일드 원더랜드』에서 '내'가 '일각수의 두개골'을 맡긴 신주쿠 역

② 「중국행 슬로 보트」의 '나'는 신주쿠 역에서 중국인 아가씨를 반대 방향의 야마노테센에 태워버린다.

③ 『색채가 없는 다자키 쓰쿠루와 그가 순례를 떠난 해』에서 쓰쿠루가 좋아하는 신주쿠 역의 9, 10번 플랫폼

④ 『샐러드를 좋아하는 사자』에 나오는 '이른바 신주쿠 역 장치'

⑤ 『노르웨이의 숲』에서 와타나베와 미도리가 보드카 토닉을 마신 재즈 바 'DUG'

⑥ 『노르웨이의 숲』에서 와타나베와 미도리가 영화를 보기 전에 들른 '장어 가게鰻屋'

⑦ 『1Q84』에서 덴고가 후카에리를 만나기 전에 책을 산 기노쿠니야 서점

⑧ 『태엽 감는 새 연대기』에서 '내'가 줄곧 앉아 있던 '고층 빌딩 앞에 있는 세련된 벤치'

⑨ 「개구리 군, 도쿄를 구하다」의 가타키리가 근무하는 '도쿄안전신용금고'가 있는 곳도 신주쿠다.

고엔지

KOENJI

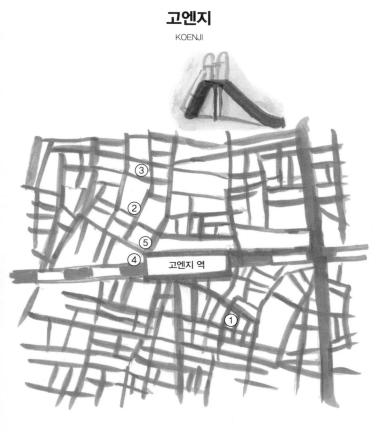

③

②

⑤

④ 　고엔지 역

①

① 『1Q84』에서 아오마메는 '고엔지 중앙공원'의 미끄럼틀 위에서 두 개의 달을 올려다보는 덴고를 발견한다.

② 『1Q84』에서 후카에리는 '마루쇼マルショウ'라는 슈퍼마켓(현재는 유타카라야ユータカラヤ) 입구에 있는 공중전화에서 전화를 건다.

③ 『1Q84』에서 덴고가 살았던 아파트(슈퍼마켓 '마루쇼'에서 200미터쯤 떨어진 곳)

④ 『1Q84』에서 덴고의 집을 망보는 우시카와가 사진을 현상한 DPE

⑤ 『1Q84』에서 우시카와가 튀김국수를 먹은 '후지소바富士そば'

고베

KOBE

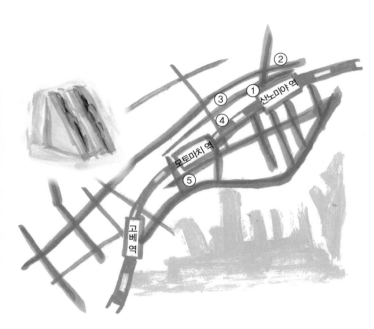

① 「장님 버드나무와 잠자는 여자」에서 '내'가 사촌과 함께 병원에 가기 위해 '28번' 버스를 탄다.

② 영화 〈바람의 노래를 들어라〉에서 제이스 바를 촬영한 산노미야의 바 '하프 타임'

③ 『나는 여행기를 이렇게 쓴다』에서 하루키는 모토마치의 레스토랑 '피노키오ピノッキオ'에서 일련번호가 붙은 시푸드 피자를 먹는다.

④ 노포老鋪 서양 식재료점 '토어 로드 델리카트슨トアロードデリカテッセン'에서는 『댄스 댄스 댄스』에 나오는 '훈제연어 샌드위치'를 먹을 수 있다.

⑤ 『바람의 노래를 들어라』에서 새끼손가락이 없는 소녀가 아르바이트를 하는, 모토마치 상점가의 레코드 가게 '야마하 뮤직ヤマハミュージック' 고베점 자리

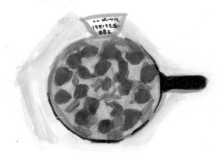

훗카이도

HOKKAIDO

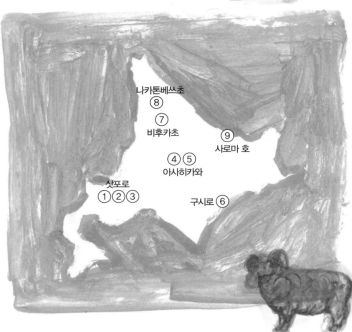

나카톤베쓰초
⑧

⑦
비후카초

⑨
사로마 호

④ ⑤
아사히카와

삿포로
① ② ③

구시로 ⑥

① 「그녀의 마을과 그녀의 양」에서 도쿄에 사는 '내'가 10월 말에 방문한 삿포로

② 『양을 쫓는 모험』에서 '내'가 수수께끼의 양을 찾아다니는, 직선으로만 구성된 도시 삿포로. 스스키노에 '돌고래 호텔'이 있다.

③ 『댄스 댄스 댄스』에서 '나'는 삿포로에 개장한 '돌고래 호텔'에 묵으면서 매일 던킨 도넛을 먹는다.

④ 『태엽 감는 새 연대기』에 등장하는 예지 능력의 소유자 혼다 씨는 아사히카와 출신이다.

⑤ 『노르웨이의 숲』에서 레이코 씨가 마지막으로 여행을 떠난 장소도 아사히카와다.

⑥ 「UFO가 구시로에 내리다」에서 미용사 사에키 씨의 아내가 구시로에서 UFO를 목격했다.

⑦ 『양을 쫓는 모험』에 등장하는 '주니타키초'의 모델은 비후카초. '쥐'의 아버지 별장을 연상시키는 '마쓰야마 농장'이 있다.

⑧ 「드라이브 마이 카」에 등장하는 와타리 미사키의 고향 '가미주니타키초'는 원래 나카톤베쓰초였다.

⑨ 『달리기를 말할 때 내가 하고 싶은 이야기』에는 하루키가 1996년에 사로마 호 100킬로미터 울트라 마라톤에 출전한 이야기가 나온다.

맺음말 혹은 마침 있는 재료로 만든
스파게티 같은 나의 중얼거림

하루키스트(무라카미주의자)는 대관절 어떤 사람들일까? 정신을 차려보니 어느새 세계의 하루키 팬들이 오기쿠보에 자리한 작은 북카페를 찾아오게 됐다. 이제는 카페 이름도 '로쿠지겐ろくじげん(6차원)'이 아니라 '무라카미 카페ムラカミカフェ'라고 불린다. 하루키가 세계적인 명성을 누리고 있다는 건 분명 알았고, 그의 소설도 좋아했다. 그렇긴 해도 왜 이토록 정신없이 쫓겨 다니게 된 걸까? 매일같이 걸려 오는 취재 전화, 하루키 팬들의 문의, TV나 잡지 인터뷰 의뢰. 이러려던 건 아닌데……. 애당초 나는 문학을 잘 알지도 못한다. 그런데도 모두 내 이야기를 듣고 싶어 하는 이유는 뭘까?

그러나 그건 그것대로 흥미로운 현상으로 받아들이게 됐다. 요즘처럼 문학이 활기를 잃고 책이 안 팔리는 시대에도 여전히 인기를 유지하고 세계에서 팬들이 밀려드는 상황이니,

분명 하루키에게는 뭔가 특별한 비밀이 있는 게 틀림없다. 어느 날, 나는 결심했다. 차라리 하루키를 연구하자. 그렇게 배운 내용들을 내 활동의 근간으로 삼자. 그런 마음에서 나의 끝없는 '하루키를 둘러싼 모험'이 시작된 것이다.

'로쿠지겐'은 원래 유명한 재즈 바 '본텐梵天(범천)'이 있었던 곳이다. 1974년, 하루키가 고쿠분지에 '피터 캣'을 개점한 시기에 생겼다는 전설적 가게다. 그곳을 그대로 보존하며 사용하고 있다. '본텐'이었던 무렵을 아는 손님은 "하루키도 본텐에 와보지 않았을까?"라고 말한다. 그러나 하루키가 정말로 왔는지는 알 길이 없다.

2008년에 '로쿠지겐'으로 개점하자, '당시 재즈 문화의 정취가 남아 있는 가게'라며 이곳에서 하루키 팬들이 빈번하게 독서회를 열었다. 노벨문학상 중계도 시작해서 자연스럽게 세계의 팬들이 모여들게 된 것이다. 나도 하루키의 문학 세계를 소개하는 'Exploring Murakami's World'라는 해외용 WEB 매거진에서 '하루키 문학 산책 코스'를 소개하기도 하고, 『산책하면서 즐기는 무라카미 하루키』를 출판했다. 지방에서 열리는 하루키 독서회에도 초대 손님으로 불려 갔다. 하루키 관련 정보를 영어로도 발신하기 시작한 2015년 무렵부터는 외국에서 찾아오는 하루키 팬이 급격하게 늘어났다. 많은 날에는 서른 명도 넘었다. 하루키를 옮긴 번역가들까지 각국에서 찾아와준 덕분에 하버드 대학의 명예교수인 제이 루빈과도 이벤트를 함께할 수 있었다.

급기야 NHK E텔레비전에서 처음으로 하루키가 공식적으로 인정해준 특별 프로그램 〈세계가 읽는 무라카미 하루키 ~ 경계를 넘는 문학~〉을 제작할 때는 담당 감독으로 연출했다. NHK 라디오 〈영어로 읽는 무라카미 하루키〉의 마지막 회에 초대 손님으로도 출연했다. 놀랍게도 이런 나의 활동을 흥미로워하신 분들의 권유로 대학이나 전문대학에서 문학 강사로도 일하게 됐고, 소설까지 출판했다. 역시 '하루키의 소설은 생활의 대극으로서가 아니라 생활의 일부로 존재하는' 것이다. 분명 독자들도 그렇게 느끼기 때문에 읽을 수밖에 없을 것이다. 이렇게 큰 변화와 발견이 있었다.

『하루키의 언어』가 출판되도록 담당해준 세이분도신코샤의 구보 마키에 씨, 아름다운 표지를 만들어준 가와나 준 씨, 교정을 맡아준 무타 사토코 씨, 하루키 독서회 여러분에게 진심으로 고마움을 전한다.

나카무라 구니오